陌生人

李新立 | 著

天津出版传媒集团
百花文艺出版社

图书在版编目（CIP）数据

陌生人 / 李新立著 .—天津：百花文艺出版社，2023. 4

ISBN 978 - 7 - 5306 - 8238 - 8

Ⅰ. ①陌… Ⅱ. ①李… Ⅲ. ①短篇小说—小说集—中国—当代 Ⅳ. ①I247. 7

中国版本图书馆 CIP 数据核字（2022）第 009153 号

陌生人

MOSHENG REN

李新立　著

出 版 人： 薛印胜

选题策划： 胡晓童　**责任编辑：** 李　信

装帧设计： 中联华文

出版发行： 百花文艺出版社

地址： 天津市和平区西康路 35 号　**邮编：** 300051

电话传真： +86-22-23332651（发行部）

+86-22-23332656（总编室）

+86-22-23332478（邮购部）

网址： http：//www. baihuawenyi. com

印刷： 三河市华东印刷有限公司

开本： 710 毫米×1000 毫米　1/16

字数： 193 千字

印张： 13. 5

版次： 2023 年 4 月第 1 版

印次： 2023 年 4 月第 1 次印刷

定价： 58. 00 元

如有印装质量问题，请与三河市华东印刷有限公司联系调换

地址：河北省三河市汇福路 68 号

电话：0316-3313228　邮编：065200

序：文学之路寂寞又不寂寞

马步升

说起文学之路，习惯性的说法是：文学是一条寂寞之路。说这话的意思，并不是执意要判定文学之路必须是一条先天的寂寞之路，而是激励正在艰难跋涉于文学之路的人要甘于寂寞，不要两耳只想听掌声，双手只想捧鲜花，心浮意躁间，那种蓄积于心田的澎湃之气早已消散，那种本来看得见文学之神的目光早已混沌。确实，文学是一种既要看重天赋，更要比拼耐心耐力的活动，怨不得，又急不得。

在文学之路上，当你走过一段旅程后，前后左右看看，恍然惊觉，那些一同出发，但中途离开者，未必没有你有才华，缺少的只是你的耐心耐力。而反观自己，多少次被堵在一道道坎儿下，多少次也都生了就此别过之心，终究还是提起一口口真气，迈过一道道坎儿，走到了现在。在这个过程中的寂寞、无助、迷茫，乃至失望绝望，种种郁闷，也只能留给自己在长夜孤灯下独自消化，不足为外人道也。

文学之路真的不好走，可是，话说回来，人世间哪条路又是好走的。不走这条不好走的路，必然要走别的不好走的路，人生在世，总是要走一条路的啊。

相比较而言，文学之路还算是一条好走的路。怎么说呢，这是一条相对可以自控的路。别的路，极尽心力也未必会有收获，因为很多事情是不由自主的。而文学之路，只要尽心尽力了，一定会有收获，只是收获多少而已。另外，文学之路是一条可以实现个体自洽的路。有钱难买我愿意，当进入自洽状态后，完全可以无视现实世界中的利益得失，阅读时，书籍就是自己不离不弃的精神伴侣；书写时，人生万物可以凭着自己手中的一支笔任意安排。起承转合，恩爱情仇，一个人，一支笔，一种自己理想的天地人生，于是一一生成。如是一来，时时都有大欢喜，处处都是大天地，又何言寂寞。

这就是文学之路的寂寞和不寂寞。

又有人时常说，哪里哪里是文学的沃土，哪里哪里又是文学的沙漠。看似言之凿凿，理之昭昭，实则都是经不起任何逻辑推敲的简单判断。本是膏腴之地，无人耕种，很快会成为撂荒地，而沙漠变绿洲也是经常的故事。话说到平凉文学，几千年的文明史，饱学才子随手就能扒拉出好多位，算不算文学沃土呢，当然算，标准的米粮川。可是，又经常会出现不算短暂的文学荒芜期，这个时段，算不算文学的盐碱地呢，当然也不能假装看不见。

庄稼长势如何，要看庄稼人是如何对待土地的。

客观说，平凉自古以来，学术名家、诗文名家，并不匮乏，唯小说尚嫌薄弱。而近几年，小说有了新气象，先有马宇龙，随即李新立、宋亚平、曹鹏伟、田华、尚元诸人，紧随其后，而且，以他们的锦心绣手，创作出一个又一个华章佳制，渐成群体，渐成阵势，荦荦然，成为一种地方文学现象。

《猫先生》《陌生人》《思无邪》《蓝鼻子》《打花匠》五部小说集摆在案头已经时日不短了，时常抽空翻阅，风格各异，所选内容却都是省刊发表过的，这个门槛立得好。我对他们几位都很熟悉，想说的话很多。熟人评说熟人作品，免不了戴着一副熟人面具，作品是写给大众看的，还是留给读者去说为好。总之，要真正写出好小说是很难的，而他们的小说都写得很好，各有各的好。

是为序。

壬寅良月于兰州

（马步升，甘肃省作家协会第六届主席团主席，甘肃省社会科学院文化研究所所长、研究员。多次担任茅盾文学奖、鲁迅文学奖、骏马奖等国内重要文学奖评委）

目　录
CONTENTS

空　响

拾来子和石娃揣着黑，你一言我一语商量了大半夜。最后决定把荒地开垦了，再养些鸡，争取苦干三两年，成为大家刮目相看的富裕人家。二人觉得这主意实在太高明，一般人想不出来，便都嘿嘿嘿地乐了，然后倒头睡去。

村庄靠近关山，山大沟深，地薄人稀，十几户院落十分随意地散在坡度较缓的山窝里。土地没有实行承包时，说是村庄，其实真正长住的没有几户，大多数人家拖儿带女到山外行乞讨要去了。听说土地下放，又都返了回来，平坦地带的土地都按人头划分了下去。山上的地不少，可陡峭得连毛驴爬上去都费力，许多人家便索性放弃不要。过了几年，恰好兴起搞副业的热潮，一些精壮男劳力把为数不多的粮田安顿给老人、老婆，年刚一过完，他们就头也不回地远走他乡。其实，人们几乎习惯了外出，待在贫困的家里，或许会出毛病。

拾来子和石娃目前没有外出的计划。他们计划着侍弄起来的荒田，就是十年前包产到户后被其他村民遗弃的山坡地。这些地实在长不了庄稼，以往，生产队也不过是撒些荞麦、胡麻、糜谷，能比撒下去的种子多收三五十斤就算是丰收。拾来子、石娃盘算过了，这三四十亩地，每亩能多收三五十斤，累积起来也过千斤了。天啊，千斤多粮食，两个人足够吃一年了啊！再说，把荒地种起来，总比荒着好吧？想到这些，二人充满了百倍的信心和十足的干劲儿。

两年过去了，拾来子和石娃流汗出力，收获的粮食和以前相比，也不过是能填饱肚子，倒是那十几只鸡，因为吃着山里的虫子和草籽，长得很快，鸡蛋成了他们向走村串户的货郎换盐、换煤油、换针头线脑的主要经济来源。村里人从外面搞副业回来，有人搬迁到了山下，有人虽然没有搬走，却修起了不错的瓦房，院门上镀了铜的拳头大的门钉，在阳光下散射着金属的光芒。看着这些景象，拾来子和石娃心里慌了，觉得死守在山里不是个发家致富的办法，富裕的梦想一辈子都实现不了。

他们又揣着黑，你一言我一语商量了大半夜。一咬牙，拾来子还是决定出外搞副业。石娃留守在家里，侍候好鸡和薄田便可。

关山不产粮，却产风景。眼下刚入夏，那些树木和花草，一块红、一块黄、一块绿、一块白，使足了劲儿展示五彩缤纷的样子。拾来子要出远门，他们就起得大早。石娃给拾来子烙了饼子，煮了鸡蛋，打好了行李，把他送到了村口。村口朝右，步行半个多小时，就上了山顶。山顶上有砂石大路，路上有过路的汽车。石娃对拾来子说："你走啊。"拾来子说："你回啊。"说完就走了，走了几十米，一回头，石娃还在村口树一样立着。

拾来子与石娃，都不是本地人。

那一年，青黄不接时，村庄里的媳妇儿大杏儿随着丈夫、公公、婆婆出门讨要，一路就来到了陕甘宁交界。大中午的，老红的日头晒着，他们却还在路上，一眼望不到边的旱塬，一眼望不到尽头的路，在蒸腾的空气里不真实一般，变幻着模样。按照经验，树木葱郁的地方，必是村庄，可这种情况尚遥不可及。幸好路旁有一棵可供纳凉的杨树，他们决定歇缓歇缓。人还没有在地上坐稳，也不知道从哪里冲出一男一女，不容分说，将一团破旧的小毛毡塞进大杏儿怀中。大杏儿吓得大喊了几声，一家人都紧张了起来。大杏儿的丈夫反应了过来，跑出几步，见那男女逢埂子逢崖地逃跑，确定是追赶不上了，就停下了脚步。

一家人就看着那一团毛毡，心想：是啥东西呢？小心地剥开，都惊讶地叫了一声："我的天！"竟然是一个孩子，还是个儿子！他大约一岁，由于营养不良，头发就像关山的山坡地，长不出繁茂的庄稼一样，稀少得可怜。孩子一见阳光，就哭了，是饿哭了。大杏儿婆婆赶紧拿过一只破碗，倒了水，掐碎指头蛋大的一点糜子面馍，用指头沾了，喂到孩子口里。怎么办呢？怎么办呢？还能怎么办？看来，孩子的父母也是养活不了这娃，铁了心要送人，那就带着他继续走吧！孩子得有个名字，叫啥好？就叫拾来子吧。按年龄，大杏儿就成了干妈。山里的娃，要靠奶水长大，几乎不可能，再说大杏儿自己还没有娃，也就没有奶水，但不管怎么说，拾来子就凭着几年的米汤被灌活了。后来，大杏儿也生了一个儿子，拾来子就跟大杏儿的亲儿子、他的弟弟丑娃一起刨土玩耍大了。

山里穷，出嫁容易迎娶难。拾来子和丑娃都二十出头了，既没有媒人上门提亲，托出去的媒人也没有带回任何好消息。大杏儿自公公、婆婆上年去世，作为一家的二掌柜，在儿女身上操的心远比丈夫多。尤其是在拾来子身上，吃穿呀、小病小灾呀，花费的心血更多，她不愿意让人说她把别人家的娃娃不当人。一天傍晚，她和丈夫正聊这事儿，院门被敲响了。大杏儿开了门，借着西去的日光一看，唉，是乞丐到乞丐家门前要饭来了。大杏儿从经验出发，判断门口的乞丐不是本地人，肯定是走了不少路，摔了不少跤，衣服沾满了尘土，头发长而散乱。大杏儿知道乞讨者的苦，知道乞讨人受过的罪，就赶紧跑到厨房找了吃的，还给端了一碗水。

这乞丐吃了喝了，却不走，顺着大门墩蹲了下去，一副要在门口过夜的架势。这就奇怪了！大杏儿问乞丐为啥不找地方过夜去啊，山坡上有个老庙，过路的客都在那里歇脚呢。未承想，乞丐却哭了，似乎有好多委屈和怨恨。又问了几句，乞丐说，自己的婆婆和丈夫不要她了。大杏儿一下子惊得张大了嘴，原来乞丐是女的啊！原来那脸上的青肿，是被打的啊！大杏儿就拉她进了院门。给她打水洗脸梳头，她的模样在油灯下清晰了许多。虽然长得粗壮，眉眼却透着秀气。晚上，大杏儿叫丈夫去和儿子挤一张炕，她和这女人睡一起。一夜未眠，大杏儿也就知道，女子年纪轻轻嫁了人，婚后三五年过了却不生养，就被赶了出来。“那，就叫你石娃吧。”她肯定在原居住地的户籍本上是有名有姓的，可大杏儿就这么说了，她也就默认了。

关山里，人们把不能生育的女子叫作石娃。能否生育，现在不是个原则问题，好歹她是女人，看上去会过日子，好吧，就留下她吧。不久，征得拾来子和石娃的同意，二人就分了出去，另起锅灶，一起过上了日子。富日子好凑合，穷日子最难过。这不，拾来子为了光阴，不得不出远门去。这一去，归期遥遥。

也不知道拾来子外面混得怎么样，石娃的鸡蛋却吃了攒，攒了吃。鸡也长得越来越快。

很快深秋了，气温一降再降，可关山自然景象的轮回，使绵延起伏的大山愈加气象万千，美得不关切人间世事。石娃开始担心拾来子临走时穿着的那身衣服，能否抵挡一天比一天凛冽的寒风，也不知道他去了哪里。她一有时间，就爬上山坡，站在那条砂石路上张望，期盼他能回来取棉衣，取暖鞋，取毡帽。路上一贯行人稀少，过往车辆也不多，也不知道丑娃什么时候赶着几只羊，在山坡上晃荡，丑娃就问："嫂子，你做啥呢?"石娃说："等你哥呢。"丑娃说："哥还没有回来?"石娃说："快回来了。"丑娃说："我哥怕是不要你了。"石娃就有些生气，扬一下手，说："你死远些。"

自从拾来子出了门，丑娃就喜欢来串门，也总爱重复这几句话，见石娃不高兴，会知趣地走掉。他有十三只羊，是大杏儿两口子为儿子准备的重要财产，实指望把羊变现后，给他娶媳妇呢。关山里不缺木材，就是缺钱，这些羊已经成了财产与婚姻的象征。

这一天，石娃又在砂石路上站了一个多小时。快中午时，一辆北京吉普车卷着尘土驶来，到石娃身旁停了下来。石娃心里一阵惊喜：莫非是拾来子回来了？天，还坐着小汽车！车门打开，下来一男一女，打量着石娃。石娃一看与拾来子没有一分钱的关系，就失望地扭过头去。这一对男女主动过来跟石娃搭话，说是想吃农家的中午饭，希望她能满足要求。石娃和山里的许多人家一样，不会拒绝外地人的诚意，就说："回家路远着呢，愿意的话，就走吧。"他们一行人就来到了石娃那破旧的家。既然人家不嫌弃家穷，石娃心里也就高兴，三五下就给客人炒了一盘鸡蛋，炝了一锅浆水，摊了几张荞面饼子。客人吃得开心，尽管不是夸赞石娃的手艺，而是夸赞食材的原生态、美味，也让石娃开心得不得了。他们走时，硬塞给了让她觉得实在太多太多的十元钱，还递给她一张硬纸片，说他们是在城里开饭馆的，名片上有他们的地址、电话号码，叫石娃可以把家产的鸡蛋送过去。

客人走了，石娃站在阳光下，捏着名片激动地发呆。她不识字，但她知道，这张叫作名片的东西，会给她带来好运。

的确，正是这张名片，改变了拾来子和石娃的人生轨迹。

十几只鸡，一天一个蛋，没几天，石娃就攒了足足一大篮子。石娃计划着把它们送到城里的那个饭馆去，换些钱后，扯几尺花布和几尺蓝布，给自己和拾来子做身新棉衣。一大早，石娃把自己收拾了一下，挎了篮子，出门朝山腰走去。她知道，好多年了，仅有一班公共汽车早早地从砂石路上驶过，当然，如果错过了，运气好的话还会搭上过路的汽车。到了路上，石娃只看到远去的班车的身影，便后悔只顾着收拾自己，耽误了一点点时间。怎么办？等吧。等了多长时间，石娃没有手表，不知道，但总算等来了一辆装满木材的汽车。石娃招了招手，车就停下了。听说石娃去城里，司机师傅同意捎她一程。石娃留意了一下，开车的男人年龄偏大，走了一路，抽了一路香烟，坐在一侧的男子年龄偏小，给年龄大的点了一路香烟。石娃心存感激，到了县城，就给了司机师傅几个鸡蛋。然后捏着名片一路打听着到了那家饭馆。

所谓一回生二回熟。半个月后，石娃就站在路边等着这辆汽车。这次，石娃还特意绑了一只鸡，决意要送给饭馆的那夫妻俩。车终于摇摇晃晃驶了过来，石娃要上车时，小师傅说："用不着这么折腾，我们给你把东西捎过去，然后把钱给你带过来。"石娃觉得他们说得对，自己真是好运气，遇到了善心人，满脸都是感激，就把名片和货物交给了师傅。

来来去去让汽车捎鸡蛋，四五次了，石娃计算着，积攒的钱也几十元了。这次，石娃把鸡蛋给了师傅，就问："饭馆的老板说送一次鸡蛋结一次账，他们给钱了吗？"小师傅说："没有给啊，人家好像说年底一次结算给你呢。"说完，车就走了。

也罢，年底就年底。石娃往回走了几步，又停下脚步，心里突然想，这老板怎么说话不算话呢？该不是收了鸡蛋赖了账吧？城里人怎么这样欺负乡下人呢？不行，不行，这事要弄清楚。她决定自己进城问个明白，把账要回来。

石娃走啊走啊，足足走了一个上午，终于到了饭馆，此时的她，已经是口渴人乏。老板见是石娃，很是热情，给她做了一大碗干拌面，端了一碗面汤。石娃心想，吃吧，反正对方欠着咱的钱。吃饱喝足，老板就问石娃，这么长时间了，怎么不见她把鸡蛋送过来。石娃一下子愣住了，说："不是捎给你四次了吗？"对方也一脸惊讶："没有啊！你捎给谁了啊？"石娃差点儿说出赖账的话，但还是没有说出口，只是盯着对方看，看得饭馆老板一脸困惑。老板说："真没有收到啊，你把咱们从认识到你第一次送货的前前后后仔细想想，我们做生意的，讲的就是个诚信，会骗你不成？"

问题会不会出在那个司机师傅身上？石娃想到这里，也忘记了付面钱，其实也没有钱付，就出了饭馆，气呼呼地折身往回赶。

石娃赶了一下午的路，应该十分疲乏，可因为牵扯鸡蛋钱，她一夜未能成眠。这都是啥事吗！给拾来子怎么交代呢！第二天又是起个大早，她去了山顶上的砂石公路，等待着那辆汽车。汽车过来了，她生怕车跑了似的，冲上前去，挡在了车前。汽车一个急刹车，停了下来。老师傅把头伸出车窗，说："你这是不要命啊，碰死你怎么办！"石娃说："我就想问问，你们把我的鸡蛋捎到哪里了！"老师傅和小师傅互相瞅瞅，小师傅就说："你上车吧，上来咱们说。"石娃就上了车。

老师傅说："你是女人吧？"又说："你不能生养吧？你不是当地人吧？"石娃生气地说："不生养关你啥事了？你把我的鸡蛋弄到啥地方去了？"小师傅说："吃了！"石娃说："吃了就吃了，把钱给我。"小师傅说："没有钱，一分钱都没有。"车行驶到一个僻静的地方，停了下来，老师傅对石娃说："你还是下车吧。"石娃说："把钱给我，我就下车。"老师傅说："我们要是不给你钱呢？"石娃坚决地说："不给钱，没门儿！我就不下车！"小师傅说："你可是自动送上门的，别怪我们啊！"说完，就把石娃从座位上扳倒。石娃做梦也没有想到，他们竟然会如此待她，便拼命挣扎，大喊：“流氓——”“坏蛋——”“拾来子——”

在旷野，在山间，她的声音就像蒙在棉被里一样，不能扩散，也显得绵软无力。就在石娃已经绝望之时，车门突然被拉开，一根棍子伸了进来，疯了似的一阵乱捅。“打死你们这些坏蛋，打死你们这些坏蛋！”石娃听了出来，是丑娃来了。在丑娃的用力拉扯下，石娃终于滚下驾驶室。车开走了，石娃还趴在地上瑟瑟发抖。丑娃说：“嫂子，嫂子，哥不在，有我保护你呢，咱回家吧。”

石娃顾不得流眼泪，赶紧收拾了一下衣服，随着丑娃的羊群，朝家的方向而去。

第一场霜悄无声息地降了下来，第一场雪也接踵而至，关山的丛林里只有白、绿、褐三种颜色。白的是雪，绿的是松柏，褐的是岩石。因为天冷、路滑，砂石道路上的行人更加稀少，过往车辆也几乎消失。石娃已经不再计划着把鸡蛋送到城里去，也不打算把鸡继续饲养下去。那些吃不完的鸡蛋，就送到婆婆大杏儿那里，或者送给其他村民。她现在只盼望着拾来子早点儿回来，一起过个年，然后认真商量一下，到春天时，他能带着她一起出门。

石娃也不想把发生的事情说给拾来子，她觉得实在没有什么，虽然丢了几篮子鸡蛋，却看透了人心奸诈，未尝不是好事。尽管，她对那两个师傅的流氓举动耿耿于怀，可自己又能把他们怎么样？假若拾来子知道了，又能怎么样呢！

一转眼，就到了腊月。拾来子说回来就回来了。石娃太高兴了，拉过拾来子，像翻书一样仔细看着。要说这拾来子，你说他有变化吧，好像没有多大变化；说没有变化吧，似乎又有些变化，比如，他的腿上有一道工地上做工时留下的伤痕，手掌也更加粗糙，但胳膊上的肌肉却也结实了许多。他给石娃扯了花布，买了他们从来没有见过也没有吃过的牛奶糖，还给大杏儿称了棉花，给丑娃买了一双绿色的球鞋。

欢欢喜喜过了年，石娃对拾来子说，山里实在穷，不是能生活的好地方，要想改变状况，还是一起走出去好些。拾来子同意了，答应二月二“龙抬头”过了，就带上她出门。

关山这地方怪，日历上看是到了春天，但事实上还停留在冬天的尾巴上。农历二月二到了，石娃已经准备好了行装，可拾来子看着没有解冻的土地，没有出发的意思。石娃耐不住性子，就问拾来子怎么还不走，拾来子说：“不急，等路上的雪消干净了，过往的汽车多了，咱们再走。”石娃觉得拾来子说得不无道理。

大半个月过去，雪消得差不多了，石娃终于看到拾来子动身的迹象，他开始收拾衣服，整理背包，检查院落的门窗。可是，拾来子不知道从哪里翻出一把长刀，把割麦磨镰用的磨刀石也弄了出来，在院子里吭哧吭哧地磨刀。石娃觉得奇怪，趁他拿大拇指试刀锋的空隙，就问他弄刀干啥，拾来子头都不抬一下，说：“杀驴!”

石娃想：咱家就养了几只鸡，哪儿有驴啊！再说，驴是大牲口，贵重如亲娘，要是真有，怎么舍得杀！她一门心思要远走他乡，就再没有多问，由着拾来子折腾去。

几天又过去了。终于，这天太阳刚偏西，拾来子回来后对正在做饭的石娃说：“咱们明天就走，一定走。”石娃心里愉快，叫拾来子自己吃，她准备烙几十张荞面饼，再煮几十个鸡蛋，好在路上填肚子。

石娃还没有收拾停当，就听一个声音喊叫着：“不好了，不好了!”惊慌失措的丑娃站在当院直抖：“哥，哥，死人了，死人了!”石娃透过破烂的窗户，看见拾来子也立在院子里发抖。丑娃带着哭腔继续说：“哥，好多警察，好多警察!”

拾来子一把扯住丑娃，冲出了院门。石娃以为拾来子弟兄看死人去了，一边摊着饼子，一边责怪他们：“死人也有看头？真是!”

石娃不知道，丑娃把那些事情全部告诉了拾来子。她也疏忽了拾来子霍霍磨刀的反常。

拾来子在外面闯荡的日子里，目睹了讨债和被讨债，他似乎早就对报仇有所计划。按照拾来子的经验，天暖和了，那些歇息了一冬的货运汽车就会跑动起来。他每天起个大早，去砂石道路上找那辆汽车，几天后的中午时分，他还真找到了。拾来子背手站在路中央，汽车停了下来。年龄偏大的师傅说，他们不去城里，别挡道。拾来子趁着说话，扑过去一把拉开了驾驶室的车门。

老师傅说："你要干啥?"拾来子说："收鸡蛋钱。"俩师傅一听，就哈哈笑了，小师傅说："鸡蛋早消化得无影无踪了，屁都没有!"拾来子说："我一定要收回鸡蛋钱!"老师傅说："去去去，一边耍去，别耽误了老子挣钱。"拾来子说："你们两个就是死狗，赖皮。"俩师傅说："是死狗、赖皮你又能怎样?"拾来子又骂了一句："驴，驴都不如!"俩师傅又哈哈笑了，老师傅说："驴，也是本地的驴。你呢？外地的野杂种!"

拾来子真是遇到了无赖，他气得没有办法，就亮出了长刀。没有想到，人家根本不怕，又哈哈笑了："杂种，带刀啊！有能耐就往爷爷身上砍啊!""不敢吧，不敢吧。哈哈，就知道你没有这个胆!"拾来子本来想吓唬吓唬这俩人，可却遭到了羞辱。气极之下，他大叫了一声，朝驾驶室乱捅了几刀。他怕他们下车报复，刀也顾不得拿，也没有察看动静，就朝家里跑去。他不知道，在他的身后，那个年龄偏大的，胳膊中刀，也跳下车跑了。那个年龄偏小的，却没有下得车来。

拾来子跑了。被列入悬赏通缉之列。

关山不解人间世事，按照大自然的规律年复一年地轮转。所有的人和事，不经意间跳转了十几年。

这十几年里，奔忙的人们几乎忘却了还有个拾来子存在。

现在，石娃也不再在那座院子居住，原来的那座院子，在风雨中彻底坍塌。拾来子走后，音信全无，不知死活，六神无主的石娃，觉得自己又被抛弃一般。她曾后悔没有留意拾来子的反常举动，也曾后悔当时没有随着拾来子一起冲出去看死人。她觉得给恩人加亲人大杏儿一家丢尽了脸，兀自决定搬到山坡上的老庙。老庙是山神庙，也是个被废弃的破庙，几年前，村庄里为数不多的人家，整体搬迁到了几里之外，人们为了方便，也把山神庙迁走了。石娃觉得这样挺好的，周围安静了许多，心里除想起拾来子，也安静了许多。

但这不等于没有人来老庙。迁出村庄的个别老人，觉得老庙更灵验，偶尔来烧个香。丑娃也经常来。他到现在仍是光棍儿一条，每天赶着羊经过时，总要在老庙前停留一会儿。他会看着跪在地上，虔诚地向半倒塌的山神塑像祈祷的石娃，嗫嚅地说："嫂子，你回家吧，哥不在，有我保护你呢。"石娃会说："你回去吧！"丑娃说："嫂子，我哥怕是回不来了。"石娃不语，把含着泪花的眼睛看向远方。有时，丑娃会过来扯石娃，石娃看着他不可名状的眼神，就赶紧拿起庙里的石香炉，朝丑娃晃晃："去，你死远些。"

大杏儿如今虽然老了，也偶尔拄着棍儿来看看，带点儿吃食。她心里想着，十几年过去了，拾来子是铁定回不来了，就劝石娃下山回家。她犹豫了好长时间，对石娃说出了心里话。她说："娃，回家吧，我眼下老了，说不定哪天就离开了你们，你们不能照顾我终老，倒也罢了，可你搬到山下，和丑娃也是个照应嘛。"

石娃觉得道理归道理，执意不答应。

她不能搬走：如果有一天拾来子回来，找不见自己怎么办？总不能让他招招摇摇四处打听她的消息而被抓吧！

每天晚上，石娃把老庙里的油灯拨得很亮。她相信，拾来子会看到这一丝光亮的。

又入秋了。这是关山最美好的时节，大地清爽，空气清冽。一场小雨下过，关山和一切都笼罩在似有若无的薄雾中。关山的黄昏来得早，静寂中，石娃又拨亮了油灯，光晕下，她呆呆地出神，这一出神，就是一个多小时。这时，老庙的门，晚上被破天荒地敲响了。

石娃吓坏了，缩成了一团。她隐约听见一个极力压低的声音挤进了门缝："我，我，我回来了。"石娃又是激动，又是紧张，片刻间不知怎么做才好。门又被拍了几下，石娃终于反应了过来，赶紧扑过去打开了门闩。

光晕里，石娃已经忘记了往日的警觉。她抚着拾来子的脸说："老了。"拾来子说："都老了。"石娃就像孩子一样呜呜地哭了。拾来子说：

"往后，我还会回来看你的。"石娃哭得越发厉害了。

石娃没有问这些年拾来子去了哪里，拾来子也没有说他去了哪里，这一夜，只是过得太快。天还没有亮，石娃就醒了，她要赶紧给拾来子做些吃的，然后督促他早早出发。她翻了起来，借着朦胧的光线看看身边，身边却已经没有了人。石娃拉开庙门，关山的晨风灌了进来。她就那么站着，看着朦胧的远方，很远的远方。

比起往日，石娃又安静了许多，成熟了许多。老庙就是她的家，不，是他们的家。她开始捡些石头、砍些木头回来，准备把破庙收拾得牢靠些。一个月后，她终于把老庙破了的前檐修补完整了。接下来，该用石头加固一下山墙了吧？她这么想时，突然看到大杏儿拄了棍，蹒跚着爬上了山坡，也就顺其自然地想到，丑娃这家伙，最近也没有来过老庙了，难怪这么安静。

石娃就跑了几步，把大杏儿搀扶到了老庙前。大杏儿坐在一块石头上，山风吹拂着她花白的头发，人和万物显得地老天荒一般。她打量着老庙以及石娃加固的围墙，说："娃，你真要在这山里住一辈子？"石娃坚定地点了点头。

大杏儿好像是自语："丑娃也不知死啥地方去了。"又停顿了一下，"唉，拾来子不知还能不能回来。"

听着大杏儿的话，也是突然，石娃头有些晕，胃里也泛起了一股子酸，便靠到山墙上哇哇吐了起来。大杏儿吃力地把石娃牵到了庙里，口里念叨："娃，你吃了啥脏东西了？"而后三根手指捏着她的胳膊腕，仔细打量着石娃的脸色，随即满脸的惊诧和激动。片刻后，大杏儿放下石娃的胳膊，说："这咋可能呢？娃，你，你该不是怀上娃了吧?!"

石娃惊讶地张大了嘴，看了好一会儿大杏儿，又马上呕吐了起来。她一把抱住大杏儿，要叫声"娘"，结果喊了声："拾来子——"

石娃死也不会知道，大杏儿本想告诉她一个不好的消息，只是她感觉到石娃怀孕后，内心一直愧疚的她改变了注意，永远不会说出来。就在拾来子那天凌晨从老庙里出来，沿山坡走了下去，还没有到公路上时，警察按照丑娃提供的消息，把他抓了。

“拾来子——”大杏儿也叫了一声。

“娘——”这是石娃第一次喊大杏儿娘。

大杏儿抱紧石娃，流下了泪水，石娃也流下了泪水。

好端端的天空，有雷声响起。破庙的上空，落下了天水。

（原载于《广州文艺》2018 年第 7 期）

秋天碎

蔡老根平时一个人睡在门房里的热炕上，如果老伴儿不喊他，他就不会自觉地起来。这回不是，他“啊”地大叫一声，一骨碌翻了起来。他分明听见蔡木头叫了声“兄弟，兄弟”。拉亮灯，门房里安静得能听见隔壁羊圈里的反刍声。他没有了睡意，披上棉袄，把窗户打开，把灯关掉，想一直坐着，坐到天明。

关山环拢，隔断奔跑的寒风，也阻隔了东升的日光尽早照进村子。外面黑乎乎的，连星星都看不见。总算看到山边边有一缕麻影子时，蔡老根就听见了悲恸的哭声，昏暗仿佛被划破。“我的大大——大哎——”这是小堆的哭声啊！蔡老根糊里糊涂穿上衣服，心里说：“天呀，是我哥在睡梦里叫我呢，他看来是真的殁了。”急急忙忙出门，朝大哥家跑去，路上竟然没有觉得秋风硬如刀子。

小堆家的院门开着，挂在院里的灯泡也亮着。蔡老根是第一个听到哭声赶过来的人。村庄里，多少年了，就有这么一个约定俗成的规矩，谁家殁了人，以第一声哭叫为号。蔡老根进了屋，看见嫂子翻箱倒柜地找东西，就明白她在给蔡木头收拾老衣。她边找边抽噎着说：“你说这死鬼，连个像样子的衣裳都没有。”小堆眼含泪水，在挪动屋正中的一张桌子，准备搭个灵堂。蔡老根赶紧帮着小堆做这做那，说：“你大临走，没有留下个啥话？”小堆说：“光念叨了两声‘双，双’。”蔡老根就再没有说话。

把灵堂收拾好，蔡老根和小堆就把蔡木头挪到灵堂里。理顺衣服时，蔡老根捏了一下大哥的右腿，对小堆说：“你大的腿呢？腿给安上，他走路方便。”小堆赶紧把假肢捧给了二大大蔡老根。蔡老根说：“小堆，你大的眼镜呢？你给放到袖筒子里面。”小堆就在炕上的被窝卷里翻出了眼镜，小心地塞进父亲的衣袖。他往出抽自己的手时，触摸到父亲的胳膊比石头还冰，就把手停了一下，感觉父亲的那块肌肉动了起来，就放声哭了。

三个人对着灵堂跪下，点着了一张纸，天就在纸火的跳跃中放亮了，其他人也陆续赶了过来。大家开了个碰头会议，推选马家老汉担任总管，又把具体事情分了工。主要是缺少人手。开春时，大多数年轻人上内蒙古、下银川打工挣钱去了，有些还拖儿带女走了一大家子人，他们不到年底不回来，剩下的老汉老婆子基本上出不了大力，只能顶个人数。人数也是需要顶的，家家户户都清楚，村里的白事都得互相帮衬着，哪一户殁了人，至少要去一个人帮忙。马家老汉就吩咐三两个女人到厨房和面蒸馒头。厨房里的面不够，小堆家的几袋麦子还没有来得及磨成面。马家老汉瞅着蔡老根看，蔡老根说：“瞅我做啥？”出了门，不一会儿，蔡老根扛来了两袋子白面，手里还提着一个装了碗筷的尼龙袋子。

小堆妈隔一会儿在灵堂里哭，隔一会儿在灵堂里哭，翻来覆去说：“死鬼啊，你走了，丢下小堆可怜着咋活呢？”帮忙的人低头不语，有人抹眼泪，有人拿眼睛瞅马家老汉和蔡老根。蔡老根又瞅着马家老汉。马家老汉说：“你个死老汉，瞅我做啥？”两个人就叹了口气。

蔡木头就是根木头，反应慢。延绵千里的关山，本来就是个自然森林，这山大沟深的地方，人稀地薄，产风景不产粮食。看风景喂不饱肚子，生产队响应上级号召，立誓要把山坡变成水平梯田。那时候，人虽然饿，却有一股子燃烧不尽的激情，成立梯田突击专业队时，当时还算年轻的蔡木头踊跃报名参加战斗。入了深秋，地里的洋芋、糜谷收上场，又入了冬，霜雪降了下来，大多数劳动力开始转移到粮田建设中。红旗在山坡上招展，劳动号子此起彼伏，架子车跑得飞快，铁锨土镬抡得有力。那天上午大家小息时，女人回家奶娃娃，男人坐在土堆上或者架子车上吃馍馍抽烟。蔡木头的糜面馍馍和其他人的一样，冻成了石头疙瘩，一咬一道子白印。有人喊“木头，木头”，蔡木头没有理，又喊“木头，蔡木头”，蔡木头顺手捡了个土块打了过去。有人喊：“木头，快跑！”蔡木头也听见了异响，回头一看，已经晚了一拍。他蹲在冻土茬子下面，还没有起身，冻土塌了下来，将他半个身子掩埋。

人活了，腿残了。多少年了，他拄着根自己做的木拐杖，在院子里走来走去，坐在房檐下的台子上，看着天上飘过的云和麻雀，念叨：“咋就没有打死呢，咋就没有打死呢。”他经常在半夜三更起来，听着老鼠们拖家带口地觅食，欢快地奔跑，就流眼泪，说：“我娃太可怜了，太可怜了。罪人啊，活在世上干啥呀？”老伴儿摸黑抱住他的腰，生怕他寻了短见。也正是因为他，姑娘们怕嫁过来有拖累，小堆就一直单身着，一个精精干干的小伙子，如今也成了半老头儿。

秋寒天冷，就在院子里搭建的简易帐篷下架了个火盆。快到晚上，帮忙的人差不多走散了，蔡老根和马家老汉守在火盆前喝茶，一则打发时间，二则喝茶提神儿好熬夜，打算到半夜时分再进屋陪小堆娘母子守灵。两个人你一罐我一罐地喝茶，好像不是喝茶，而是在喝尴尬的心事。马家老汉说：“能熬到过年就好了。”蔡老根“嗯”了一声。马家老汉又说：“我看小堆这几天一直收拾‘新农村’的房子呢。”

“我看，我这老哥是没有福。”蔡老根突然拍了下大腿，把马家老汉吓了一跳。

“新农村”前年就建成了。可是，尽管有补助，蔡木头家却搬不进去。小堆每年也出去打工，去得不远，在宝鸡附近的砖厂里打工。别人春节过完就出发了，他不行，要等着把春麦种上，把豌豆撒到地里。夏收时还得回来，把山上的作物拉上场。这断断续续地，旷工的天数多不说，工厂嘛，还有淡季旺季，他回家的时节正好就是人家的旺季，自然是各样收入不能和别人比。蔡木头也希望小堆出门，村庄里有几个鲜明的例子，运气好的话，打工的男人会在外面招亲入赘。十多年了，蔡木头没有问过儿子，但他能感觉出小堆也是个木头，唉，没有姑娘，寡妇总该有吧？蔡木头就念叨：“咋不死啊，活着给娃娃添麻烦。”可他越活越精神，面色红润，能吃能喝。用蔡老根的话说，“是我那侄子有孝心，把老子侍候得好。”怎么不是？小堆今年终于攒够了钱，交了上去，拿到了“新农村”

院落的钥匙。在小堆的眼中，老院子真不能住人了，不，是房子不能住人了，下雨漏水，刮风进土，下雪冰冷。

“唉!”“喝茶喝茶。”马家老汉和蔡老根继续喝茶。火盆的火很旺，砂罐子搁上去，不一会儿就沸了。“吱——”茶水溢了出来，落到火上，热气卷着炭灰腾空而起，又飘落下来，撒在了他俩的头发和肩膀上。马家老汉说：“你个老鬼，咋操心着呢？溢成啥了?”蔡老根说：“你个老鬼，你不是操心得很吗？还说我?”二人又捅了一下火盆，拍打掉身上的炉灰，重新收拾熬茶。

房屋里，不知谁长出了一口气，然后就听见小堆哭的声音：“哎，大——”

蔡老根瞅着马家老汉说：“我哥要喝茶呢。你去奠一下。”马家老汉说：“你奠去，他是你哥。好像我欠你们蔡家啥了。哼!”蔡老根赌气似的，就端了一杯茶进去，跪下，上了一炷香，磕了三个头，把茶奠在地上。起来，作了揖，看见小堆把头从灵堂伸出来，眼睛红肿地看着他：“二大，你说咋办啊?”蔡老根心里一软，打进门一直没有流泪的他，就鼻子一酸，嗓子里抽了几下，眼泪唰啦啦滚了下来。这屋子，拉了灯泡都昏暗得进了地洞一样，连一件像样的家具都没，烂场得不如别人家的牲口圈。唉，没有成家的人，大人眼里你始终还是个娃子，娃，你真的太可怜了。蔡老根设想，眼下，还有我这个叔老子活着，有些事还能给你拿个主意，若是叔老子也殁了，谁给谁帮衬呢？他收回情绪，对着灵堂说：“天还没有塌下来呢。你们给我撑好!”从屋里出来，有一种壮怀激烈的感觉。

蔡老根也老了。本来，他已经年近八十，蔡木头殁了，他觉得自己突然前面空荡荡的，就像平时还有遮风挡雨的伞，不管有用没用，现在，伞收掉了，这头顶就暴露在光天化日之下，许多双眼睛盯着似的。尤其是刚才奠了杯茶出来，觉得自己走路猛地不如以前灵光。唉，老了，还能有什么用?

回到火盆前，马家老汉说：“你个死老鬼，奠个茶咋这么长时间?”蔡老根说：“我和我哥说了几句话。”马家老汉就“哼”了一声：“你，和你哥隔着两世，说了个啥话？鬼话吧？”蔡老根给自己倒上熬好的稠茶，说：“我明日给我哥杀羊去，叫大家伙儿都喝羊汤，叫我哥走得体面些。”马家老汉说：“那是你哥，你应该。”蔡老根说：“你个老鬼，就不应该了？”

马家老汉听蔡老根这么说，一下子愣住了。沉默了好一会儿，他们出门上了个厕所，直接回屋陪小堆娘母子守灵去了。

夜深了，旧村庄陷入了完全的黑暗。山里的夜呱子“呱呱”地叫着，带着一串寒冷透骨的声音由近及远。“新农村”其实距旧村子不远，旧的在半坡，新的在平洼，直线距离几百米，绕着小路步行不到十分钟时间。鸡叫头遍，守灵的人就犯困，马家老汉迷迷糊糊的，觉得有一双眼睛紧盯着他，猛地惊醒，揉揉眼睛，扫视了一圈儿屋子，一切平静依旧。乍一看到旁边的草垫，吃了一惊：蔡老根不见了。这个老鬼，说好了一起陪他们守灵的，咋就偷偷溜了呢！

人老了，经不住熬夜，马家老汉还想趁天没有亮再眯一会儿，可就是心里不安生，眯上眼睛，桌上的蜡烛火焰在眼前跳来晃去。他就极力睁大眼睛，让自己保持清醒。也不知是怎么回事，反正是似醒非醒间，“哎，大——”小堆一声哭泣，把马家老汉惊得差点儿跳了起来。他朝外一看，天麻麻亮了。扶着窗台站起来，腰酸得厉害。他要做的第一件事，是先上炷香，然后烧张黄表纸。马家老汉从屋子出来，要去捅火盆，看见火盆旁边坐着一个人，一动不动，也一言不发，差点儿把他吓得叫出声。竟然是蔡老根。马家老汉骂：“你个老鬼，待这里要把我吓死啊！”

蔡老根烤着火，又要开始熬茶。庄稼人的习惯，早起一罐茶，一天不饿也不乏。马家老汉抽了一下鼻子，感觉到空气里有些异味，顺口说：“啥味道？”蔡老根踢了一下他旁边的塑料编织袋，说：“你个老死鬼，还没有老糊涂，鼻子尖得很。”马家老汉说：“羊？羊肉！”

“是，是羊肉。”蔡老根待在屋子里，心里一直翻腾，他本来是要准备给马家老汉打声招呼然后回家杀羊的，可一看老汉睡着了，就悄悄起身走了。回到家，叫醒老伴儿，他对老伴儿说，决定要杀一只羊，老大家刮锅涮碗，啥都没有，做弟弟的得给老哥一个体面。老伴儿打算过年时杀两只羊，一只分两半送给远嫁陕西的两个女子，留下一只过年吃。听蔡老根一讲，就说："如果过年打算不吃肉，就杀去，自己杀去。"蔡老根摸黑就去动手了。蔡老根对马家老汉说："我说了的，要杀羊，送我老哥一程。"那话里的意思好像是说，你马家老汉怎么做，自己看着办吧。

二人就围着火盆喝茶。喝了一会儿，马家老汉说出去上厕所。出了门，一个早上他都没有回到小堆家来。"这老鬼要啥花花肠子？"蔡老根把手机掏出来了三遍，想给马家老汉打电话，问是什么意思。转念一想，又把手机揣进衣袋。快到中午，关山边上的天色暗了下来，雾腾腾的灰云慢慢笼罩住了村庄，天阴了下来，几分钟后，零星的雪片跌落下来，又几分钟，地面上落了能看得见的薄薄的一层。小堆家的大门，进出的人不多，也就几个亲戚、几个邻村的庄家、几个曾经"战天斗地"的老汉。进来一轮儿人，灵堂里就要哭几声，"大——啊，大啊——""你个死鬼，咋就走了啊——"蔡老根听见，小堆和嫂子的声音都沙哑了，和几片雪花一样显得单薄无力，眼睛就泛红。他伸手朝空中抓了几次雪花，展开手一看，却什么都没有，连冰凉的潮湿都没有，心里就像猫抓着，十分难受。

炖羊肉的味道很浓。关山里，为了驱寒，家家几乎都练成了炖羊肉的本事，只是，羊也是经济来源，不是一入冬家家就杀羊吃的。帐篷下的两张桌上，围了些亲戚庄家，朝盛满羊汤的大老碗直吹气。蔡老根就到厨房端了一碗羊汤，进屋，摆放到桌子上，朝蔡木头的牌位作了个揖，心里说："哥，这羊汤是给你的，你慢慢吃。"然后，又回到火盆前。刚坐下，马家老汉来了，肩膀上落着一层雪。蔡老根看他的脸色有些异样，心里说：这死老鬼，看样子经受不住天寒地冻了。

"去喝羊汤，暖和暖和。"蔡老根对马家老汉说。马家老汉摇了摇头。蔡老根觉得奇怪，问："咋了？不舒服？"马家老汉说："二儿还没有回来，大儿说要搭台唱戏。"蔡老根说："好啊，好。这就对了嘛。"他朝四下瞅瞅，院里院外还是老样子，没有什么新变化，就问："你个老死鬼不是哄人吧？你看看，你看看，这院里院外哪里搭台子了？"马家老汉搓着手说："说是在新修的百姓大舞台上唱。"蔡老根一愣，低头不语，沉默快一分钟了，才说：“像啥话嘛，像啥话嘛！”马家老汉叹了口气，说：“娃娃大了，我管不了嘛。再说，唱比不唱总好些吧？”

一个地方一个乡俗。这方圆几十里，爱唱戏，几百年了。除了过年，谁家嫁娶，要唱，娃娃满月，要唱，年龄大的老人殁了，要唱，都是喜事嘛。以前，请个爱家子攒的白乐班，或者地摊子，在院子里敲敲打打唱上一整天秦腔啊、眉胡啊、小曲啊就行，图个吉庆。后来，接连唱三天三夜，再后来，有钱人家请个戏班子搭台演唱，三天三夜不过瘾，就唱七天七夜。光戏班子还不够，还要跟着潮流走，流行歌曲啊、广场舞啊也融入了进来。

果然，百姓大舞台已经装饰好，要请陕西的一个有些名气的秦剧团唱三天三夜。戏还没有开演，消息就传了出去，雪花落着，并不能压下人们的热情，这十里八村的老汉老婆媳妇子，提了板凳赶了过来；行走不方便的，有的由面包车送了过来；条件最差的，也用架子车送了来。就连卖酿皮、卖烧烤的摊子也抢抓商机赶了来。下午开演，虽是老喜丧，也得按路数来，不能乱唱，必然先是一排子如泣如诉的唢呐《雁落沙滩》，呜哇，呜哇，呜哇，高高低低，哽哽噎噎，凄婉忧伤得把空气都感染了。接下来，一通锣鼓敲点，铿锵锵，铿锵锵，嘀嗒嘀嗒铿锵锵。头披银发、嘴挂银须、身背蟠龙棍的角儿上来，几个台步，亮相，哭腔叫板：“先行将，呼延兰玉，众烈士呀，”人们喊好鼓掌，苦音慢板加二流，“祭奠你亡魂归上九霄，在朝廊修座功臣庙，寡人早晚把香烧，自从把先行将为国丧命，无一日王不哭先行，王好比轩辕黄帝哭苍圣，又好比尧舜哭众生，夏禹王哭父死非命……”

马家大儿子有钱。他初中毕业后，就跟着打工的大军去陕西打工。钱挣上了没有，谁都不知道，学了个手艺，大家却都喜欢议论探讨。十多年前，不管风霜雨雪，不分春夏秋冬，他提着个挖土的铲铲在武家塬上晃荡，也没有少叫人笑话，说这娃神经不正常，想钱想疯了，能在荒山干洼的武家塬挖出宝贝！几年后，他不转悠了，先是在河滩上开了个砂料厂，折腾了几下，就有了自己的工程队，驻扎在镇上最繁华的地区。这几年，武家塬被保护起来后，人们才明白那里埋着一片汉墓。马家老大成了富户，不愁找不上媳妇成不了家，当然，他给村子的实惠也不少，过年给大家办个篮球运动会，请戏班子唱几天戏，修个简易桥，等等，大家就对他以前的事不仅不去非议，而且夸他脑袋灵光有前途。

秋风扯着雪花飘飘，锣鼓戏文有声。守在小堆家火盆前的蔡老根听着这忽隐忽现、时高时低的声音很不自在，总觉得这正经事没有办到地方上。院子里的人明显少了，闲下来的他们，也抽空出去看戏了。这时候，灵堂里又一声“哎，大啊——”，蔡老根就拿火棍敲打着火盆边沿说：“这到底给谁家唱戏？演的哪出嘛！”马家老汉不言语，伸手不知道是抓雪花还是抓传过来的声音。

二人抽烟喝茶，小堆娘出来了，她疲惫不堪地看了眼蔡老根。蔡老根起来，叫了声“嫂子”。小堆娘没有说啥，朝他们两个老汉沉沉地叹了口气，出了院门。一只谁家的小黄狗跑了进来，警惕地看着两个老汉。蔡老根挪了一下脚，把火盆旁边的一根羊骨头踢了过去。小狗叼了起来，碎步跑了。蔡老根就叹息：“这世上啊，人不如狗。”马家老汉也拿起火棍敲打火盆边沿，说：“你个死鬼，再指窗子骂门，我就收拾你。”

天色暗了下去。快到晚饭时间了，看戏的人们散去，帮忙的人也都走了回来。厨房里开始有了人间烟火，开水的雾气散开，包裹着另外一个消息。说是马老二回来了，在百姓大舞台的对面搭起了个台子，要演时尚节目，说是要来个五天五夜。“这不是唱对台戏吗？”“这弟兄两个太有意思了。”“听说，还现场扫描二维码送红包呢！”“太热闹了！”“今晚肯定人多，得早些收拾了去占个好地方。”

马家老二的事业是在城里发展起来的，起初，他在KTV打工，干些端盘子送酒水的活计。一次，和闹事的客人打了一架，老板虽然给客人赔了钱道了歉，却认定这小伙子够义气，忠诚可靠，就将他提升为经理助理。后来，老板因事在外地被抓，KTV就由马家老二打理。他的这生意，兴隆得不得了，特别是腊月正月，火爆得都回不了家。马家老汉热望娃娃都能挣上钱，有自己的事业，但又担心老二那喝酒唱歌的地方总归会出事。老大看着兄弟长年不回家，就手机上给提意见，说挣上几个钱就行了，赶紧回家才对。老二说："为啥啊？要这么说那你先回去啊。"老大说："你那地方，乌烟瘴气乱七八糟，本来就不是个正经地方。"老二说："咱没有做坏事，凭啥你这么说？难道你做的事情很正经吗？"老大很生气，说："你以为你正经？你就是个流氓。"老二回击说："你以为你正经？你不过是个掘墓贼。"老大说："你等着瞧！"老二说："我骑着驴，看着唱本，走着瞧呢！"

明眼人不猜就知道，马老二和马老大的对台戏是唱定了。

蔡老根进屋，在蔡木头的牌位前上了炷香，听见有人这么议论，就皱紧了眉毛。他看着火盆边低头捅火的马家老汉，突然心生同情：唉，这马家老汉也是爷爷辈的人了，娃娃咋都这么不听话呢！这么任性呢！真是猫老不逼鼠啊。也就没有拿言语刺激他，只闷头喝茶，今晚还得继续熬夜陪小堆娘母子守灵呢。天擦黑，雪停了，却起了风。白天帮忙的人都去看老戏看时尚节目了，小堆家的院子就显得空荡荡的。风有一绺子没一绺子，把摆在院子里的几个花圈吹得东倒西歪，蔡老根和马家老汉把它们扶起来，又跌倒，扶起来，又跌倒。帐篷也不牢靠，绑在四个角上的绳子吱吱作响，像是随时要断掉的样子。蔡老根进屋，问小堆找铁丝，又和马家老汉把帐篷加固了一下。

不久，风声里传来激情音乐和一个女人的喊叫："动，动起来，一起来，跳起来，舞起来！"也传来板胡的拉奏声和梆子的敲打声："有为王打坐在长安地面，风调雨顺太平年……"

"太平个屁！"蔡老根拍了一下大腿，差点儿丢掉了手中的茶缸。灵堂里也有了反应，小堆妈哭泣着："哎，死鬼，丢下小堆咋过活呢——你死了看不着了——"马家老汉和蔡老根都听见了，都没有出声，吱溜吱溜地吸着茶水。蔡老根憋不住了，本想再骂几句，却说了个人情话："冷不？"马家老汉说："不冷。""冷了就进屋去。""不去，屋里比外面还冷。"屋里有四堵墙遮挡着，可是不能生火取暖，怕温度高了对躺在地上的蔡木头不利。夜呱子又在附近"呱呱"地叫了几声，悄无声息后，只有百姓大舞台的声音不时传来。马家老汉又叹息一声，蔡老根说：“怕娃娃胡闹弄出事？”马家老汉说：“唉，天不遂人愿啊。”沉寂良久，蔡老根下定决心似的，说：“我去说说他们。”马家老汉说：“好啊！”又补充，“两个愣娃戗着噎着你，别怪我老汉。”蔡老根说：“人嘛，总归要讲个道理。”

等不到天明。听声音，戏散了，表演同时结束了。两班人马都驻扎在舞台附近，蔡老根捏着手电筒摸摸索索过去，正赶上他们这两帮人吃夜宵，狼吞虎咽的。蔡老根揭起他们的帐篷找啊找，才把马家两个儿子找见，叫到了一边。马家的儿子给蔡老根递烟，蔡老根犹豫了一下，接上，人家又给打着了火，凑到嘴上点燃。蔡老根心想，这态度还差不多嘛，就说：“老大，老二，老伯给你们说个事。你们不能这么唱戏啊，对台戏。”老大老二乐了，老大说：“蔡伯，我们弟兄唱对台戏，不是才热闹嘛。”蔡老根说：“对着呢，对着呢。问题是，你殁了的蔡大伯受不了啊。”二人又乐了，老二说：“蔡伯，你看，我们对着唱，好歹也是给死了的蔡家老人家唱戏吧，他有啥不乐意的？他不理解，村子里其他人理解吧？不唱戏才有人在背后骂我呢。”

蔡老根有些着急，朝远处的旧村子看了几眼，好像是看马家老汉，也好像在看蔡木头的在天之灵。他又给马家老大、老二说：“唱戏啊啥的都是好事。眼下，灵堂里就小堆一个，哭都没有个人帮衬，孤单得可怜啊。老伯我的意思是：戏，你们演着；人，去老院里帮衬一下。”马老大、马老二听了，几乎跳了起来，马老大说：“我又不是他儿子，去帮衬还不叫人笑话死。哪儿有这道理啊！”蔡老根就叹息一声，掏出手绢擦眼泪，说：“娃，不怪你们，都怪我们这些老汉没有把事做好啊。”

要说谁命苦，还是蔡木头和小堆啊。蔡木头出了事故，小堆虽然是个孩子，但也不小了吧。他的亲娘见摊上了不得动弹还要人侍候的残废，神不知鬼不觉地悄悄跟一个猎户跑了，村子里到她娘家亲戚家都打听过了，就是没有找见人。蔡木头好歹算是因工伤残，队里也很着急。不久，有个要饭的女人讨要到了村子，队里一看事情有些对路数，就答应这女的只要照顾好蔡木头，可以不上工。这个女人，就成了小堆现在的娘。女人过日子、照顾蔡木头都没有大问题，关键是，她提了个条件，如果不答应，她就立马走人。她说，人口太多，家穷，照顾不过来不说，主要是害怕养不活。

人口多，养不活，遭罪孽，还名声不好。当时，小堆妈跑掉时，不光丢下小堆，还丢下了小堆的一个妹妹和两个弟弟，且都是啥都不懂的憨板子。蔡木头六神无主，已经另出去过日子的蔡老根也没有主张。娃娃得养活，大哥得有人照顾，也不能叫小堆的后妈走掉。总不能把活人掐死饿死吧！选择只有一个：送人。先忍着痛，把哭着喊着的女子送给了庆阳一户人家。这两个儿子娃，送哪里？蔡老根突然想到，马有财结婚多年了，因为看护队里的庄稼，冻下了病根，还没有生下娃，就送他吧！就是不知道人家愿意不愿意接受。蔡老根偷偷一问，对方觉得白得了两个儿子娃，两口子乐坏了，一口答应，保证把两个娃不挨饿不受冻地拉扯成人。这两个娃，本名叫蔡大双、蔡小双，到了马有财家，就叫马大双、马小双。如今人叫马老大、马老二。

娃是送了人，可血脉连着。马有财家不亏待两个娃，两个娃却有事没事往亲爸跟前跑，甚至怀揣了马家碗饽饽送过去。送了人的娃，相当于泼出去的水，蔡木头不是不乐意看到大双、小双，而是觉得娃娃偷拿马家的馍本来就不对，担心这样惹得人家不高兴而叫娃受罪。他就抡着拐杖打他们，打得他们大哭喊娘。蔡木头骂：“你们两个是马家的人，我与你们没有任何关系，今后再跑来，我就打断你们两个的腿，和我一样瘸一辈子。”小堆和他后妈就躲在门背后流眼泪。

想起来，蔡老根后悔得肠子都疼。他对马老大、马老二弟兄说：“娃，事情都过去好多年了，就不要多计较了。常言说，打断的骨头连着筋，你们亲大殁的时候，口里只念叨了你们两个的名字啊。再说了，人死灯灭，你要往小堆脸上看呢。以前你们没有帮过他一把，现在帮一把也能行。”马老大说：“蔡伯，道理说得对。那我们过去，不会有说三道四的吧？”蔡老根连忙说：“不会不会，这人伦天理在呢，不会。”马老大又说：“那，就是承认我们是老蔡的儿子了？”蔡老根点着头：“是是是，是这个理儿。”

马老大说："好，蔡伯，这事儿你做主，我们就听你的。"

一回头，关山里的天气又变了。雪花落了下来，一片一片的，在蔡老根的手电光里跳动。蔡老根到了大哥家的院子里，马家老汉还守在火盆旁边，看地上的痕迹，抽了不少烟。他看见蔡老根晃着手电筒过来，赶紧扶着腰站起来，打量着蔡老根。蔡老根坐下，有些暗暗得意，说："事情稳着呢，放心。他们好歹是蔡木头的儿，明天就来帮衬小堆了。"又扭头问："你个老鬼，不会有想法吧?"马家老汉说："有啥想法？没有，一点儿都没有，这就最好，这就最好，免得有人说我不地道。"说着就把热茶给蔡老根递了过去。二人讨论着，照这样子，蔡木头的事基本还是圆满的，按照安排，后天就可以叫木头大哥入土为安了。他们便心急火燎地盼望着天明。

天却亮得晚。夜里的雪只是下大了一点儿，凌晨时分停了，天空的灰云比起往常罩得更加严实。早起的蔡老根和马家老汉在院子里走来走去，互相瞅着。按理，大双、小双应该比其他人要来得早一些才合适。正想着，他们提着一令白纸、两瓶白酒、两包点心，竟然穿着孝袍来了。把东西放到台阶上，两个人进屋，跪下，上香烧纸，接着叫了声"大——"包含着种种复杂的成分，然后抖动肩膀哭了起来，哭得鼻涕眼泪都分不清。灵堂里面也传来一声"大——"又传来一声"哎，我的娃，可怜着——"这阵阵哭声，浓烈而凝重，卷着一股子旋风冲出屋子，冲出院子，在旧村庄的上空回荡。不由自主，蔡老根也哭了："哎，哥——"马家老汉也哭了："老哥啊——"

这情形，让所有知道他们恩恩怨怨的亲戚和庄家大吃一惊。

中午，又是羊汤碎烫面饼子。马家老汉自己从厨房端了一碗，守在火盆前开吃，他近几天没有认真吃过饭，现在感觉肚子里空得只有茶水了。蔡老根端了一碗过来，说："吃啊。"马家老汉头都不抬地回应："嗯，吃。"蔡老根照例把碗端进屋去，摆在大哥的牌位前，作个揖，心里说："哥，你喝口羊汤，这是给你做的。事情，顺心着呢，娃都是好娃，你就放心吧。"他似乎感觉得到木头的眼睛在满意地瞅着他。他走出来时，听见灵堂里他们几个嘀咕，就停下了脚步。心想，毕竟小堆、大双、小双是亲兄弟，多沟通交流真是天大的喜事。

“大的遗物都整理好了？”这是马大双的声音。“嗯。”这是小堆的声音。“该放到大身上的都放上了？”“嗯。”“眼镜也放上了？”“嗯。”“大的眼镜不能放啊。”马大双的声音稍高了些，情绪明显有些激动。小堆说：“大生前的爱物，二伯叫放上呢。”

眼镜的事，蔡老根也只是听说，不能确信，但从马老大的口里说出来，情况就不一般了。蔡木头有一年进到关山老林给队里砍竹子伐木头，相伴去的几个人不小心滚下了山坡，被一个崖茬子挡住，幸亏没有掉下去。几个人起来，就看见一个洞口对着他们，估计是一个坟墓的穿堂。胆大的拿砍刀刨了几下土，就露出了些东西。其他人捡了什么，没有人说，蔡木头捡回来一副眼镜，蔡老根是知道的。

马大双说：“小堆，不能放。赶紧取出来。那是咱们家的传家宝，你不知道有多值钱。”小堆说：“这得听二伯的。”就听马小双说：“咱们是亲弟兄，大事情要咱们弟兄做主才对。”马大双又说：“是是是，你以后还得靠弟兄帮衬着往瓷实里过日子呢，总不能靠二伯去呀。这眼镜，我帮你变成钱，多一半给你，日子就顺活多了。”三个人在灵堂里低声争吵了起来，并且还有撕扯声传出来。就听小堆娘哭了一声：“哎，你个死鬼啊——往后咋过啊——”马家老汉听见这哭声，就起身走了过来。

蔡老根越听越觉得不像话，越听就越生气，揭开灵帐，跨步进去，指着大双、小双说：“苍天在上，死者为尊啊！你们，你们两个这都是啥意思！啥意思！就是为了图这副眼镜？”他径直从大哥蔡木头的衣袖里拽出眼镜，捏在手里，在他们眼前晃动了一下，复又揭开灵帐，跨出灵堂，大喊：“天啊，这都是啥事啊。”马家老汉看出他要摔眼镜，急忙上去拦劝，却没有拦劝住，一道光从半空划过，跌落在地上。

一声脆响，整个秋天晃动了几下。本就混沌不清的世道，似乎清明了起来。

（原载于《飞天》2018 年第 2 期）

去远方

瘦猴儿骑着自行车冲出县城，要到距县城五十多公里的小山庄去。自行车是从一车棚顺手牵羊推出来的，大约在那个车棚停放得久了，浑身灰尘，锈迹斑斑，前后胎都瘪着。花费一元钱在一摊儿上打了气，骑上去，才知道这车子还有别的毛病，车闸不好，链条还吱吱作响，蹬起来十分吃力。也罢，这破自行车虽然毛病多，但总比没有好，能节省近二十元的班车费吧。

用近三个小时走完柏油路，朝左一拐，就上了山道。山道两旁的柳树，一个挨着一个，就像牵着手的人，逶迤到远方。山路不好走，虽然看上去铺了些砂石，但因受雨水冲刷、太阳暴晒，路面便像搓板一样坎坷不平。自行车碾过去，一颠一颠地，人不由得从车座上弹了起来，落下去时，屁股被颠得生疼。早上走得早，尽管吃了一个饼子，可由于路况不好，肚子也就有些撑不住颠簸。日近中午，太阳专门撵着他似的，尽管他拣树荫处骑行，可还是出了一身汗。汗和衣服粘在一起，加上肚子胡乱搅和，他就觉得心里十分烦躁。他明白这叫低糖反应，得吃些东西。背包比较大，帆布的，松松垮垮地夹在自行车后架上，其实里面没有装多少东西，只不过是一瓶矿泉水和两个烤饼子。他将自行车随便朝路边一扔，一头钻进看山护林者挖就的窑窝。窑窝不错，好像最近有流浪汉住过，铺了枯草，虽然不多，但可让身体不至于完全挨到尘土上去。

山下，就是小山庄。怪，说是小山庄，却没有窝在山弯里。山下的一条河，河床宽阔，自东向西而去，来处看不见尽头，去处不知道目标。有这一条流水，小山庄的地理变得平坦而狭长，二三十户人家散落在北边的山脚下，远处看，似乎就在绿树掩映的河岸边。如果不清楚山下大多数土地布满了石头，生活困顿贫瘠，一定会以为小山庄是人间仙境、世外桃源呢！瘦猴儿吃了些东西，身体稍稍踏实了些，一阵睡意袭来，便朝后仰躺了下去。本来想眯一小会儿，结果竟熟睡了过去。

瘦猴儿忽然听见娘说：“娃儿，快些跑，跑得越远越好。”娘的表情十分模糊，妹妹的表情也十分模糊，爷爷奶奶使劲儿朝他挥手，爹一个劲儿跺脚。瘦猴儿一扭头，赌气说：“我跑？你们咋不跑呢？”

小山庄不是瘦猴儿的家，他家在北边，距县城七八十公里，距小山庄更远。四年前的七月，暴雨接连下个不停。谁都不知道，自然的力量正在蓄谋着一场惨绝人寰的阴谋，“轰隆隆”的声音撼天动地，村庄紧依的山滑了下来，泥水几乎全部覆盖了地面。瘦猴儿赶回去时，已经是三天之后，看着面目全非的村庄和秩序混乱的救援现场，他跪倒在泥泞之中。他找不见家的位置，也没有找到爷爷奶奶、爹娘和妹妹。他哭啊，哭得伏在地上没有了气力，雨点儿一样的泪水“啪啪啪”地落地有声。一个男人，泪水怎么那么多呢！

娘的脸上糊满了泥水，又推了他一把：“娃儿，你赶快跑啊，不跑就来不及了！”

瘦猴儿忽地一下翻了起来，抹一下脸，娘呢？朝外一看，昏天黑地，密集的雨点儿箭一样射向大地。山上的洪水帘子一样从窑窝上面漫了下来，流向山道。山道上的洪水，夹裹着泥土和树枝野草，没有组织地漫下山坡。透过雨幕，他看见山下的河水上涨，浪花互相撞击着奔向下游。瘦猴儿大叫了一声“娘——”声音带着急切，充满恐慌。

他快速冲出窑窝，朝山下跑去，脚下溅起的泥水，沾满衣服，复又被雨水冲掉。摔了多少跤，他记不清了，也不在乎了，脸上手上是否被划破，他也顾不得了。河上木头搭成的长桥，差不多没入洪水，一只狗、几头猪，在水中翻着滚儿浮浮沉沉。他冲过木桥，稍一回头，几棵连根拔起的大树将桥打得粉碎。

瘦猴儿急速奔跑，冲进雨水浸泡的小山庄，拍打着距离自己最近的木门柴扉，语无伦次地大声喊着“娘”。

惊魂未定的乡亲们看见，洪水漫进了村庄，村庄快要消失了。

雨停了。河水慢慢退了下去。撤到高处的乡亲，看着傻傻地盯着水面、口里喃喃自语的陌生人瘦猴儿，一时不知说什么好。

“一个疯子。”有人悄悄说。是的，他太像疯子了，浑身泥水，光着一只脚，脸上流着污水和鲜血。“疯子救了咱村庄呢！”有人换了一种说法。尽管损失不大，只是淹没了靠近河岸的几个院落，几堵围墙垮塌了，洪水卷走了几头牲畜，但好多人觉得，是这个像疯子的流浪汉救了村庄，不对，是救了村庄一些人的命。人们随即附和。

有人扑过来抱住瘦猴儿，大声说：“你是瘦猴儿？”又摇晃着他：“瘦猴儿，瘦猴儿！”瘦猴儿抬起无力的胳膊，拍打一下对方：“胖墩儿，胖墩儿啊。”失声痛哭了起来。

人们围了过来。“你们认识啊？”“你们是朋友啊！”

靠近河岸的几座院落垮了，靠后的院落完好无损。那个叫胖墩儿的，牵了瘦猴儿的手，在大家的簇拥下，朝一座院子走去。这就是胖墩儿家，院子不大，南边修建了三间瓦房，也应该有些年头了，如果几年后再不翻修，肯定禁不住像近期这样的风雨。北边空闲的地方，种了几株向日葵，黄色的花盘风雨之后更加鲜艳。胖墩儿多幸福啊，有爹有娘有老婆。屋子有些昏暗，也有股潮湿发霉的气味，瘦猴儿浑身湿着，不好意思落座。就在这时，胖墩儿媳妇端来了热水，叫瘦猴儿抹几把脸，胖墩儿娘翻出胖墩儿爹的旧衣服叫瘦猴儿换上。顿时，瘦猴儿觉得有家就拥有了全部的人间温暖，不由得对胖墩儿娘也叫了声娘：“谢谢娘。”眼泪就在眼眶里打转儿。

胖墩儿娘说：“看你这娃，客气个啥哩。我给你做饭去。”她刚出门，院子里有人喊：“我抓了只鸡来，今日给咱恩人吃。”一句话唤醒了胖墩儿，赶紧出屋，也要去抓自己家的鸡。

瘦猴儿走出屋，一把拉住胖墩儿，说：“不了，真不了，我饱着呢。”

院子里的乡亲不多，只有四五位年长些的，其他人收拾洪水退却后的院落房屋去了。一位年长者说：“娃，不管你饱不饱的，咱得感谢你。”另一位年长者说：“啥叫英雄，你就是英雄哩。你哪怕吃上一口，也是领了咱的心意。”瘦猴儿其实早就觉得肚子饿了，也就不再推辞，被大家推上了炕。

胖墩儿说：“瘦猴儿兄弟，你咋就这么巧，赶上了这场暴雨哩？”话刚出口，胖墩儿爹责备胖墩儿：“你这娃，那是人家的外号吧？咱得记着人家的姓名嘛。”胖墩儿一拍脑门儿，不好意思起来。他实在想不起瘦猴儿姓甚名谁，在工地上，同事们，还有头头儿们，都把他叫“瘦猴儿”，好像他没有姓名似的。胖墩儿只好“嘿嘿嘿”地笑着，说：“我们以前是同事，关系像亲兄弟一样。”瘦猴儿顺势说：“是是是。”也就回避了胖墩儿爹的疑问。

宛若回到自家的瘦猴儿，真的不能回答胖墩儿关于“为什么来”的问题。他被乡亲们的尊重所感动着。他去年和胖墩儿分手时，是在汽车站，匆匆说了几句，便各奔东西。记得最清楚的是，胖墩儿悄悄说：“兄弟，往后如果还能相遇，你就到小山庄找我，我那村庄的后面山坡上，听老年人说，是上了年代的坟墓，可能里面有宝贝哩。”因为匆忙，他口里胡乱答应着就走了，不，是跑了。前不久，听城里人风言风语，说有几个盗墓贼偷了县城什么地方的汉代古墓，挖出的汉剑、如意等宝贝贩卖到了广州，最后出关时被查获。所谓说者无心，听者有意，闲着没事的他突然想起了胖墩儿临别时的这句话。他决定到小山庄找胖墩儿。

鸡肉散发着不可抗拒的香气，被端到了炕桌上。小山庄的人认为，鸡腿和鸡胸脯是最好的肉，理当拿来招待客人，胖墩儿爹和几位年长者就朝瘦猴儿的碗中夹鸡腿和鸡胸脯。瘦猴儿十分不好意思，但挡不住大家的热情。吃到最后，碗里还剩下了几块肉。胖墩儿爹猛地想起什么，一拍大腿：“咱该找瓶酒敬一下恩人才对。”胖墩儿一想，对啊，起身要去找，被瘦猴儿一把拉住：“胖墩儿，爹不晓得，你总晓得我沾不得酒。”对啊，胖墩儿想起来，瘦猴儿确实滴酒不沾——过敏。有次喝了小半杯啤酒，浑身泛红发痒，差点儿吓死了人。胖墩儿说：“算了，这家伙真的见不得酒。”

吃罢，瘦猴儿忽地跳下炕，说：“我得走了，还得赶路呢。”几乎把大家吓得一惊。

胖墩儿扯住瘦猴儿，说：“一年多时间没有见面了，住上几天，咱们弟兄好好聊聊嘛。”大家也都挽留他。

瘦猴儿似乎完成了一次心灵救赎，也似乎不愿意打扰胖墩儿虽然贫瘠却幸福如意的生活，执意要走。大家便没有再劝。

乡亲们送瘦猴儿走出村庄就停下了脚步，只有胖墩儿继续送着他。通往村外的桥断了，胖墩儿熟悉哪里的河水最浅、河岸稍窄，好把瘦猴儿顺利地送出小山村。走远了，瘦猴儿听见乡亲在身后喊：“我们记着你哩，你想来就来，多住几天。”瘦猴儿心里又是一热。

两人七拐八绕地走出了小村庄，来到了河岸边。胖墩儿打算再送他过河，瘦猴儿说：“算了算了，留步吧。”胖墩儿不知咋的，冒出了一句很江湖的话：“送君千里，终有一别。弟兄就此别过了。”还抱了一下拳。看着瘦猴儿蹚着水，快过岸了，胖墩儿突然记起少问了句话，便大声喊：“瘦猴儿，你这几年做啥哩?”瘦猴儿听见了，回头摇着手喊：“在外面胡混呢，也没有做啥正经事。”太阳偏西，水雾浮动，细风吹过，他们的问答声很快消解在空气中。

上了岸，瘦猴儿回头张望，胖墩儿还站在对面的河岸边。他们又摇了摇手。

胖墩儿往家里走时，心里想，瘦猴儿这几年可能混得不错吧，他可能只是不好意思说出来罢了，他这个人一直话少，咱了解他哩。对了，胖墩儿又有些后悔忘记了再多问一句：混得好了把咱再带上一把。还后悔忘记一件事，就是没有把电话号码互相留下。可是，他怎么这么巧，在路上就赶上了下暴雨呢？唉，不想了，要不是他来得巧，小山村说不定要遭大灾哩。看看，他都成英雄了。

胖墩儿想得没有错，暴雨之后，必有灾害，只是遭灾的程度不一样罢了。这不，天还没有完全黑下去，有两辆越野车停在了河岸边，朝小山村喊话。大约距离远，喊话听不到，有人就掏出手机给小山村村民小组的组长打电话。他们是县、乡派来的工作队，主要来察看和统计受灾情况。有人很快把工作队带到了村里，到组长家围坐在一起。据工作队说，河的上游和下游，几十个村庄遭了灾，上游的三个村庄还被洪水卷走了十几个人，至今生死不明。情况谈到这里，小山村的人和工作队的人脸上就写满了悲戚。胖墩儿爹叹息说："啧啧，多亏了我胖墩儿的同事了。"工作队问是怎么回事，大家你一言我一语把瘦猴儿进入小山村的前前后后述说了一遍，连工作队也有些感动。

召集乡亲统计完灾害造成的损失，工作队中的一位说："这个叫瘦猴儿的在传递正能量啊，咱们要宣传一下他的先进事迹。"另一位说："像他这样的人，弄典型，上报争取个先进也是可以的。"胖墩儿爹觉得很荣耀，说："他可是个好人，英雄呀。对对对，就得多宣传他。"

瘦猴儿的事迹，很快无限放大并快速传播开来。过了几天，又有一辆越野车停在河岸边。他们沿着已经修复好的木桥进入小山庄，一架摄像机朝河水和村庄扫着，一位打扮入时的女人手持麦克风朝摄像机讲着。然后，他们朝村子的腹地走来，每碰见一位乡亲，就截住去路由女人问上几句，同时摄像机朝乡亲扫几下。找到胖墩儿家时，他正在地里忙活，灰头土脸的。他娘就赶了来叫他，说是县电视台的记者问瘦猴儿的情况，要宣传哩。胖墩儿回去，钻到厨房里先洗了下，人的样子便鲜活了许多。记者不录像，只说："有两个问题需要你配合一下，瘦猴儿叫什么，家住哪里？现在去了哪里？"可是，这两个问题，不，是三个问题，胖墩儿作为瘦猴儿曾经的同事，打死也回答不上来。

记者觉得胖墩儿真说不出什么，就走了。临走时，犹豫了一下，要把胖墩儿手机号码留下，以方便随时了解瘦猴儿的情况。胖墩儿没有手机，家里只有一部一年里头响不了几次的固定电话，就把号码给了他们。

胖墩儿家的电话说响就响了，是几天后的下午，胖墩儿下地去了，电话突然一响，吓了胖墩儿娘一跳。胖墩儿娘小心地接了，以为对方是电视台的，却是乡上开会的组长。胖墩儿娘说："我这就给你找胖墩儿去。"组长说："不用了，电话费贵得很，长话短说，瘦猴儿那事闹大了，县上主管宣传的领导说是这两天带人来你家做个深度挖掘，乡上要求你把院子和屋子的卫生收拾干净。”深度挖掘是啥？胖墩儿娘愣怔间，组长就挂了电话。

他们说来就真的来了。

大中午，天热，热得村庄里一片死寂。一辆商务车卷着一股尘土进了村，在胖墩儿家门前停了下来，吵吵嚷嚷地下来了五六个人。乡长陪着县上的领导进了院，惊得胖墩儿一家赶紧出来迎接。胖墩儿家主屋逼仄，摆了从邻居家借来的三把椅子，屋子更显小。但县上的来人也不急着进屋，站在院子里打量着，按胖墩儿娘的想法，人家这就是在“挖掘”呢。

说话的肯定是主管宣传的领导：“不错，不错，院子虽然小，但干净整洁。”乡长赶紧点头，说：“我们乡大多数农户都是十分讲究卫生的。”只有胖墩儿和他娘最清楚，从早晨到中午，院子总会落下从外面进来的杂草和浮土，他们反复清扫了好几遍呢。几只散漫惯了的鸡，也被胖墩儿爹赶到了后院，抓进了鸡窝；为了不使它们乱窜拉屎，还特意把窝门堵了。而胖墩儿媳妇，一直在厨房里忙活，给县上来客准备吃的，好长时间不见人影。

他们进屋，他们不断提问，有人在用录音笔录音，有人在做记录。胖墩儿显然表达能力不好，极力在记忆中搜索与瘦猴儿的所有交往，说瘦猴儿在工地上如何吃苦耐劳，如何在这次暴雨中狂奔喊叫，又如何挽留不下决然离开村庄。可能是由于紧张，好几次将已经说过的事情又复述了一遍。

有人问：“那么，你现在能想起瘦猴儿这个人家住哪里，家中还有什么人，他的姓名到底叫什么吗？哪怕能记起姓什么也行。”胖墩儿依然一脸茫然。这些天里，他从头到尾梳理了好几遍他们相识、相交的过程，而似乎恍惚间有一个熟悉的名字在脑海中闪现，可却又像一道光一样快速划过，无法捕捉。

谁聪明地问道：“那么，他的照片总会有吧？合影、工作照，随便什么都行。”胖墩儿还是摇了摇头。他后悔极了，记得有人拿手机给他们拍过几张抱砖头的照片，可惜的是，因为自己没有手机，那些照片就保存在别人的手机里，而现在，或许早已经被删除掉了。

见这种情况，实在没有别的线索，有人便建议胖墩儿把瘦猴儿的形象描述一下，他们好回去画个人物图像。胖墩儿说：“他，瘦啊，就是个瘦猴儿啊。”他们便无奈地笑了。但最后通过提示性询问，胖墩儿还算比较圆满地回答了瘦猴儿的脸形、头发、眼睛、口鼻、身高等关键性问题。

折腾了大半天，快到晚上了，他们一行饿了，累了。乡长塞给胖墩儿娘十元钱，说做上一顿饭，比如煮洋芋、荞麦面啥的，领导就喜欢这一口。胖墩儿娘不想要钱，乡长说：“这是规定。”胖墩儿娘听说是规定，就捏了钱去了厨房。做饭、等饭的间隙，县乡的来人就在院子里转悠，说话，拿手机拍照，打电话，话题没有再转移到瘦猴儿身上去。

没有离开他们半步的胖墩儿，终于松了口气，也盼着娘赶紧把饭做成，好打发他们走，自己也好眯瞪一会儿。他觉得，今天比往常下地干活儿还要累。

娘终于隔着厨房墙壁喊：“墩儿，把炕桌摆好，叫领导吃饭。做得不好，叫领导不要嫌弃。”胖墩儿应承着，准备去屋里把炕桌搬到院子里。

这时，很少来胖墩儿家的组长，不打招呼就冲进了他家的院门。估计是一路奔跑来的，脸涨得通红，还喘着粗气。组长没有站稳，也没有看院子里都是哪些人，只说：“胖墩儿，不得了了！你看看，你看看，公安局的人来了。”

所有人都中了邪似的，愣在了院子里。“什么事啊？”“能有什么事啊？”“墩子你做了什么事啊？”胖墩儿甩着手说：“我能做啥事啊？”

大家七嘴八舌议论着，派出所所长带着三名警察进了院门。所长和乡长熟识，老朋友了，互相也是一愣，握了一下手。所长问：“你们？”乡长说：“了解些情况。你们？”所长说：“他们外地的，我也配合了解点儿情况。”

外地来的人直接问胖墩儿在不，叫他出来问个事儿。胖墩儿胆怯，有些怕。警察朝他招了招手：“过来过来，到屋子里来。其他人不用进来。”

胖墩儿随着他们进屋，心里一个劲儿哆嗦：我没有犯法，找我问啥事儿？警察见他紧张，就说："别紧张，别紧张，我们是从市里来的，只是问几句话，你如实回答就行。"胖墩儿慌忙点点头。

饭在厨房里，窜着腾腾热气。县乡的人也不知道饿了，在院子里走动，脚步很轻，呼吸声很小，表面平静得跟散步一样，但都竖起耳朵，想听清楚屋里在说些什么。

屋里亮了灯，光线在屋子前洒下一片明暗。派出所所长站在地上，一名警察蹲在屋门槛儿上，两名坐在炕沿上，还录音录像。不过，胖墩儿对录音录像已经差不多习惯了。一警察问："认识王治国吗？"胖墩儿摇着头："王治国是谁，没有听说过，更别说认识了。"

警察问："那你认识瘦猴儿吧？"胖墩儿一愣，赶紧说："认识认识。"他似乎有些明白了：瘦猴儿是王治国的外号，就像自己的外号叫胖墩儿一样。

警察问："你知道他去了哪儿吗？"胖墩儿说："我后悔这事哩，没有问他要去哪里，连个电话号码也没有留下。"

警察盯着他的眼睛看，胖墩儿急得站了起来，说："真不晓得，真不晓得啊，我忘记了，没有问。"

警察互相瞅瞅，又问："那你知道他来小山村干什么吧？"胖墩儿又站了起来，快要哭出来了，说："忘记了，没有问，没有问啊。"警察就笑了，说："坐下坐下，别紧张。"胖墩儿又坐了下去。胖墩儿媳妇在屋外，嘤嘤地哭着，说："你要是做了对不起人的事，我和你离婚！"胖墩儿不知说给谁听："这女人，这女人，真是丢人。"

警察又问："那你知道他在工地上干过偷鸡摸狗的事吗？"

胖墩儿一愣。"偷鸡摸狗"这个词语他懂，便低下了头。

唉，瘦猴儿的确干过这种事儿。工地上，他们俩是铁哥们儿，家里都困难，都有爹娘，都会闷头做活儿，想事也能想到一起。那个偷鸡摸狗的事，还是瘦猴儿亲口告诉他的。四年前的夏天，瘦猴儿在另一个工地干活儿，半年下来，他要回家去看爷爷奶奶、爹娘和妹妹。可工头儿不给一分钱，说是年终一起结算。瘦猴儿就扛了一编织袋架杆扣件倒卖了几百元。这事没有过夜就被工头儿知道了，报了案。结果是肯定的，他还没有回去，就被没收了赃款，并被工队开除，那些工资也变成了治安处罚金。瘦猴儿告诉他这事儿时，显得激动、气愤："你看看，工头儿多黑，我啥也没有落下。"从那个工地出来后，瘦猴儿就来到了胖墩儿所在的这个工地。

胖墩儿不知道瘦猴儿那时候没有赶在泥石流之前看上一眼亲人，只知道瘦猴儿"恨死包工头儿了"。胖墩儿曾经觉得瘦猴儿恨得没有道理，又觉得包工头儿太黑，恨得有些道理。

有一位警察点了根烟，说："问最后一个问题，你和他在工地见的最后一面儿是在什么时候?"

这个问题胖墩儿真能回答上来。去年秋天，家里叫他回家结婚，他就请了假，借了钱，去车站搭通往老家的班车。刚上车，就看见瘦猴儿，不对，是王治国，也在车站。他就喊了一声，跳下了车。他问瘦猴儿要去哪里，瘦猴儿犹豫了一下，说是要回去，问胖墩儿去哪儿，他就回答说回家结婚去。瘦猴儿一听他要回去结婚，一脸高兴，说："兄弟，结婚后好好过日子。"说完强塞给他一百元钱，说是弟兄一场，算行个份子。小山村的份子也就五元两元的，见这么多钱，胖墩儿就拦挡了好几下。随后，他一低头，就不见了瘦猴儿的人影。警察还想问，胖墩儿又站了起来，说："我赌咒发誓，真再没有见他了。若是我说了假话，天打五雷轰。"眼泪豆豆儿就在眼眶里打转，好像随时要夺眶而出。

胖墩儿爹和胖墩儿娘一直坐在屋前的台阶上，没有起来，念叨："啥事嘛，啥事嘛。"院外的其他人互相拿表情交流："什么事嘛，什么事嘛!"

警察要走了，还分别握了一下胖墩儿及他爹娘的手："打扰了，没事儿的，只是了解个情况。"又强调说，"真的没有事儿。一旦有了王治国的消息，第一时间通知我们就行。"胖墩儿爹娘点着头，尽管不明白"第一时间"是什么时间。

外地警察没有和其他人握手道别的意思。派出所所长赶紧抢前一步，对另一警察介绍："这是我们乡长。"乡长赶紧把县上领导推到前面："这是我们县主管宣传的领导。”警察和县领导握了手，准备走时，出于职业习惯，突然回头问：“你们这是？”

县上领导很痛惜地说：“前一阵不是发生了泥石流吗？那个瘦猴儿，啊不，王治国，就是这个王治国救下了咱这个村庄啊！”

警察们马上明白了是怎么回事，都停下了脚步。一位警察低沉地说：“可是，可是，王治国涉嫌盗窃，啊，是撬了老板的保险柜。”

气温仿佛突然降到了零下，空气瞬间凝固。只听胖墩儿娘说：“饭都凉了，饭都凉了。”

胖墩儿当然听见了“王治国涉嫌盗窃”这句话。他像是被流弹击中了某根神经，口里自语：“瘦猴儿啊，瘦猴儿，你弄下的这都是啥事嘛！”

千真万确，王治国是撬了老板的保险柜。他记不起具体时间了，当然是深夜，但不是月黑风高。潜入老板办公室时，也很顺利。这个老板，不是当地人，他只是偶尔居住在办公室的套间里，一般在附近的宾馆过夜，鬼知道他做些什么勾当。王治国没有想到，那个保险柜那么不禁撬，只几下就开了，肯定是个假货。打开保险柜，虽然光线模糊，但还是让他大吃一惊，天啊，里面堆放了那么多钱，还有金货银货，老板竟然还口口声声说没有钱！他真想跳出去，大声把这个消息告诉所有的人。王治国待了好一会儿才清醒过来。他很需要钱，他拿了他认为应得的部分，踢了一脚保险柜，走了。

现在，王治国并没有跑，他和那辆破自行车一起在路上。他不知道身后所发生的一切，更不知道警察在找他。他没有家了。就从他走入小山村的那一刻起，他就打定主意，要彻底离开这个地方。这并不是他选择逃避，他只是要到一个没有烦扰的地方去，永远不再回来。他其实也知道，这样的地方很远，远得虚无。

他的身后，是渐行渐远的村庄，以及越来越近的警察……

（原载于《朔方》2018 年第 3 期）

蛙声一片

吃过午饭，王春生敌不住燥热如火的高温，快要熔化了似的，只想躺在铺有竹席的沙发上好好睡上一觉。他现在住着的，是去年旧城区房屋改造时，拿老房子在新城区兑换过来的。新房子临河，按照开发商的描述，像这样依山傍水、赏心悦目的地方，房子应该出售得很快，可恰恰许多人家嫌由东而西的河水太臭，蚊子太多，小区建成快三年了，售房速度的慢显然跑不过拆迁速度的快，难得在夜晚时分见到一片灯火通明的景象。倒是河对面的南山，因有“臭水河”的滋养，给人们一些绿意盎然的安慰。

在盛夏，一楼最大的好处是地气上升，凉如冰窟。王春生刚仰躺下，隔壁装修房屋的电钻声恰好传了过来。新来的住户几乎都不怎么讲究公共道德，邻居间也是闻而不问。王春生早有准备，扯过一副扔在茶几边的耳塞，迅速地堵住了耳朵。

很快，他的耳畔边鼓起一片蛙声。

一点儿不假，蛙声对自小在关山深处三湾村长大的王春生来说，熟悉得就像黑灯瞎火也能走遍所有小道、摸遍所有溪水一样。关山这地方山大沟深，大到能阻隔东升西落的太阳，深到顺着流水走上一天一夜也走不到尽头。林木是自然生长的，全都把根伸进石头缝隙里，倔强得如同山里人的品性，野草则紧紧抓住石头表面的土层，生怕在季节轮回中走丢，细小的根须尽力缠住石头毫不放松。关山深处的村庄不多，偶尔三五处，相距十几里甚至几十里，隐没在山弯儿里，天各一方一般，互相望一眼都难。王春生所在的三湾村，户数不多，外墙大多用石头垒成，房屋拿从山里砍回的树木随意搭就，散养的羊丢在稍稍宽阔的地带。关山里沟多、水多，是上天赐予的天然澡堂。王春生当然记得清楚，四十年前的盛夏时分，大人小孩儿、男人女人各自为政，提了铁锨，选一个僻静之处，在流水中截出小坝，衣服也不脱下来，就直接扑了进去。水是清的、净的，有青草香、野花味。从水里出来，随便躺在草上晒晒，人就清爽了，衣就干了、净了。

这样的小水坝、小池塘，好多年里，大人小孩修起了数十个，有些使用着使用着就因为另找了个地方，最后把它们忘记了，或许还在，或许在一场雷雨中被洪水冲掉。一些没有被洪水冲掉的，并不是坚固，而是因为洪水也会改道而行，绕了个弯儿就把它们保存了下来。保存下来的，包括自然形成的水窝、水池，就成了青蛙的育婴室。它们在这里繁殖，产下像细绳子上打了结儿一样的卵，不久，蝌蚪破卵而出，蜕掉尾巴，先长出后腿，再长出前腿，在傍晚时分，和它们的父亲母亲一样，“呱哇，呱哇”地唱着生活的歌谣。

谁都知道，整个关山，夏天时装满了蛙声。当然，王春生更是记得，有月亮的夏夜，成片的蛙声穿过月光与山和树构建的影子，洒得到处都是。大家一点儿不觉得吵闹，倒觉得大地和人间一片安详。后来，王春生明白，蛙声就是关山的小夜曲。

美，王春生最先想到了这个字。对，“美好”的“美”。

是不是该回去看看呢？只是一闪念，却像锋利的刀子划过，一下子在思想上留下了印痕。他决定去看看。王春生有辆二手车，七座的面包车，大家都把这样的车辆叫“面蛋蛋”，平时就停放在小区里花钱买来的停车位上。

停车位在后窗外边，发动车时，妻子隔着窗子问：“这么热的天，就急着出去吗？”

真的热，打开车门，一股热气扑面而来，车里面热得能蒸熟馒头。王春生盯着仪表，像平时一样回答：“急！”

妻子又问：“是不是一块儿去？”王春生就摆了摆手，也不知道她看见了没有。

本来，他真的想叫妻子和放暑假在家的儿子去老家看看，可城里长大的他们，一直对山村有种莫名的排斥。这，和许多人一样，偶尔去山村一次半次，感叹山村的空气多么清新、村民多么朴实、果蔬多么环保，可这只是把“去”当作一次短暂的旅游。

路上车少人稀。从县城到三湾老家，按正常时速，大约需要三个小时。路程还没有走过一半，沿途景象大变。硬化了的道路，由钻天白杨掩映着，伸向山根和云端。统一规划建设的“新农村”摆在道路两边，院落一律白墙青瓦，白墙上描了乡约乡规、秦腔脸谱、时令画幅，颜色红黄绿蓝相间，热闹得好看。屋舍的青瓦飞檐与周围景致和蓝天搭配得浑然天成，好像不是人工造就一般。

其实，附近的这些情况，王春生比较熟悉，熟悉得几乎能叫得上这几个村镇的名字。

王春生那年离开老家，到县城的印刷厂打工。后来，转正了，就和同事租房子结婚了。租住的房子位于城北国道旁、城郊接合部，六十多平方米，是一个直挂单位的家属公寓，地理位置和房屋结构当然不怎么理想。两三年后，东城区千亩土地前半年还绽放着黄色油菜花，后半年就密密麻麻地竖起了新建的楼房。房东要在东城区购买新房，为了凑钱，要便宜向他们出售旧房子。王春生两口子像在山坡上玩耍时不小心一脚踢出了个元宝一样欣喜若狂。从此，他们由租住户变成了该房子的产权所有者。有了房子，也就有了孩子。后来，孩子长大，他却失业了。

失业了，总得找个养家糊口的活计吧。一切事物都有正反两面，比如，这住房不怎么理想的地理位置，在他苦思冥想中，顿时变得理想了起来。他们一咬牙，将阳台窗与外面的世界相连，搞成一个新的空间，购买了电脑、打印机等设备，起了个“轨道文印”的名字，做起了老本行。后来，发现许多年轻人结婚时更想以视频方式保存特殊的日子，便与时俱进，购买了摄像机，搞起了婚庆摄像。再后来，一些企业开张庆典、举办文艺晚会也请他们去摄像，他们就将摄像机换成了高端的。没过两年，流行拍摄专题片、微电影，他们又购买了航拍旋翼机，还注册了个“轨道文化影视有限责任公司”。像“新农村”建设这样的一些“点”，他还是光顾过几次的。

他的这些器材，标有“轨道影视”字样，平时就装在面蛋蛋车上。

走着走着，山高了起来，树稠了起来，空气潮了起来。单凭感觉，谁都知道进入了关山的边缘。对于关山景色，去过的人没有不说好的。四季轮回中，那些色彩每年重复着过去的样子。春夏葱郁，绿色筑成一道密不透风的屏障；到了秋天，一坨一坨的红黄绿好像从天上掉下来的绸缎；冬天则又是另一种情形，一些石头的浮土上野草退去，一场雪伺机侵占了领地，一直到候鸟归来，也不愿意归还给野草。王春生觉得，这些，不过是路人眼中的景象罢了，司空见惯了，就不觉得稀奇。

有人站在一棵树下招手拦车。把车停靠了过去，是一对老夫妻，身边还放着个好大的塑料编织袋。编织袋是网状的，能看得出里面装了一些蔬菜。老夫妻过来朝车里打量了一下，说：“咦，不是跑线路的车啊。”便又回到了原位置。

王春生马上明白，这条路上载客的汽车大约都是七座小客车，并且模样长得都差不多，就说：“上来吧。能捎你们多远就多远吧。”说完，跳下驾驶位，拉开车门，帮老人把东西放到了空位置上。

王春生没有问，这两位老人就抢着说话。老夫妻祖祖辈辈住在关山脚下的窑洞里，如今都年逾七旬了。前年，镇上说村庄所处环境存在危险，不宜人群长期居住，就整体搬迁到了山外平坦的地方。“新农村”漂亮，新房子漂亮，可就是心里老惦念着村里的老院子，这次，他们就是要去看一看，如果房子没塌，还要住上几天。老夫妻很得意，说这次过来，还带了能维持几天的吃喝。王春生听他们这么说，心便有些急切了。

几声蛙叫，不是车外，而是在车内响起。这是老汉手机短信提示音。他儿子发来短信询问他们是否快到了。老汉不好意思却又高兴地说：“娃问我哩，娃问我哩。这手机声音，太难听了，太难听了！”

听见这蛙声，王春生一愣，条件反射似的踩了一下刹车。惯性的原因，老夫妻后仰了一下，又弹了回来，紧张而又不解地看看王春生，又赶紧看看车外，老汉说："就这个路口，就这个路口，穿过去，几十分钟就到了。"说完，他们使劲儿拉开车门，费力地下车，然后扯下塑料编织袋，头都没有回，摇摇晃晃地走了。

王春生看着老人走过路口的背影，心思还在蛙声上。对啊，自己不就是因为这蛙声才大老远地去关山深处的老家吗？蛙声，像一根紧紧拖着他的绳子，他便加快了车速。稀少的行人，不多的田地和田地中的人影，高山以及高山下的村庄，都被齐刷刷地甩在了后面。

过了一条沟，上了一道坡，左拐，终于冲向了老村庄。路越来越窄了，和以前相比，坑坑洼洼的，搓板一样难走。几辆施工运土的翻斗车，在王春生驾驶的面蛋蛋后面使劲儿按着喇叭，王春生打了一把方向，把车停靠在右侧，摇摇晃晃的翻斗车被笼在一团尘土中，与面蛋蛋擦身而过。与翻斗车比较，面蛋蛋属于弱势车辆，只好尾随在它们后面，慢慢地在土雾中前进。过了二十几分钟，前面的车辆停了下来，过来了一个貌似指挥交通的人，朝翻斗车挥了一下绿旗子，又过来在面蛋蛋前挥了一下红旗子，示意王春生掉转车头，把车开回去。

王春生摇下车窗，问："怎么回事啊，师傅？"那人说："前面施工，进不去。"

王春生说："我要回三湾村去，就得走这条路啊。"

那人疑惑地打量着王春生，像观察一个来历不明的物件一样。最后，那人像西方电影中的人物一样，做了个遗憾的动作，说："哦哦哦，三湾村啊，那你走错方向了。你不应该过沟、上坡，而是按直线方向朝东。"

"怎么回事啊？我就是在三湾村长大的，走这条路没错啊。"王春生说。

执旗者显然对周边情况不太熟悉，也有些蒙，走过去和一位翻斗车司机嘀咕着。终于，翻斗车司机趴在车窗框上，用本地浓重的方言朝王春生喊："三湾，去年就搬迁到'新农村'了。他说得对着哩。"

这下，王春生蒙了。三湾，是关山深处最为偏远的一个村，人少，可供耕种的土地更少。多少年里，几辈先人，在稍平坦的地带，把石头用铁榔头打碎，移开，运来树木下面的土壤，开掘成为数不多的粮田。田地营养不良，长不成小麦，但可以种燕麦、荞麦、大豆。它们虽然产量不高，却养活了几代人，并且，关山还生长着诸如黄芪、党参、车前、冬花之类的许多野生药材，村民们也会挖些药材出售，补贴生活。年龄大的土生土长的村民，虽然几乎很少进城，却没有谁抱怨过这里不好。王春生在镇上上中学后，也问过父亲母亲，当初他们为啥选择了这么一块地方安家。父亲母亲说，安家就是为了立命，立命了才能立身。王春生对大人的回答似懂非懂，也就没有再问。后来，他到城里打工，从印刷厂印刷的地方史料上看到了些东西，才明白关山深处的人家当初选择闭塞贫穷，就是为了躲避，就是为了安静，就是为了生存，所以，他也牢牢地记住了两个字——安生。那到底是一段什么样的历史，他则不清楚了。

所有的历史性选择并没有偏袒谁，只是有些人喜欢回头看。王春生和大多数年轻人一样，当时选择了出去，不过是为了更好的生活。他结婚后，也请父亲母亲来城里住，可老人们却说楼房太小，住着拥挤，硬是要回去。其实，他们割舍不下那几只鸡、几只羊。用父亲的话说，“山里清凛凛的好，鸡叫哩羊叫哩，还有蛙呱子叫哩”。蛙呱子，就是青蛙。十多年前，父母先后离世，王春生觉得三湾已经没有多少让他牵肠挂肚的，也就很少回去。

想起了父母，王春生就更加想进老村庄看看，就对执红绿旗子的人说：“师傅，我是去给父亲母亲上坟。这可能是最后一次了。”

执旗者像鉴定古董一样打量着王春生：“你真是三湾人?”

王春生回答：“我离开三湾有些年头了，真的是啊。你问问那个开翻斗车的师傅，我这口音是不是三湾一带的。”

执旗者看了看翻斗车，也没有问开翻斗车的师傅，就把绿色旗子挥了挥。

看到放行，王春生赶紧把方向盘朝右打一下，加速驶了过去。他听见颠簸不平的路面将后面放置的摄像器材晃得“咣当咣当”乱响，可能是三脚架被甩到一边了吧。

面蛋蛋奋力穿过施工现场，爬上山坡，冲向山腰稍平坦的地方。这里，有他原来的家。他下车，最先看到围墙外的两棵杏树挂满了青杏，因长年没有修剪，树木的枝条就像流浪汉的头发一样散乱不堪。围墙倒塌得几乎不复存在，几间发黑发朽、瘫在地上的柴房，似乎还能看得出原来的形状。真不敢相信这里曾经有人居住过。再看其他人家的院子，人走后，没有了烟火的滋润，和发霉变质的朽木没有两样。

王春生的父亲母亲埋在院子旁边的一小块地里。基本上是把石头凿了个洞，把棺材放进去，然后再用石头封了。他跑上去，坟头的土似乎比以前少了，硬了，上面长满了野草和小树。他跪了下去，朝坟头磕了三个头，又朝院子跑去。到了面蛋蛋旁边，他打开车门，取下了装着摄像机的箱子，赶紧打开，给摄像机装上厚重的电池，扛在肩上。他要记录下这块地方。

他慢慢地移动着身子，对着破败不堪的院子，试图将能装进镜头的一切装进摄像机的存储卡。他朝外面移动着，通过镜头搜索着粮田、水沟、小道。他失望了，失去了与人的相伴共生，粮田、水沟、小道也就没有了迹象，融入了关山的荒野。他继续移动着脚步，推拉着镜头，他看到了山下颇为壮观的施工场面：连片房子的雏形、水塘的雏形、硬化了的曲折小道雏形、停车场及旁边貌似旅馆的雏形。他又将镜头推移到了水塘，这里，是不是会养着一群青蛙，将成为餐桌上的美味？

有蛙声入耳，熟悉却又陌生。王春生站住，屏住呼吸侧耳倾听，生怕蛙声跑丢了。他判断着声音的方向，慢慢移动身体，试图通过镜头找到声音的来源——他看到两个人指着他。过了一会儿，是三个人朝他走来，边走边喊着什么，蛙声随即像玩儿魔术一样消失。在山里，很多声音被放大，植入混音；也有许多声音被稀释，随风飘去。他听不清他们在说什么，但能看懂他们不高兴的肢体语言。王春生不想发生什么不愉快的事，赶紧收拾好摄像机，放回车上。而正好，那三个过来了。

其中一个瘦子问王春生：“你是哪个电视台派来的？怎么没有提前和我们联系？”

王春生心想：这不是误会了吗？就说："我不是电视台的，误会了啊，误会了。"

"不是电视台的，你乱拍什么？"对方很不高兴，像抓住了贼一样。

王春生赶紧解释："我出生在这里，今天正好路过，拍个镜头做个纪念。"怕人家不相信，他去驾驶位置那边扯出一个包，翻出一张纸给他们看。他有个习惯，出门时总是把营业执照副本带在身边。

另一个说："嚯，轨道影视！拍电视剧的？难怪摄像机长得牛。"

又一个说："轨道，把你刚拍摄的东西拿出来我们看看，最好删除掉！"王春生就紧张了起来，删除不要紧，最怕的是摔坏了摄像机，十几万元啊。

那个瘦子朝他们的人说："好了好了。"又朝王春生说，"没有我们的允许，不得乱拍的。明白我的意思吗？赶紧离开这里。"

为什么不让拍，其中有什么不可告人的隐情？王春生没有多想，忙收起那张纸，朝他们点了点头，赶紧上车。地方狭窄，倒了几下车，面蛋蛋就朝山下驶去。

山下，又是那个执红绿旗的人，朝他挥了一下红旗。王春生很不情愿地停下车，心想出山怎么还禁行啊？执旗者朝他说："快走快走，放你进来，刚被老板在手机上批了一顿。"王春生一听，就咧嘴笑了。

面蛋蛋上坡、过河，就到了岔路口。不是说三湾村迁到了"新农村"吗？对，咱这就看看去。车便向东驶去。其实，这条大道虽然好走，视野开阔，但仍然没有摆脱关山的束缚，与旧三湾村相比，交通条件是好多了，可由于地广田薄，野生特产太少，村庄也就没有几座。

快走出省界了，终于看到路边立了一个类似门楼的牌坊，上面写着"三湾村"三个隶书体大字，在傍晚的阳光里格外醒目。右拐，从硬化了的道路上进去，"新农村"与其他地方所见到的没有什么两样。不同的是，附近的地里，搭建了一排排种植蔬菜的塑料温室，一些地里还栽植了许多宜于生长的杏树。车再往里走，王春生还看到了三方水塘。对，就是水塘。

面蛋蛋停下来，马上就有人从文化活动中心走出来，边走近王春生边打量着汽车。从经验出发，通过对人与车的观察，能比较准确地判断对方的身份。走过来的是个胡子拉碴的中年男人，问：“做啥的?”王春生告诉他，听说三湾村易地搬迁了，过来看看。

“过来看看?”对方又一次打量着王春生，嘀咕道，“好像以前见过?”是的，既然都是三湾村人，哪怕王春生多年没有回去，也应该有人还能记得他。

王春生也觉得对方面熟，想了一下，用轻松的语气说：“你是小鑫吧!”

对方回应：“哈哈哈，春生!”

王春生觉得一切变化太快，在关山深处的三湾村，他们为数不多的几个男孩子，经常相约进林挖药材、上树摘野果、下水摸泥鳅。一起在盛夏时节砌了多少个小水坝，就更数不清了，有月亮的夜晚，各在各家的土炕上听蛙声也不会没有。王春生有些激动，想拥抱一下小鑫，可小鑫却挥了一下手，说：“走吧，带你去看看。”

小鑫抱怨王春生：“当初你们一家都远走高飞，为什么就不能回来把老院子打理好呢? 如果有个人料理，‘新农村’的院子好歹也会享受上吧!”王春生心生惭愧，惭愧之处并不在于没有享受上新房子，而是好多年没有去父母的坟头看看。听小鑫抱怨，他觉得有理，就没有吭声。但他同时知道了关山深处的老村庄施工的原因。关山产风景，一个季节一个样儿，空气好得过滤了一般，号称天然氧吧，但就是不产粮食，还交通不便。三湾村搬迁后，有人看上了这块风水宝地，要投资打造农家游、农家乐为主的休闲养生场所，据说还要修建别墅。王春生就感叹：“哦，哦，哦!”为什么感叹，自己也说不清楚。

“现在，情况好多了。”小鑫也感叹。从三湾村搬迁下来后，村庄与另两个只有几户人家的小村庄合并，他和另外三个人建设了水塘，投放了鱼苗，今年就可以见到效益。到了水塘边，夕阳里，水波浮动，有鱼儿跳出水面，发出“啪、啪”的击水声。王春生突然问：“你说，水塘里应该有青蛙吧?”

小鑫有些不屑，反问：“你说有没有？那家伙就是从天上来的，有雨水的地方，就有它。”又说，“现在，半夜三更往天亮叫，咕呱咕呱的，能吵死人。”

王春生觉得，印有“三湾”的地方，都流淌着他的血脉，心思一动，就想用摄像机拍摄下来。并且，趁着半夜，把蛙声录下来。他对小鑫说：“那太好了，我要把这些录下来。”

小鑫扭头看着王春生，像看一个陌生人似的：“不好吧，春生，不好吧？录它干啥?”

王春生说：“不为啥啊，变化太大了，就想留作个纪念。”

小鑫说：“你啊，真变了。”王春生没有明白小鑫的话指向何方，又听他说，“活着都不容易，就像你成天干活儿一样，做个啥都是要收费的吧？比如你去动物园和动物合个影留个念，人家要收费吧?”小鑫说完，脸上流露出一丝不易察觉的苦笑。

王春生终于听懂，录像录音并不是无偿的，要收费。他说：“我这不是为大家无偿做宣传吗?”他有些弄不明白：这本互不沾边的一码事和另一码事，怎么就变成一回事了呢?

小鑫说：“春生，这鱼塘是我们几个人的，我得顾及大家吧？行了，你就象征性付个费，我也好交代。”又打量一下王春生，“你不是没有钱啊，听人说旧房子抵两套房呢！再说，你还是啥拍电视的老总。”

王春生不由得心中一惊，原来村庄还惦记着他啊。怎么说呢？当初，位于国道附近的小区，全部列入了棚改，按原面积比例由开发商配套以旧换新、实施补偿。王春生家的房子不大，按比例也只能解决个九十平方米左右的新房子，而恰好，现在选择入住的小区小户型房屋面积也不过一百平方米。棚改搬迁过程中，好多住户嫌补偿比例低，不太划算，但王春生觉得以小换大、以旧换新，已经是先人积下的福气，很是不错，就爽快地在协议书上签了字。但这一套房子换两套房子实在是无从说起，纯属以讹传讹。

王春生想给小鑫解释一番，可一转念：还是算了，这事一时半会儿是说不清楚的。他说："其实，我也没有多少钱，或许还不如你呢，也就够养家糊口罢了。"看小鑫仍然怀疑和不屑，王春生又说，"明天，明天拍吧。我会付费的，一定。"

夜幕降临。小鑫也没有领王春生去找地方住下的意思：住下估计也得收费。看着小鑫的身影陷入黑夜，王春生突然觉得心里难受，鼻子有些发酸。王春生就回到了车上，正想发动面蛋蛋驶出三湾村时，水塘里的蛙声鼓动了起来，并且一片连着一片，势不可当，敲打着车窗，也敲打着王春生的心。王春生灵机一动，赶紧爬到车后面，打开箱子，取出录音设备，将拾音录音的麦克风伸出了车窗，然后戴上耳机，调整好录音机，静静地倾听着外面。蛙声卷着夜风，从东向西，由南而北。

世界把夜色交给了蛙声。王春生很是有收获感。他收拾了器材，开始回返。

一切出乎他的意料。路上，他的情绪不时变化着，纠结着，觉得很兴奋，又觉得很失落。车灯孤独地照亮着前方，他觉得十分疲惫，身体被掏空了似的。细想：整整一个下午，没有吃一口东西。为了方便急需之用，他的车上放着矿泉水和方便面，他想，现在应该停下车吃上些东西，然后眯上一眼，等太阳升起时再出发。

他便把面蛋蛋朝右侧打了一下方向盘，而这一下，车却冲下了地埂。

王春生不知道自己昏迷了多久才醒过来。他不觉得浑身疼痛难忍，只觉得头昏脑涨。微微睁开眼睛，一切模模糊糊、影影绰绰，就像被破坏了的录像片，却能感觉到妻子和孩子就在身边。他仍然记得蛙、蛙声，口里反复念叨着"蛙，蛙，蛙"，可好像没有谁能听到他的声音。他似乎隐约听见大夫对妻子和儿子说："不行了，我们已经尽力了，送到太平间吧?"很快，他被宣布抢救无效死亡。一辆白色床单漫过他的头颅，一辆张担架车要将他送到太平间。

太平间？那冰冷的地方太可怕了！王春生知道自己没有死，拼命地摇晃着担架大喊："我活着，还活着！我不去太平间！我得把重要的东西交给孩子，那是永久的纪念。”

担架车并没有停下来，有人说：“别喊！快说，是遗产吗？是遗嘱吗？”王春生说：“不是，不是！蛙声，是蛙声。是一段音频，太重要了！”

他听见匆匆的脚步伴着笑声：“你死了，留下个破音频干什么？真是胡说八道！”王春生绝望了，流着泪自言自语：“真的很重要啊，你们怎么不相信呢？过上些年，不说孩子们，就连你们，可能也不会见到土生土长的青蛙，听不到原模原样的蛙声了呢！”他重重地叹了一口气，闭上了眼睛。

习习凉风吹来。太平间的门似乎已经打开。王春生觉得自己决不能倒在太平间里，使劲儿晃动了几下身体，一骨碌从担架车上翻了下来。

他看到，妻子使劲儿摇着他的身体，着急地问着他：“你怎么了？你怎么了？”一旁的儿子竟然直接端着电风扇朝他吹风。王春生打量着不大的家和妻儿，慢慢地反应了过来，低沉地说：“做了个梦，做了个梦。”

妻子递过一杯水，他喝了下去。彻底回过神儿后，他把梦里的情形仔细回忆了一遍，最后决定，不管世道怎样变化，一定要回去看看，一定要录下大眼睛的青蛙和一片蛙声。

（原载于《广西文学》2018 年第 8 期）

陌生人

夜幕四合时，我终于将出租车交还给了公司，回到了柳树巷。

柳树巷常年黑咕隆咚的。白天，四周的高楼霸气地堵截着阳光，柳树巷的那些平房，特别是屋顶上搭着的彩钢瓦，闪着脏兮兮的光线，好像这里是一处垃圾处理站。晚上，平房里橘黄色的灯光从破旧的窗户里摇摇晃晃地透了出来，从高处看去，那分明就是个陷阱。

柳树巷的西端连接着朝凤大道。从一个不起眼的岔路口左拐进去，两旁高低不等的柳树迎宾一样站立着。当然，不都是柳树，还有杨树和槐树。租住在这里两年了，我烦柳树春夏之交的飞絮和虫鸣，更烦雨雪时节巷子里的泥泞和垃圾。

我跑遍了大街小巷，可以肯定，连小车都不能驶入的柳树巷，是城市里仅剩的老居住区了。城镇化的脚步由城市的中心往外拓展，之后又收拢了回来，对柳树巷形成了包围之势。租住在这里的所有人都明白，过不了两年，房东们的存折上会多出一大笔进项，而我们却又要为选择租价便宜的房屋而离开这里。

我租住的这处院子本是有大门的。原有的两间平房在我搬来之前的两年已经入住了一户人家，他家到底持有几把大门钥匙，我无从知晓。因为我住在紧靠大门的一间房东擅自搭建的小屋里，便和免费的门卫一样，经常半夜起来为忘带钥匙的他们开门。看着他们心安理得的样子，我心里自然不太舒服。自从去年夏天的一场暴雨将大门泡塌以后，大家出出进进就都多了几分自由，再也没有人在半夜三更时分惊扰过我。

小房子的门把上挂着几个还有热气的馒头，我取下来进屋，和往常一样，烧了一壶开水，把从老家捎来的炒麦面泡上，过上一会儿，就可以就着馒头吃一顿晚餐了。还得将茶杯的水添满，以备半夜之需。这个间隙，我将手机高高挂起来，蹭从高楼传过来的无线信号。必须在晚上十一点前上床休息，因为客人预约了出租车要到外地去，明天得起得更早一些。

这时，我的屋门被敲响了。院子里的这一家的两个孩子最为烦人，经常敲打屋门，把我当他们家的用人一样使唤，要么修理漏水的铝盆，要么修理漏气的自行车，还要我给他们的一只破足球充气，甚至帮他们完成学校交代的手工制作任务。这也没有办法，他们家是卖馒头的，我经常拿面粉过去，央求他们捎带着蒸几个馍。

打开门，一个比我高半个头的大汉撞了进来。他将一根指头搭在嘴唇边，朝我吹了口气“嘘——”。我看见他右手反抓着一个酒瓶，赶紧也朝他“嘘”了一下，并且强作镇静朝他友好地笑了笑。

尽管如此，我当时还是以主人的身份自居，就问：“您，找我？用车？可车已经交到公司了。”这些年来，什么人我都从车窗和后视镜里碰见过，什么人也都载送过，包括酒鬼、混混。当然，醉酒者和酒鬼是有本质区别的。我的大脑毕竟不是大容量存储器，不会记下每个客户的面孔。但从来没有陌生人上门找我，即便是客户，都是通过手机联系的。

他回答：“车？不坐，我坚持步行。步行对身体好。”说到身体，他的脸上露出了得意之色。

“那，你是不是走错路了？”从经验出发，这种情况不少。我载送过的醉酒者中，有的人找不到自己居住的小区，有的人甚至找不到自家所在的单元楼。

“走错？我能走错？”他对自己充满自信，略带嘲笑地说。

他开始打量屋内环境。北边的墙根儿下靠着一张单人床，床下塞了几双足球鞋和两只塑料盆。床头的一端立着一个简易塑料衣柜，拉链还半打开着。南边的窗下有一张破木桌和一把折叠椅，窗台上摆放着一个沾了不少灰尘的小圆镜和刷牙缸。西墙上挂着印有超市广告的年历，上面有我写下的一些记不起有什么用的数字。东边的半块破木板上（从工地上捡来的，用砖头支着）摆放了电磁炉、热火壶、菜刀。我看着他朝菜刀看了看，就赶紧朝椅子退去。椅子的下面，放着一团绳索，绳索里面包裹着一把折叠式水果刀。

他面无表情，坐在了床边，朝我呼了一口气。对，这口气中强大的酒精味儿如同一只大手，将我按在了椅子上。他又吹了口气，看见了放在桌上的泡麦饭，眼睛再没有挪开。尽管他没有开口，出于好心，我还是将碗给他捧了过去。

他接过大碗，眼皮垂了下去，看都没有看碗里到底有什么，只把碗边搭在嘴边，几下就喝光了，说："嗯，好喝，好喝！"

他拿着空碗的手并没有朝我伸过来，而是软塌塌地朝地面上伸了下去。我怕我的碗跌落摔碎，赶紧起来把碗接了过来。为免得引起他的不愉快，又赶紧坐了下去，把碗放在了桌上。此时，我已经没有了饿意。

他说话了："人为财死，鸟为食亡，对吗？"

对呢，还是不对呢？我说："嗯，嗯，有道理，有道理。"我试图站起来，把高悬的手机拿下来，然后想伺机拨打电话或者发条求助短信，起码让外面的朋友们知道我的屋内撞进一名陌生的酒鬼，目前情况复杂。

似乎被他察觉到了，他抓着酒瓶的手顿了一下，说："坐下，坐下，咱们说话。"

我只好坐下，连忙说："我的意思是，再泡一碗，你喝喝？"

他拿着酒瓶的手又顿了一下："不用，呃，不用。"又摇了下空着的手，说："坐着，说话。"

往往，醉酒者是不理智的。我便点着头，端正地坐在椅子上，为了表达我的诚意，还把双手搭在膝盖上。

他没有看我，好像是朝着地面说话："你听说了吗，最近的两起命案？"

怎么能没有听说呢？半个月前，同一个居民小区三天内发生了两起杀人案，消息传播得比风的速度还快，从微信朋友圈里发出来的出警视频删除了又发，发了又删。那几天里，人人谈论着这事，平时不怎么出现的警笛声也声声入耳。像我们开出租车的，更担心凶手坐到车上来。

第一起，差不多就是灭门案。早晨，男人乙去前妻家商讨随了前妻的女儿的婚姻大事，敲了好长时间屋门，屋内却没有任何反应，好像空巢一般。男人乙心想：不是昨天都说好了吗，家里怎么会没有人呢？便在门外拨打女儿的手机，手机在屋内响了起来，就是那个熟悉的铃声。再拨打前妻的手机，手机也在屋内响了起来，仍然是熟悉的铃声。又拨打前妻现在丈夫的手机，也在屋内响了起来。男人乙似乎感到了万般不祥，就报了警。警方快速赶到，打开门，男人乙顿时瘫倒在地上。他们看到，简陋的沙发上躺着两个女人，地板上躺着一个男人。女人分别是男人乙的前妻和女儿，男的是前妻现在的丈夫。

另一起，与前一起相隔仅一天时间。打工的聋哑男甲早晨回到家里，打开屋门，一股血腥味儿险些将他掀倒。惊慌失措的他跳到院子里，“唔唔哇哇”地朝早起的邻人们比画着。邻人没敢踏进他家的屋门，只在门口张望了一眼，马上打了报警电话。大家都在叹息，这老实巴交的男人甲的妻子怎么被杀死在地板上呢？可怜啊，他的好友聋哑男乙怎么好端端地也被夺取了性命呢？

我从人们传播的这些消息里还原着两起命案，突然，脑袋“嗡”地一响，立马反应过来，惊吓得几乎跳了起来。难道面前的这位大汉就是凶手？如果是，该怎么办？顿时，我的双腿不由自主地抖了起来。我想到了椅子下面的刀子，是不是趁他不注意时迅速扑过去？不行不行，那我岂不也成了凶手！那么，我可以迅速提起椅子，朝他的脸砸去，然后跑出去呼救。

正这样犹豫时，他抬起了头，瞪大眼睛盯着我：“你，没有听说这案子？”

“隐隐约约听说了的，听说了的。”我不知道我这样回答是否恰当，只知道我的喉咙被一只大手掐着似的，声音有些颤抖、含糊不清。我期望有人敲响屋门，却又期望不要有任何人过来惊扰，只求安静，相安无事。

他竟然哈哈大笑了起来，这更让人毛骨悚然，后背发麻。他说：“就是，谁不知道呢！”

我赶紧附和“是是是”，觉得又有些太直接，怕引起他的误会，又说：“不过，这类案子也就一次两次，没事儿，没事儿。”

他仍然盯着我说：“没事儿？怎么能没事儿！人为财死，鸟为食亡啊。”随后，听见他自言自语念叨一件事。

从含糊不清的话里听出，他有太多的牢骚和不情愿。大意是说，有个一起耍了十多年的好朋友说要与他合伙发财，他便把几年积攒下来的十几万元给了朋友。头一年，朋友每月都能给他可观的利息，收益大好啊，太高兴了。到了第二年，朋友就不给钱了，他去问朋友，朋友说他们都被另一个人骗了，那人卷了钱跑掉了。后来，朋友也躲得不见了人影儿，打电话过去也不接。

他竟然用酒瓶指着我，我真的有快要哭出来的感觉。他问：“你说，这样的朋友，你，你恨不恨？”

我低下头去，双手捂住脸，眼泪悄悄地流了下来：“恨，恨，怎能不恨呢？”眼前的这位大汉根本不知道，我竟然也有和他一模一样的经历。我的那六万元，也是被一位朋友拿走的。那可是我三年打工的积累啊！现在，我为了挣回这笔钱，两年没有回到老家了，倒是老家那边一直记挂着我，给我捎这捎那的。

他竟然又笑了，不屑地说：“你，恨什么恨，又没有骗你的钱。”

我抬起头，点着头，不敢说出我也被骗的事情，担心被他胁迫入伙，合谋讨债：“骗子，就是惹人恨。该恨。你说，大家辛辛苦苦挣几个钱，容易不？”我估计我的声音哽咽了。

他又摇晃了一下身体：“不容易啊，不容易！我都几年没回家了。想我妈了。”说着话，他吸了一下鼻子，眼泪和鼻涕一起流了下来。

他的泪水和相似的经历已经唤起了我的同情心，这是相当危险的心理因素。我的内心强调，一定要周旋下去，寻找脱身的最佳时机。当我考虑是不是找张纸让他擦擦眼泪和鼻涕时，他却用另一只空着的手朝他的脸上抓了一把，然后顺手抹到了我的床上。我并不是喜好干净的人，但肯定不乐意有人太这么随意！可眼下，只能由着他了。

“这账，我一定会算的。”他吸了一下鼻子，似乎十分自信地说。

是的，这笔账我也会算的。不过，我想到他又要制造一起血案时，心跳又加速了，好像屋子里都充斥着我巨大的心跳声。

这时，他扬起了酒瓶，我赶紧侧了下身子，怕酒瓶飞过来。还好，他晃荡了下身体，又坐稳当了，把酒瓶对着口吹了几下，就听见白酒灌下喉咙的“咕咚、咕咚”声。随后，他把酒瓶朝我递过来：“喝几口？”

我赶忙摆手说：“不能喝，不能喝，明天还要出车呢。”

“嗯？不够意思。”看他不高兴的样子，我就接过了酒瓶。刚把瓶口挨到了嘴边，他起身一把夺了过去。我的内心一片苍茫，心想这下完蛋了，马上会听见酒瓶与我的头颅相撞发出的脆响。我多希望他没有坐稳，跌倒在地，不能爬起来，让我有逃脱的机会啊。

可酒瓶并没有砸到头上。我一看，他仍然把酒瓶握在手里，说：“不喝酒不够男人。”

“我酒量不好，再说，查出酒驾就完了呀。”我苦笑了一下。这苦笑是真实的。

他一会儿闭上眼睛，像是眼皮上坠着一块石头，一会儿又猛地睁大眼睛，空空洞洞地盯着我。我已经不再盼望他能一个转身离开，只希望相安无事到天明。沉默中，我觉得应该找个话题，肯定不能问他哪里人氏，住在哪里，现在哪里高就，如果像查户口一样激怒了他，可能第二天清晨又得有一个不好的消息风一样在洁净的空气中蔓延。当然可以谈人生、谈理想、谈感恩，让我有更多喘息的机会。可是，他突然问：“你说，凶手应该是谁？”

我一愣，明白他的思路仍然在两起案件上，不会顺着“想妈妈”的话题再说下去。我便小心地、认真地说：“我怎么觉得是那个男人害死了前妻和女儿。那两个哑巴，可能是自寻短见吧？生活压力那么大，啊，那么大。”

他盯着我，那眼神分明在嘲弄我的智商如此之低。他问：“这案能破了吗?”

这问题就是一个脑筋急转弯儿。如果我说能破了，并且速度很快，他一定会愤怒，果断地伤害我。如果我说破不了，那就等于赞美凶手的作案水平，让他得意扬扬。但我明白，现在高科技手段的应用和丰富的经验积累，会使这一类案件的破获指日可待。我便说：“可能会花费些时间吧?”

他又盯着我看，好像我的谎言被他如炬的目光洞穿。我不知道接下来他会说什么、做什么，只好躲避着他的眼睛。这时，他站了起来，身体朝后晃荡了一下，又朝前晃荡了一下，猛地，提了酒瓶朝我压了过来。

面对这种状况，矮小瘦弱的我大脑瞬间一片空白，眼前一片日落西山的昏暗。来不及想什么，条件反射，不由自主地抬起了两只胳膊遮挡头颅，实在没有料到，他撞到了我的胳膊上，竟然朝后退了回去，跌坐在床边，那只酒瓶，撞得单薄的床板发出一声痛叫。

这下，我想到如果拼死一搏，或许能够战胜他，并且极有可能打他个落花流水。那么，第二天传播的信息里一定有一个隐姓埋名的见义勇为分子出现。我等待他反攻，我也想好了如何回击。可是，却没有。我看他的脑袋一软，听见他低声说：“水。”

哦，水。我似乎明白了，他一直盯着桌上的水杯。刚才，也是冲过来取水杯的。于是，我拿过装了水的杯子，给他捧了过去。担心他端不好丢掉，还一直递到他的嘴边，配合着他将水全部喝下去。我将杯子的水再添满，放到桌上，看到他用手又在脸上抓了一把，将口唇边的水珠擦掉，抹到了我的床上。

这真是个擒获他的好机会，我完全可以从屋里冲出去溜之大吉，当然，这样做的话他会不会发现我不在，而摇摇晃晃地去找院子里的其他人，比如那两个孩子。好吧，即便不这样做，也可以将他轻松打晕，然后出去喊人，或者拨打电话报警。可是，我却鬼使神差地问道：“我是不是把你送回去?”送出去，送得远远的，这样更好。

他用手拍打了一下床沿，说：“去哪里？我，就住这儿。我家。”说完，身体一偏，竟然侧倒在床上，大有酣睡之势。

我心中暗喜。现在，机会真的来了。我完全用不着去打晕他、伤害他。像他这样喝了酒的人，入睡后和死过去一样难以惊醒。等他沉睡后，我可以拿出椅子下面的绳子，将他五花大绑，最好和床捆在一起，免得他挣脱。之后放心地睡上一觉，天亮到出租车公司出车前，一个电话叫公安过来带人，我则驾车去送约好的客人。生意是千万不能耽误的。

我低头朝椅子下面看了一眼，绳子随时可取，幸亏他没有发现啊。这时，本早该响起来的手机却在这个节点上响了起来。我站起来，看清是车行的一位兄弟打来的。刚想取下来接听，大汉又爬了起来，叹息一声，说："你说，怎么这么快呢!"

我没有听明白他的话传递了什么意思，只好不去管电话，随口回应："啊？也不是很快，不是很快。"电话挂机了，我只好又将水杯给他捧了过去，递到嘴边。他喝完水后，没有像先前一样朝脸上抓一把，而是又侧倒在床上。我便心里期盼他快些入睡，不要再起来。同时，我紧盯着电话，希望在它再次响起来时，就能迅速捉到手上乱语几句，让朋友在我的语言中察觉出反常。可是，让我万般失望，它却没有再响。

他把酒瓶挪到里侧，脸侧向我这边，念叨道："是快，太快了。神速。"他开始呓语般说几句，歇缓一下，又说几句，重复几句。我耐心地听着，口里小心地回应着，生怕他又翻了起来与我对峙。从他啰唆、没有逻辑的表述里，基本厘清了他说了些什么。

我一下子愣住了，把脑袋拍了又拍。

案子告破了！就在案发后三五天内破获的，不过是今天下午才开的发布会。我怎么没有听到坐车的客人念叨呢？有许多客人会说这说那的，不管你爱听不爱听。也是怪了，竟然连无所不知的车载交通广播也没有播报消息。

那个男人乙的确让人怀疑，但作案的不是他。他的女儿随前妻生活后，经人介绍处了个对象。女儿的亲生母亲和她的后爹与亲家将这事定了下来，对方也就按照风俗送来了彩礼。男人乙之所以去前妻家，是前一天中午接到了前妻的通知，说亲家第二天要过来和大家一起商讨女儿嫁娶的日期。但他万万没有料到，头天晚上，婚嫁的事情有了转折，女儿竟然不同意这桩婚事了。电话通知到男方家，男方亲家连夜过来理论，要求立马把彩礼退还。可索要的彩礼钱基本都花光了，一进半会儿也拿不出来。怎么办？前妻有了新办法，说如果对方再送过来些彩礼，婚事仍然可以考虑。男方家坚决不同意：怎么能这么办呢？女儿是商品吗？你们这不是讹人吗？这个过程中，双方的语言冲突变成了肢体冲突，男方家人一怒之下冲进厨房，取出一把崭新的菜刀，血案就发生了。是啊，邻居们是听到了争吵声，可谁家没有个争吵呢？特别是这户人家，男女双方都是从破产企业出来的，女儿才刚找到了一个饭馆服务员的工作，他们经常为钱的事吵得不可开交。邻居们也就根本没有当回事。

聋哑男甲的家发生的这桩案子对常人来说好像是个传说。他不容易，打拼半生并没有过上宽裕生活，好在他遇到了同样聋哑的女孩子，便结婚过上了有家的日子。好运说来就来了，挡都挡不住。棚户危房改造中，他们夫妻搬进了新房，并且存折上还有了近百万的存款。麻烦说来也就来了，挡也挡不住。聋哑男甲发现存款突然少了许多，就去问妻子，妻子告诉他，是借给好朋友聋哑男乙了。既然借给了好友，聋哑男甲也就没有在意。关键是，他隐隐约约感觉到妻子与他的好友之间关系不太正常，并且她在变本加厉地疏远他。这天晚上，他提前回家，结果将私通的他们捉了个正着。冲动之下，聋哑男甲取出打工用的锋利工具，朝瑟瑟发抖的他们冲了上去。然后，他出屋关门，一夜没有回来。

案情说简单也不简单，说不复杂也比较复杂，反正我想破案，这笨脑袋怎么也不会想到。

案子破了，这是不是真的？且不管真假，也就是说，睡在床上的大汉并不是凶手。那么，是不是他为自己开脱呢？不会吧？他没有必要面对我开脱，况且，酒后吐真言，我从他的话里并没有听出什么破绽。那他是什么身份呢？我长长出了口气，端起水杯，将水一饮而尽。情绪平缓下来后，身心已经十分疲惫的我，觉得不管他怀着什么目的撞进出租屋，再纠结他是什么人已经不重要了。

他入睡了，鼾声雷动。我从高处拿下手机，看了看时间，已经凌晨两点钟。终于觉得饿了，又泡了碗炒麦面，却没有胃口吃。突然想喝酒，便拿过他的酒瓶，送到嘴边，又放回了原位置。不能喝，明天一大早真的要出车，不能误事。瞌睡来了，瞅了瞅床，本来不宽的床板，被他全占着，只能趴在破桌上凑合一夜了。听见他梦中呓语，并且翻了个身，姿势更舒服了些。我索性好人做到底，把被子半拉开，盖到了他的身上。心里说："兄弟，你可吓坏我了，下次若这样，我绝对不会手软！"然后关灯。

一切沉寂在了昏暗中，我把我交给了疲惫。

金豆，不对，是奖金。我们客运九组除了我之外的七个人正在点数一堆金豆，他们申报的一个安全运行项目获奖了，组长把奖金领了下来，和他的好哥们儿商量如何分配。大家都很高兴，一百颗金豆，包括我在内共八个人，每人平均可拿到十二个金豆，剩余的四个还可以海吃几顿，买点儿福利品什么的。有人给组长建议："那个姓李的肯定不知道这事，干脆不给他了，咱们可多分几颗。"组长说："那不行，这么大的事，他迟早会知道的，知道后麻烦会不小啊。""人为财死，鸟为食亡啊。""咱们干脆只给他三个算了，剩下的咱们再分配。""嗯嗯嗯，就这么办吧。"于是，组长兴奋地打电话给我，叫我来领"一笔你根本没有想到的钱财"。听到这个消息，我口里大喊"钱钱，钱钱""金豆，金豆"，像喊叫一个人的名字一样。

设定的手机闹铃每天清早六时三十分必响，它响啊响，我便被吵醒了。

睁开眼，借着从单薄的窗帘透进来的浓重晨曦一看，我又被吓得灵魂出窍，一下子清醒如初。那大汉坐在床边，惺忪的双眼直愣愣盯着我。我说："你这不声不响的，吓死我了。"

他把我当作了不安好心的坏分子，不安地拍打着自己的衣服，摸索着身上的衣袋，紧张地说："你说钱、钱、钱，金豆、金豆、金豆的。几个意思？"可能感觉自己的随身物品并没有少，才安静了下来，并一副又要入睡的样子。

我知道他醉酒后尚没有完全清醒，就说："不好意思，做了个梦，发财梦。最近老做梦。"然后在那碗泡炒麦面里又加了些开水，双手捧给他："来来来，喝上些。天已经亮了，咱们得出发。"

他摇摇晃晃地把一碗温度刚刚好的泡炒麦面喝了下去，把碗递给我，愣了愣神，看了眼窗子上进来的光亮，再次打量着屋子，问："这是哪里？我怎么在这里？"

我现在可以大着胆子和他说话："你啊，昨晚醉酒了，撞到了这里，柳树巷。你看你，多幸运啊。"那口气分明就是自我表扬。

他长长地呼出了口酒气，在努力回想昨晚的情形："哦，哦。真的，想不起来了。"

我拍了拍他的肩膀，说："想不起来好，想不起来就别想，反正一天已经过去了。"酒后失忆，并不鲜见，我有时也这样子。

他脸上流露出惭愧的神情，站了起来，一副要走的样子。真的，我巴不得大汉赶快离开这里呢，我还有许多事要做。

我便送他慢慢出柳树巷。这时的柳树巷还没有完全醒来，陷于半明半暗中。他环顾一下四周，赞叹："你这地方还真不错。"这是我第一次听到有人夸赞柳树巷。

晨光从东边的高楼中挤进了巷子，金属一样的线条搭在破屋旧院上，有种时光回溯、往事穿越的感觉，不像是现今，却像是古代。照不到的高楼的一侧隐没于灰暗中，能照得到的一边的玻璃幕墙散射着欢快的光芒，窗口的灯光或亮或暗，几分钟内，黑着的一些窗户突然亮了，亮的一部分突然关了，魔幻城一般让人匪夷所思。真的，几年了，我竟然没有发现柳树巷会有这般景象。

我们又往前走了几步，他停下脚步，回头对我说："你是个好人。"

我看见他的眼睛十分明亮，也对他说："你也是个好人。"我伸出手，和他使劲儿握了几下。

他说："好人一生平安。"那种真诚绝不是装出来的。

我不喜欢这句被人说过几亿次的话语，但今天听上去感觉很舒服，吃了爽心丹似的。分手后，我折回到了院子，碰见同住一院的那两个孩子要上学去了，这两个家伙竟然向我道了声“早上好”。以前有过吗？记不起来了。

回到小小的出租屋里，我挪过椅子，将下面的绳索和藏于绳索中的小刀狠狠地踢到了床下。这时，手机响了，是那位约好了的客户打来的。我的一天，又开始了。

（原载于《飞天》2019 年第 7 期）

哑　炮

手机如同服用了安眠药，半天时间里表现出少有的安静。

这一反常态的安静，让平时淡定的矿山韩经理显得焦躁不安。上午，前来调研的总经理在休息的间隙突然问：“公司里有个员工叫安强？”还没有等韩经理反应过来，总经理又说：“要妥善处理这件事。”总经理一行走后，韩经理觉得，领导虽然没有严厉的言辞，但他明白，领导的所谓“语重心长”，有时比批评更苛刻。

韩经理反复抚摸着手机，竟然莫名其妙地拨通了安大为主任的手机。也就是瞬间，安大为像进自己的办公室一样径直推门而入。他这个动作，让韩经理愣住了，不知道自己为什么要拨打他的电话，也不知道现在自己先开口好还是让安大为先开口好。

安大为到经理室，本来准备要向韩经理汇报一下矿山福利所建设进度的事。这事是矿山在前年员工大会上承诺的要办好的十件实事之一，但因忙于其他事务，就拖了一年。他一进经理室，凭多年的经验，感觉气氛有些不对。所谓心有灵犀或者心灵感应，悬念的包袱很快打开。安大为坐到沙发上，说：“这个安强，又脱岗了。”

韩经理心里“哼”了一声，表示对安大为言辞的不满，然后说：“又跑了？”转念想，纠正一个用词有用吗？于是接着问：“什么时候的事？”

安大为嘀咕：“听他们宿舍的人说，昨晚就没有见到人。”

韩经理说：“那你赶快去找啊！多派几个人。”

话刚说完，韩经理手机响了，在桌上要弹起来似的，和平时大不一样。韩经理接电话时，安大为刚起身走出门口。他听韩经理说：“老安，安大为，算了，收拾一下，咱们直接到总部接人去。”

走在楼道里的安大为怀疑自己听错了，刚想问：“是一起去?”又听见韩经理隔着窗子说：“这次，你一定要处理稳妥，不然，你这个主任的位置就腾出来。”

安大为知道，韩经理肯定是挨了总部的批评，真的生气了，并且十分着急。他就边小跑边回应：“好好好，马上走。”

这个安强，太让大家伙儿头疼。领导们想不通，就连工友们也想不通：那算个什么事?

矿山其实是个分公司，是在一九七一年成立的铁矿厂基础上，于一九九七年经总部兼并进而改制后设立的。建于矿山的宿舍，由于年头太长，虽然经过了多次修补，可凑合到去年春天，雨水一多，差不多可以用“风雨飘摇”来形容。员工们发牢骚说：“咱们的宿舍连矿山的厕所都不如。”入夏后，矿山的领导觉得再凑合下去会出安全事故，便报请总部同意，入了秋，四排新修的宿舍终于与大家见面了。

新宿舍每个班占一排，剩余的先空着。钉门牌时，按数字排列顺序，安强所在的三班的班长的门牌号码应该是七号，班长却把六号和七号换了个个，把六号留给了自己，应该是六号的却变成了七号。住在里面的安强心里别扭，他认为班长把吉祥数字留给了自己，明摆着是徇私舞弊。他就去找安大为。

安大为是管行政的主任，这事当然在他权力范围之内。安大为听了安强来找他的缘由，就哈哈笑，拍着安强的肩膀说：“兄弟，这能算是个事儿？好解决，好解决。”安大为把三班班长喊了来，批评了几句，叫他立马把门牌号码换过来。

门牌号码换了过来，许多人没有把这事放在心上，还成了工友之间谈笑的话题，有人说：“如果发钱，我宁可要七千，不要六千。”安强听到后不高兴了，他去找韩经理，汇报了门牌号的事。韩经理说：“门牌不是已经换过来了吗?”

安强说：“就这么算了？大家都笑话我呢。不行，他是啥意思？一班之长，就把好处都留给自己?”

韩经理想想也有道理，为了平息这事，让分管生产的副经理把三班班长带了过来，面对面把三班班长批评了一顿，叫他写个深刻的检讨。检讨写好，借召开全体员工安全生产工作大会的机会，三班班长面向大家读了一通检讨书。韩经理也借此教育所有中层以上管理人员，莫因小事而乱了人心，不良情绪一定会干扰安全生产形势，期望大家引以为戒，把全部精力集中到狠抓安全管理、确保优质高产上来。

这事应该算完结了。有一天，大家一起在食堂吃饭，其他班的员工就拿摆在食堂打饭的窗口的饭盒开玩笑：“胖师傅，我六号。”“去，你明明是七号，我的才是六号。”三班班长知道这是拿他说事儿，脸上挂不住，后悔之余，拍了一下安强的肩膀说：“安强，你说我咋这么倒霉，就摊上你这么个兵，唉，脸丢尽了!”

安强听班长抱怨自己，手中的饭盒顿了一下，一把抓住班长：“你说，我咋叫你倒霉了？是你糊弄还是我糊弄?”二人差点儿打了起来。

没过几天，总部办公室的电话打给了韩经理。韩经理以为是通知开什么会，结果不是，总部办公室说：“你们到底是怎么回事吗？快过来把人领回去。”

韩经理还没明白要领的人是谁，疑惑之间，对方又说：“快点儿过来领走安强。我们那么忙，哪儿有工夫陪他闲扯!”

韩经理放下手机，想着：又怎么了？门牌的事不是处理结束了吗？一边想着一边给安大为主任打了个电话，叫他赶快去领人。

之后，担心再弄出什么动静，韩经理就召开了班子会议。大家认为所有的事情都是三班班长导致的，一致同意把三班班长撤换掉。分管生产的副经理也受到牵连，在班子会议上做了检讨，还被扣发了当月效益兑现奖。有人故意开玩笑：“你也觉得倒霉?”副经理就“呵呵”笑笑：“就是扣年终奖，我也觉得是自己的错。”

可安强仍然往总部跑。这事万一闹大怎么办？韩经理想想，连自己都害怕。有中层人员建议：安强在上班期间，多次脱岗，明摆着违反了公司的劳动纪律，完全可以以此为由予以辞退。韩经理不敢这么想：你看看，就个门牌儿的事他都往上级那儿跑，如果因此而辞退，没有足够服人的由头，公司明显理亏，还真不知道他怎么闹腾呢！大家叹息：“这个安强，怎么就一根筋呢!”

以前，都是安大为去把安强领回来的。

那几次，安大为把安强从总部办公室接出来，先带他去找个小餐馆吃饭。安强最喜欢吃饺子，说那味道好，“像妈过年时做的”。安大为知道安强家的情况。安强出生那年，天气冷，土质硬，他爸在梯田改造时，土方塌了下来，人从冻土里被刨出来时，已经没有了气息。安强长大成人，刚招工到矿山，他妈就肝硬化晚期而去世。安强也没有多少亲人，好在他还有一位舅舅。他的这位舅舅以前原本在矿山上班，后来因为休假回家放羊时摔伤了腿，再没有上班，一个人生活，二人就互相照顾着过活。算来，如今安强的舅舅也是七十多岁的人了。

安强和安大为是一个村的，按照辈分推到祖太爷，应该还算是一个安姓人家，安强应当把安大为叫哥。安强能进矿山，也有安大为的一份功劳，一九九九年矿山扩大生产招工时，安强还差一岁，不符合条件，可过了这村就没有这店，机会难得，安大为便在招工表上改了安强的年龄，手续也就办妥了。所以，韩经理还是有意安排他去接安强，好叫他安抚安抚安强。

上一次，两个人往回走时，安大为说：“兄弟，你看你，也太能折腾了。你就不能叫老哥我安心一点儿?”

安强说：“哥，不是我折腾。你说说看，明明是班长做错了，咋还能说是我叫他倒霉?”

安大为说：“班长都撤换了，他后悔都来不及呢。这次回去，安心上班，别乱跑了。”

安强说：“他后悔？那是他自己做错了啊。撤换了又能算啥？我就要讨个说法。”

安大为说：“你到底要个啥说法嘛?”

安强说："他当初为啥要那么做？咱矿山为啥就不能一步处理到位？"

安大为说："你啊，你啊。凡事都有个步骤，有个过程嘛。"说完就不再说话。

回来后，安大为多了个心眼儿，每天叫人盯着安强。若是有空儿，就把老婆做好的饺子送到宿舍。矿区的家属院儿距宿舍不到十分钟的路程，来去方便。如果忙，就叫别人给送过去。同时，安大为特意吩咐分管生产的副经理，只要有安强的地方，千万叫大家留意别提起门牌号的事，免得刺激安强。

饺子送过去，安强说："哥，你对我真好。"

安大为说："你赶紧吃吧，如果像你妈做的味道，那我经常送过来。"他也不敢多说话，心想只要安强待在矿区就行。

还好，自此，安强像以前一样出工收工，看不出有想跑出去的迹象。这样，安大为可以把精力集中在矿山福利所建设的事上。按目前的进度，过不了半个月福利就所可以交工。可话又说回来，谁能保证不会有人在背后再刺激安强？谁能保证他突然一根筋的毛病不会又犯了？安大为知道，除了有辈分关系，毕竟也是自己当时看这位兄弟可怜，才借招工的机会把他收到矿区的。如果安强一而再、再而三地跑出去，刨根究底，他也有责任啊，难保不会有人说他："当初为啥要那么做？"这样想想，安大为觉得自己也很委屈、倒霉，人都瘦了一圈儿，对此，领导们是不是都看在了眼里？

总部在县城，开车过去约一个半小时。在去总部的路上，驾驶室里十分安静，只听见汽车的引擎声。

就在刚才，安大为从韩经理办公室出来的时候，总经理一个电话打到了韩经理的手机上："你亲自过来领人，明白吗？亲自。"还补充一句，"我前脚走，后脚你的人就到，什么意思？你这个经理是不想干了！"

韩经理想着总经理的话，窝了一肚子火，生气地对坐在副驾驶位置上的安大为说："安大为，你这个主任看来是真不想干了！"

当然，安大为聪明，知道目前的局面比较严重，就没有说话。其实，安大为心里也有火，只是不敢说出来。他想，老子好歹也鞍前马后二十多年，从来没有出过乱子，安强的事真能怪到咱头上？

安强在总部大院里站着，韩经理知道总经理一定在他的办公室玻璃窗前站着，目光粘在他们身上。把安强哄上车，韩经理和安大为不敢朝总部的办公大楼看一眼，就吩咐司机赶紧将车驶出了总部的电动门。

韩经理不说话，安大为不说话，安强也不说话。车快驶出城区了，安大为看了一眼抿着嘴的安强，小心地问："韩经理，咱们是不是吃个便饭再回去？"

韩经理十分平静地说："不饿，咱们回去再吃。"

安大为清楚，领导在生气，也不好再说什么。倒是安强开口了："韩经理，安主任，我真不是难为你们呀。我就是想不通，我们的班长咋能那样呢！"样子有些委屈。

安大为赶紧说："我们回去吃啊，很快就到。"司机一踩油门，车速也就变得飞快。

转眼到了下午，安大为坐在韩经理的办公室里，除了心里反反复复度量着安强的问题，还苦苦等待着韩经理的指示。可韩经理就是不吐一个字。分公司有个多年留下的惯例，一旦有重要事情发生，各位副职会收到通知一样，自觉或者不自觉地凑到经理室。哪怕是都一声不响地干坐着，也似乎起到了替领导分忧的作用。

韩经理终于迸出一句话，差不多是心里话："很清楚。看来，我这职位是要让给别人了。"

这话听着让人沮丧，尤其是当着班子成员的面说，信息量就极大。所谓"别人"，当然没有包括在座的各位。韩经理把位置腾出来，其他副职是否还能安然无恙地守着职位，也就是个问号。矿山虽然仅靠采矿生存，但这些年生意一直很红火，效益越来越好，大家的工资、奖金一年比一年丰厚。谁愿意丢弃掉现成的利益呢？大家便把目光齐刷刷地投向安大为，好像一切问题都是安大为引起的，只要你安大为能处理好这事，大家就都认可你、支持你，否则，先拿你安大为开刀。

安大为扫视了几眼这些同甘共苦的同事，心里说：都什么玩意儿嘛！

在回来的路上，安大为就盘算着如何应对和处理安强的事。看来，这件事实在绕不过去了。他说：“好吧，好吧，我来处理。”他看见大家都把疑虑的目光投了过来，又补充说，“我怎么个处理，你们不要干涉，行吗？”

还没有等其他副职说话，韩经理一拍桌子，说：“安大为，老安，只要你能妥妥地把事处理了，我们不干涉。”扫视了一下其他人，又语气很重地说，“若是你处理不好，后果你明白！”

安大为似乎如释重负，拍了一下双手，壮士一去不复还般径直走了，留下他们不解其中奥妙地面面相觑。

安大为出了门，买了酒、肉和蔬菜，把安强请到家里。照样是饺子，蒸腾着热气，把人的面孔笼罩得像在报纸上泼了水一样模糊。工友们都闲时喝几杯，安强不抽烟，平时也没有见他喝过酒，他闻着酒味就醉。安大为说：“兄弟，你陪我喝几杯。”

安强说：“哥，我平时连酒杯都拿不动，实在喝不成。”

安大为说：“我喝六杯，你喝一杯，行吧？抿一抿也行。哥我心里不好受，想喝啊！”

安强放下筷子，问：“啥事？因为我？哥，我的事跟你一分钱的关系都没有啊！”端起酒杯，抿了一下，咧了一下嘴，又说，“谁要是拿我给哥寻事，我就告他去。”

安大为赶紧摆手：“不不不，不不不。你要是为哥着想，今后就别乱跑了。”

“我没有想着乱跑啊。一上班，就有人笑话我，说我有能耐就把经理扳倒。”安强有些生气，“这都是啥话吗？我能忍这口气吗！”

安大为吸了口气，果然如他所料，背后有人刺激安强。沉思良久，他一连喝下六杯酒，说：“要不，换个岗位？和他们再不打交道。”

“哪儿有岗位能换？”安强把一只酒杯捏在手中，“不给哥添麻烦了，免得有人对哥说三道四。”

安大为说：“我这不是为兄弟好吗？是这样，矿区的福利所刚建成，正好缺人手呢。”

安强一愣，说：“侍候七老八十的人？那都是女人干的事，我不行。”

安大为手中的酒杯顿了一下，说：“怎么不行？福利所总得有个人管理吧？”安大为又一连喝了六杯酒，对安强说：“到福利所好，福利所归分公司行政办公室管理，咱们弟兄好有个照应。另外，有一个特别的好处，你舅舅虽然说那时是休假放羊时摔伤的，并且早前做过补偿，可话说回来，他曾经是咱矿山的老工人。如今他也是一个人生活，你到了福利所，可以把他老人家接过来照顾，尽孝尽责，多好的事呀。”

一提起舅舅，安强的心就软了。安强的舅舅残疾，可自从安强的母亲病故，他总是迈着残腿、背着腌制的咸菜到矿山来看安强。很多假期、逢年过节，安强都是在舅舅家度过的。安强把头伸过去，问：“这，能行?”

安大为肯定地说：“当然能行。我什么时候唬弄过兄弟?”

事情就这么顺利地定了。

福利所不大，院子里安装了几副健身器材，两排平房修建得像个便民旅社。疗养的人也不多，就五六位伤残的单身员工，有时也有退休了仍然留恋矿山的老工人光顾，住上几天。食堂的伙食，一日三餐，早晨包子、稀饭加一个鸡蛋，偶尔增加豆浆油条。刚开始，大家习惯了以前早起就着馒头喝茶的生活，不太适应这么好的早餐，一两周后，便都习惯了。午餐是米饭炒菜，菜一般是一份土豆丝、一份萝卜肉片。晚餐经常吃面食。总之，有矿山补贴，伙食比家里的好吃而且便宜，大家都十分满意。所有的肉蔬和日用品，都由三位女工按需列了单子，由安强骑了自行车去购买。市场上的摊贩大都没有正规发票，写上一纸收据，按了指纹，每月交分公司，经安大为主任签字后，实报实销。

自从到了福利所，安强很少能碰见原来的工友，也懒得见他们。每次到分公司报账，当然能见到安大为。安大为在纸条上签字时，看都不看，说："账务肯定都合适，没有问题。咱相信兄弟。"

安强点着头："肯定合适，肯定合适。公家的钱财，咱肯定省着花。"

安大为很高兴，对安强说，只要这样认真工作，这一年下来，以前造成的那点儿影响必然会全部消除，弄好些，还能评上先进。他还特意叮嘱安强，要把老舅舅照顾好。安强就很感动，觉得还是大哥好。

有次去签字报账，安大为说："好长时间了，我忘记了问你的手机号码。不管是业务，还是私事儿，咱们弟兄都好联系沟通。"

安强就难为情地笑了。他一直觉得有部手机与没有手机都一个样，自己基本上和外界不怎么联系，也不知道和谁联系。以前的工友们大多有手机，还是智能的，安强也不会玩儿，还要掏钱缴电话费，就没有购买的打算。安强说："福利所有固定的，福利所有固定的。"

福利所的固定电话摆在食堂的窗台上，平时怕风吹雨淋，上面还盖了个鞋盒子。可从来没有听见它响过，也没有见过有谁往出打电话。也是巧了，安强从分公司回来，就看到舅舅在通话。安强一时弄不清楚电话是往出打还是往进打，只看到舅舅郁郁寡欢的脸上露出了少见的笑容，笑容是幸福的，甚至是得意的。舅舅说："好好，我在享强娃的福呢。强娃当官了，是福利所的领导。好好。好好。"

等舅舅在电话上说完，安强就问："谁啊？"

舅舅高兴的神情还挂在脸上："咱家的亲戚啊，好多年没有联系了。他们来电话，说是来看看我。"扬了一下手，"对对，也来看看你，大家走动走动。"

安强再没有细问亲戚是怎么知道福利所电话的。他不知道自己到底还有多少亲戚，但只要舅舅高兴就行。

忙乎的日子过得快。转眼，一场霜落了下来。安强赶紧向矿山申请给福利所的房间安火炉、买木炭。一场雪又降了下来，按照往年的做法，矿山应该停工放假过年了。福利所不放假，这几位伤残者和老人，要在这里迎来第一个春节。安强就计划着怎样把年过得喜庆热闹，贴春联、包饺子是不可缺少的。

安强提着笤帚边扫院子里的草叶，边思考下午是不是去找安大为，把过年的事落实。听见几下汽车鸣笛声，扭头一看，是矿山的财务会计，领着两个面熟却不知道在哪里见过的人，走了进来。会计熟，见面就说："安师傅，这二位是总部派下来的，我们来了解近一年的财务管理情况。"又补充说，"年年如此，例行公事。"

一行人进了安强的房间，把安强所有报销过的票据全部倒在了桌子上。

安强很配合，其他人员，包括那五六位伤残者和老者，都很配合，都在调查记录上签了字。

几天过去了，还没有到晚上，福利所的电话响了，是安大为打来的，说是请安强过去吃饭。晚饭是肉馅饺子，还摆了一瓶酒。还是老规矩，安大为每喝六杯，安强就喝一杯。安强顺便就把过年的事说了一下："我打算找你汇报一下福利所过年的事呢，前几天忙，正好今天说一下这事。"

安大为叫他别着急，先吃完饭再说。喝了一杯酒，他盯着安强，说："你可能不知道吧？经过两三天的调查，你们福利所虚报支出三千多元。"

安强紧张得不得了，手抖动得厉害，连饺子几乎都夹不住，更别说端酒杯了。安大为说："你买了手机，怎么不告诉我一声？"

安强立马没有心思吃喝，差不多要哭了，说："就是积攒零钱买了个手机，还给舅舅的亲戚管了顿饭，花了三千多元呀。"

安大为说："你看你弄下的这事，把我的脸都丢尽了。"

安强说："对不住老哥，太对不住老哥了。"抹一下眼睛，"我用工资把公家的钱赔上，行不行？"

"赔，肯定要赔。"安大为接连喝了三杯酒，"才不到一年啊，就弄了公家三千多，如果时间久些，我看你得贪污几万。要判刑坐牢的，你知道吗？"

"好好，我赔，我赔。"安强破天荒地一下子喝了两杯酒，连安大为都很吃惊，"老哥，那我回福利所去了。"

安强还没有起身，安大为说："回啥福利所，你知道你做下的这事多严重？挪用公款，咱放下违法不说，你至少违犯公司制度了。你，已经被开除了。”

安强一下子瘫痪了似的，孩子一样哭了起来，边哭边说：“唉，丢死人了，丢死人了。这事传出去，叫我今后咋办啊。”

他哭一声安大为就喝一杯酒，他哭一声安大为就喝一杯酒，说：“唉，咱安家几世清白，怎么就出了这么个事啊！”

安强突然不哭了，问：“舅舅呢？舅舅知道吗？舅舅晓得这事，会打死我的。”

安大为仰脖子喝下最后一杯酒，说：“能不晓得？他已经羞得卷铺盖回家了。”

安强说：“唉，丢死人了。”把眼前的一杯酒喝了，问，“哥，这事，对你不会有影响吧？”

安大为拍了一下茶几，吓安强一跳。安大为说：“你想想，你想想，是谁把你安排到福利所的，是谁每次给你签字报销的？能没有影响吗？影响大了！”

安强万万没有想到会是这样，眼睛珠子要蹦出来似的。

安大为赶紧说：“兄弟，你要冷静，你要冷静，不能再像以前那样乱跑，乱找领导。韩经理，对，韩经理会不会处理我呢？韩经理对我不错，是不会处理我的，不会的。”

安强借着酒劲儿，忽地一下站起来：“哥，我是自认倒霉了。我就不信，看他姓韩的有十个胆，敢处理你！”说完，安大为拦也拦不住，安强就踏着夜色匆匆出了门。

安强的身后，是安大为意味深长的一声叹息。

月光洒落，冬天的夜更加清冷。大约一个小时后，安强先来到韩经理家，听说不在，就又赶往分公司。韩经理办公室的灯亮着，他一听有人推门，就放下手中的笔，喊了声“进来”。

韩经理见是安强，挥着手说：“安强啊，你先坐下，坐下。有事咱们好好儿谈。你那事，我也是没有办法啊。唉！总部的决定，总部的决定。”

"我认了，行不？我认了，行不？"安强冷静不下来，指着韩经理，又说，"姓韩的，我就问，你想把我哥，啊，不，要把安主任咋处理？"

韩经理说："冷静，安强，你一定要冷静。安主任肯定要处理的，毕竟，他用人失察。"

安强急得在地上转了个圈儿，猛地，撕开衣服，露出绑在身上的一节炸药，说："一人做事一人当。告诉你姓韩的，这都是我的错。你敢处理我哥，我上告你！不，我，我和你同归于尽！"说着话，就摸出一只气体打火机。

韩经理心里慌了，但仍然安慰着安强："冷静些，安强。你这样就更不好了。"

正说着话，三名保安好像事先埋伏好了似的，门一推，过去就把安强扑倒在地。

矿山很快恢复了平静。一片冷寂。

第二天，还没到上班时间，安大为就赶到公司，见韩经理办公室的门开着，就踱步一样走了进去。韩经理拍着安大为的肩膀说："你知道吗？昨晚，实在太危险了！"他的脸露出显而易见的恐怖表情。

安大为坐到沙发上，想说句什么，却又听韩经理说："事情嘛，处理得还不错。可你说说，安强怎么会有雷管和炸药呢？"韩经理嘴唇动了动，因为后怕，想骂句脏话，最后还是忍住了。

一切都在按照安大为的预料之中，他太了解安强的性格了。可是，韩经理骂得不错啊，安强怎么会有雷管和炸药呢？这实在不在掌控之内啊！安大为也想骂句脏话，但摊了一下手，说："谁知道他有这些东西。"

安大为突然觉得胃里有些难受，咬着嘴唇再没有说话。

韩经理长长地舒了口气，说："还算好。那边传来消息，说那些东西时间太久受潮失效了。"千真万确，安强早些年趁管理漏洞拾的几根雷管和一节炸药，也不知道藏在什么隐蔽的角落，已经受潮很严重了。

韩经理见安大为脸色有些不好，说："你心疼安强，人之常情嘛。"又安慰道，“你这几年的业绩不错，我打算向总部汇报给你升职。”

安大为没有说话，用手揉了下肚子。

像往常一样，心灵感应似的，刚上班，副职们主动凑到了经理办公室。趁大家都在，韩经理愉快地说：“好，安强的事从此结束了。”又说：“正好，大家都在，咱们不开正式会议，先碰个头，把管理方面，特别是爆破材料管理方面，再梳理一下。”

顺着这个话题，大家心想：是该特别排查一下以前的爆破材料领用记录，万一仍然有流失在外的雷管和炸药呢？因为，大家都觉得，肯定有几根没有失效的雷管在什么地方待着。

（原载于《天津文学》2019 年第 6 期）

今年不一样

一

一连下了好几天的雪，白天停了。太阳出来，又落下去，柏油路、硬化路上的雪消融后，经不住晚上低温的煎熬，加上车轧人踩，变成了寒光四射的冰溜子。这样的路，就像玻璃上抹了胡麻油一样滑。

路虽然滑，车辆和行人却仍然不少。因此，陈存刚和许多人一样，把车开得较慢，不敢有丝毫松懈，生怕一不留神滑到马路牙子上去。从县医院出来到家里，平时七八分钟的车程，这次足足磨蹭了大半个小时。陈存刚不时通过后视镜，注意着小汽车后排的动静。老娘上半身横着躺在后面，头枕着亲孙子小词的右腿，眼睛闭着，呼吸均匀，样子好像睡着了。陈存刚确信，娘打了塑料固定架的右腿下面支垫的枕头，高低、软硬正好合适。

车到了院门前，按了一下喇叭，媳妇张柠柠好像早有准备似的，很快打开了大门，凑到车跟前。陈存刚下了车，问媳妇："床铺好了?"张柠柠点了点头。

陈存刚打开车的后门，俯下身去，把手伸到娘的腰下面，陈小词抬起老奶奶的后背，使劲儿往前挪移。老人肯定感觉到了疼痛，呻吟了一声，张柠柠想搭一把手，但实在帮不上，只看着丈夫像抱起一堆棉花一样抱起娘直直地走进院子。她就和儿子把放在车汽车后备厢里和前座椅上的零碎东西提了进去。

陈家的院子出了城就到，在所谓的城郊接合部，但很难说用不上三五年时间就会变成城市的一部分。这座院子和周围的其他院落一样，与城里的高楼大厦比较没有多么显著的差别，但却让城市居民羡慕。

几十年前，城郊的几千亩土地上的居民们只种小麦、玉米，不知是谁突发奇想，在自留地里小打小闹地种植起了苹果树。当初主要供家里几口人解个馋，剩下的摆到路边卖给过路的司机。几十年后，没有想到这里成为了全国苹果树最佳适宜种植区，小果子成就了大产业。陈存刚有眼力，除了自己家的三亩地，还把自家周围的二十亩地也承包了过来。六年前，陈存刚在果园里修建了个看护林子的院落，两年后，一跺脚干脆又把这院子重新进行了修建，真正建成了两层别墅，一家人也就从东山下彻底搬到了这里。

谁能说这样的院落不好？许多人家开始仿效。从后院出去，是种了白菜、萝卜、青葱和豆角的蔬菜园子；从前门出去，是一眼望不到边的果树。春末夏初，果树的叶子还没有完全展开，枝条上缀满了白色的果花，纱一样弥漫、笼罩、蔓延。到了秋季，大约国庆节时分，大片大片的灰绿色叶子衬托着拳头大的红苹果，低垂的果树好像要朝大地深陷下去。而将要熟透的果香蜜津津的，又与果花的刺鼻味大大不同。即便是冬天，没有了树叶的果树，挂上飘落的霜雪，也是美不胜收的景致。

把娘安顿好，陈存刚说："娘，家里比医院舒服多了吧？"老人满意地点了点头。医院怎么能跟家里比较呢？一间病室四张床，空气复杂得不能描述。白天姑且不论，到了晚上，特别是深更半夜，哪个骨折了的病人不因为疼痛、小便而呼叫护士，折腾几遍？吵闹归吵闹，就连想睡个安稳觉的空隙都没有。再说，家里的这间小屋里，烧着那种节能型的"土暖气"，温度正好，哪儿像医院里的锅炉一样有气无力。

陈存刚又说："伤筋动骨一百天，你就安心缓着。过不上几天，你那些孙子不是都放寒假了吗？很快就来看你了。我呢，得给咱们办年货去。"提起孙子们，老人脸上再次露出了看到喜欢的社火一样的笑容。她盼着孙子们尽早踏进这间温暖的小屋。

往年，腊月初八吃过“糊心饭”，家家都张罗着办年货，大包小裹、车拉人背的，恨不能把家里塞个满满当当，陈存刚家也不例外。今年不同，因为老太太住进医院，耽误了些时间，一转眼就到腊月二十五六了。当然，这算不了什么，只要腰里扎实，集市上的东西可以海着往回搬。陈存刚站在院子里给张柠柠说：“娘还得吃流食，你熬些小米稀饭吧。晚上咱们吃包子。我进城办年货去。”

听见爸爸进城办年货，陈小词喊：“等等我，我也要去，买好多好多灯笼和烟花。”

陈存刚实在想叫小词留在家里，就听娘低声说：“娃娃想去就去吧。”陈存刚心里说，小词都上大二了，还能算是娃娃？听见娘的屋里传出秦腔唱段，知道这是小词拿手机下载了秦腔播放。娘不爱看电视，主要是眼睛花，但喜欢听戏，听了一辈子，就像抽烟上瘾一样，不听就心烦意乱，病了似的。

陈家大院的南面，是一条铺了砂石的小路，一直通往北边的县乡公路。小路的两旁也毫不例外地长着果树，一些果树的粗壮枝条还调皮地跨出地界，胳膊一样伸在路上。陈小词把购买回来的灯挂起来。日近傍晚，他把电源插头插到插孔里，一抬头，仿佛一声呐喊，“哗”地一下，灯全部亮了。

走进红得昏暗的彩灯的光晕中，做梦一样。

二

陈存刚寻思着：这个年怎样过才显得热闹？娘老了，八十四五的年纪，受了骨伤不说，手术检查时还查出脑萎缩、高血压。按照方圆百里的说法，“年老人走不走沾因由儿”，意思是说年龄大的老人去世都会沾一个病或者伤的由头。不管怎么说，老人是算着天活哩，能热热闹闹地过一个年，是大家的心愿吧。

他就和张柠柠商量：“今年这年咋过才好呢？”

张柠柠正在蒸馍，厨房里弥漫着雾一样的蒸汽，她被笼罩在雾气中。她说：“你是和我商量吗？你已经考虑好了吧？”灶台上的鼓风机响着，灶膛里的炭火发出“嘶嘶”的呼啸声。她又说：“馒头、油饼，够几十个人吃几天的。”

陈存刚就从厨房走了出来。多少年了，张柠柠说话始终好像带着一股子气，好在她也始终没有反对过他的决定。他也从来没有抱怨过张柠柠什么，人前人后，她已经做得很不错了，况且，娘躺在床上的日子，主要还靠她侍候呢。

他站在院子里，朝天空看着。随后掏出手机，本想给妹夫们打个电话，却犹豫了一下，没有打出去，便给他们挨个儿发了手机信息，大意是说：大家好些年没有一起过年了，今年不一样啊，娘躺在床上，我们从年三十开始，过来聚在一起过年吧？短信发出去，没有收到回复，可他确信他们都收到了，并且会认真考虑这个提议的。

等待中的时间过得慢。许多人在厨房的调料香中为挥洒一年的辛劳做着准备。年三十儿一大早，陈存刚从床上翻了起来。屋外的地上，铺了一层薄霜，和天上即将消逝的星辰一样闪着寒光。不过，这种晴朗的迹象不会坚持很久，会像往年一样，过了中午，天就阴暗了下去，飘洒下些许雪片。娘喜欢这样的天气，大家都觉得这才像过年。其实，陈存刚并不是起得最早的人，他听见别人家已经燃放爆竹，并且闻到葱蒜皮燃烧的味道，那一定是人家在院子的一个角落送走瘟神。陈存刚也会这样做的，这是年俗。他现在要去把几截从地里伐回来的木头砍碎，这也是年俗，意味着新的一年里发财。当然，这些木头积攒了近一年，砍碎风干，主要用于火炉生火。

斧头与木头发出的撞击声，在院子里回响。娘的屋子传出轻微的咳嗽声，不一会儿，陪护照顾了老娘又一夜的张柠柠揉着眼睛出来了。

说不上是早餐还是午餐，日头刚从东山爬上来，细长面就做成了。陈存刚把面端给娘，把她扶了起来，让她半靠在被子上。娘问："你爹的饭呢？"陈存刚一愣。爹去世快十年了，那时候，好过的日子才刚刚开始。这些年里，娘哪怕是惦记在心里，也从来没有在子女面前张口提到去世的老伴儿。陈存刚很快反应过来，赶忙说："准备好了，准备好了。娘，你放心，我一直记着哩。"每年都这样，谁都不敢忘记，备办年货的同时，得提前把敬献先人的果子、茶点、香表备齐。

屋内的檀香散发出迷醉的气息，天色果然不出所料地阴暗了下去，时间其实尚早，可天色给人向晚的错觉。陈小词就急着要贴对联，将红纸黑字摆弄了一地，还把瓜果倒腾到盘子里，老早摆到了各个房间的桌上。

听见娘在房间里咳嗽了几声，陈存刚走进了屋。陈存刚对娘说："要过年了。"娘朝他笑了笑。陈存刚知道娘是故意咳嗽给他听的，就把一把红包放在了娘的枕头旁，其中一百元的五个，五十元的十个，二十元的二十个。红包的外观大小不一，娘当然能从外观上分辨出钱的多少，她也知道怎样分配和发放这些红包。

陈存刚又说："大家都会过来一起过年的。"他没有察觉娘转瞬即逝的表情。

天擦黑，雪花飘落了下来，在彩灯的映照下闪着晶晶亮光，盘旋飞舞，舍不得告别人世间最后一天似的。村里第一轮爆竹烟花炸开，天空愈加昏暗。也就是说，不久，家家户户的饺子包好了，酒也温好了，肉煮在锅里，和几盘凉菜一起准备上桌。陈存刚到娘的房间，说是要把娘弄到主屋去，大家一起拉家常看春晚。可娘摇着头不同意，说："不去，我等孙子。"陈存刚也就同意了，他知道，老人家盼的就是几个孙子。

院外的车灯灯光在院墙上划过，不一会儿，门一响，二妹陈蓉和二妹夫李云开带着儿子李享提着大包小包来了。三个人先到主屋敬过桌上的牌位，就去看望老人家，"娘，娘"，"奶奶，奶奶"。二妹、二妹夫很快就回到主屋了，只有上高中的李享没有过来，与同样不喜欢和大人们在一起的陈小词在奶奶房间里玩儿手机。

坐下，李云开说："短信收到了，学校的一个学生娃娃问寒假作业的事，没有来得及回复。这一忙，就忘记了。”

陈蓉也帮腔说：“就是啊。这个年，是一定要一起过的。”

陈存刚心想：谁知道你们做的啥打算，来还是不来呢！忽然看见李云开的下巴上包着层纱布，像是受过伤的样子，就拿眼瞅陈蓉，觉得陈蓉太过分，怎么能一言不合就对丈夫动手呢？

李云开发觉陈存刚在瞪老婆，说：“哦，没事儿的，不小心叫树枝划伤了。”

陈蓉也说：“他近视，走路不小心划的。”说完，怕被人洞察隐藏的秘密似的，喊着“嫂子，嫂子”，抽身去了厨房帮忙。

雪大了起来，院子里已经铺了麻钱厚的一层。陈存刚站在院子里，朝院外张望，心里嘀咕：这都晚上九点多了，他们怎么还不来呢？雪花落在脸上，冰凉冰凉的，却也让人舒服。是不是把院子扫一下？又觉得雪白雪白的挺好，就由着它吧。正要返回屋里，听见外面有汽车摁了几声喇叭，他便走了出去，是三妹陈芳和妹夫田春生带着上初中的儿子奔奔和上小学的女儿婷婷来了。

孩子们喊着“舅舅，舅舅”，朝院子里奔来。田春生则拍打着双手，好像有所准备，冲着陈存刚说：“我可是空着双手来的。”

陈存刚拍打着妹夫的肩膀说：“都是一家人呀，你分这么清楚干啥。”

陈芳不好意思地说：“哥，我们一直忙，一直忙，理发店关门时间太晚了，真的没有来得及收拾些东西。”

陈存刚心疼小妹，拉了拉她的围巾，说：“快进去暖和暖和吧。”

老三家四口人，直奔主屋。敬过桌上的牌位后，又去了老人家的房间。不一会儿，田春生回到了主屋，陈芳径直去了厨房，两个孩子与表哥们玩儿去了。

这个点儿了，还等不到大妹夫袁文双和大妹陈颖带着上大学的女儿袁韵一过来，大家都判断他们是不来了。陈存刚出屋，在流光溢彩的灯光中，看见眼前雪花一团一团的，淹没人世间不公和丑陋似的。那么，路上的积雪也快有半拃厚了吧？时候实在不早了，大家肯定都饿了，他就对着厨房说："吃吧。记着给娘那边也送过去。"

饺子、卤肉窜出包裹着香味的热气，几个凉菜看上去也色香味俱全。这是年的味道。

三

村庄里的烟花爆竹又一阵阵炸开。这是第二轮绽放，也就是说，家家户户开始围着美食边吃边喝酒了，"春晚"往往在这个节点上被忽略，反正不急，会反复重播的。

陈存刚先给牌位上的先人奠了茶和酒，又取出盒装的白酒和红酒，"砰、砰"地打开封闭得复杂的包装盒子，分别斟了六杯白酒和六杯红酒，摆放在大茶几上。都是双数，意思是六六大顺。

按常规，主人家要先借着话题提议喝三杯酒。陈存刚端起酒杯，说："最近大家为照顾咱娘，都辛苦了，我先敬一杯。"团聚酒、祝福酒自然不能少，但娘的事是今年的重点，得摆在前头。

田春生说："不，我先敬二姐夫一杯吧!"端起酒杯，不管李云开同意不同意，碰了一下对方面前的杯子，说："哥，话在酒中，我干了。"说完，一仰头一杯酒就顺着喉咙下去了。可能喝得太猛，呛着了，田春生赶紧把筷子伸向凉菜。见田春生喝了，李云开不好推托，也跟着喝了，还把杯子伸给田春生看。

这明显有悖常规的行为是哪一出啊？陈存刚看不明白，可他知道其中必有缘故。可是这大过年的，问出尴尬未必是好事，知道得太多也未必是好事。心里一来二去正折腾，听见院子里有人说"好香啊"。这是袁韵一的声音，接着光影一闪，她就呼啦啦地进了屋，把一个大提包顺手堆到了地上，然后大大咧咧地朝大人们问了声好，就去了老太太的房间。

随后，陈颖拍打着身上的雪花进了屋，责怪自家女子："这娃娃，微信上一喊，急得一点儿礼数都没有了。"打量了一圈儿屋内，见大家神态平静，又说，“这么晚了，还能拦上出租车过来，方便是方便，只是这年味越来越淡了。”

紧接着进屋的应该是袁文双，却没有。陈存刚端起酒杯：“大家来来来，碰一个。”然后放下酒杯，念叨，“人呢？”

陈颖说：“在镇上值班呢。这大过年的，单位上能有啥事？我叫他过来，人家不听我这个家庭主妇的话，只听他们领导的。”

李云开说：“自古忠孝难全，文双忙，理解。”斟上酒，说，“我敬大家一杯吧！”

陈蓉犹豫了一下，没有把手伸向红酒杯，对哥说，也是对丈夫说：“咱是不是给娘敬个酒呢？尽管她滴酒不沾。”出于小学教师的习惯，她遣词造句上谨慎而又小心。

陈存刚觉得二妹说得有道理。这时，娘的房间里传出一阵阵愉快的嬉笑声，和外面的爆竹声一样，此起彼伏。

陈颖说：“他们正开心呢，咱们就别去添堵了。来，我敬大哥大嫂一杯。”

陈芳附和：“就是就是，说不定娘看见咱们还不高兴呢。来，咱们姊妹仨碰一个。”

张柠柠去了一趟厨房，将桌上的菜添足，说：“雪停了，外面冷得能把人冻成冰棍。”又去把节能炉的炉火捅旺，“大家好好儿热闹呀。只碰着喝我看没有啥意思，你们咋不玩儿扑克呢？”说着话，从茶几的抽屉里取出一副扑克，放到陈存刚面前。

扑克又被田春生拿了过去。田春生“哗哗”地将扑克洗了两把：“这个好，诈金花喝酒，看我不赢了你们。”

怎么个喝法呢？田春生建议各家的女人给各家的男人代酒。那陈颖怎么办？好办啊，田春生说……

玩儿得高兴，时间过得特快，大家也忽略了开着的电视和播的“春晚”。

外面的爆竹铺天盖地炸响时，娘房间里的孩子们都扑出了屋子，站在宽敞的院子里高声喊叫："新年到了——""迎喜纳福——""心想事成——"

陈小词又把烟花爆竹挪到院子里，一字摆开，再跑进主屋拿了几个香头，跳出去分给表弟表妹们。于是，随着呼啸，硝烟弥漫，烟花爆竹凌空而起，再凌空炸响、绽放。烟花爆竹的声浪与村庄其他人家的互相响应，一波高过一波，彩光照亮了大半个村庄。这情形足足持续了二十多分钟，院子里的雪，除了踩踏，上面还落了一层火药的黑屑和爆竹的纸片。

孩子们在院子里欢乐，主屋的大人们也随着出屋，喜欢不喜欢地，装作观看烟花。几十分钟过去，风一吹，再回到屋里，喝过酒的他们就有了些醉意。

陈蓉悄悄扯了一下李云开的衣服，李云开说："我是不能再喝了。你们玩儿，我睡去了。"说完就出屋上了二楼。

田春生歪靠在沙发上，朝着李云开的后背说："不行，不行。你，不喝，是对我有意见。"急得陈芳赶紧捏了几下他的胳膊。田春生挥了一下手，说："逃兵，败将！逃兵，败将！"

陈芳看了一眼大哥大嫂，有些不好意思。张柠柠给陈存刚使了个眼色，陈存刚索性扛起小妹夫，"吭哧吭哧"地上了二楼。

趁着女人们收拾碗盘，陈存刚去了娘的房间。床头灯亮着，那些娃娃都溜得没有留下一个，只留下了两部玩儿得没有电的手机在床头的接线板上充电。娘半闭着眼睛，呼吸平稳，好像是睡着了。给娘掖了下被窝，出屋时，娘突然开口："都要结束了？"

陈存刚说："结束了，娘。你安心睡吧。"

娘皱了下眉，复又叹了口气。这口气好像是自然呼出去的，陈存刚却感觉到冰冻后石头一样的冷寂、沉重。娘动了一下，陈存刚赶紧把手伸到她的腿下，将受伤的腿小心翼翼地朝上挪了挪，让她舒服一些。娘说："这大过年的，你记着要和他们要得和气。"陈存刚口里答应着，又听娘说，"大过年的，给你们添麻烦了。"

娘的这话把陈存刚差不多吓了一跳。他赶紧说："看看看，老人家说的啥话呀!”

娘就笑了。沉默了一小会儿，说：“还有红包？你给的那些，叫孙子们骗光了。”

千真万确。按照大人路上的叮咛，几个孙子的任务是陪好老太太。所以，他们一直坚守在老太太房间里，但一直没有消停。他们有在手机上看电视剧，有的和好友微信通话，有的互相莫名其妙嘻嘻哈哈打闹。微信通话的嫌打闹的太吵，影响通话；看电视的嫌打闹和通话的声音太大，影响了看电视。

对于孙子，老人家从不在乎他们的言行，即便是碰疼了伤腿，她也高兴。老太太说，谁能放下手机就给他一个红包。于是，孩子们听见下课的铃声一样，立即兴奋了起来，纷纷放下手机，给老太太揉肩膀，老太太满是皱纹的脸。但没过多久，孩子们又自顾自地玩儿起来。

老太太又说，谁给她剥个橘子，就给谁发个红包，于是，孩子们一哄而上，每人剥了一个，抢着往老太太的嘴里喂。之后，他们拿起手机，在好友群里抢红包，炫耀老太太发给自己的红包。新年烟花在天上绽放时，老太太决定给他们发大红包，枕头下边一摸，却一个红包都没有了。

陈存刚看着娘高兴的样子，也笑了：孩子嘛，就那样儿。又拿了几个红包放在她的枕头边。只要娘高兴，钱不是问题。

四

好多人家守夜的习俗没有变，陈存刚从娘的房间出来，站在院子里，能听见院外有人清扫落雪的声音和零星的爆竹声。天上星星稀少，却很明亮，说明山上和路上的雪一定不薄。到主屋的门口，看见张柠柠和陈颖对着沙发说话，进去一看，竟然是袁文双，不知道他什么时候来的，好像也喝过酒，脸红通通的。

陈存刚疑惑地“嗯”了一声。

袁文双捧着一杯白开水，站起来说："来晚了，不好意思啊，不好意思啊。"

"故意的吧？"陈存刚半开玩笑地说，"好，来晚了好。要是你早来，还不知道喝醉几个人呢！那场面，我可控制不了。"

袁文双瞅着茶几下的四只空了的白酒瓶和两只空了的红酒瓶，"呵呵"地笑了。还真让陈存刚说中了，他本来想早些过来，可又怕太早。正如陈存刚所说，那场面，不好控制。

他就判断，那件事儿，陈存刚一定还不知道。

老人被陈存刚送到医院，他和老婆张柠柠忙前跑后，挂号、化验、送检、拍片……确定骨折的伤腿需要手术后，楼上楼下折腾几个来回，交了数目不小的住院费，又在手术室外等候了六个小时。把老人安顿在病床上时，他俩基本累瘫了。

他本来不打算把娘骨折住院的消息告诉其他人。但是第二天早上开始，也就奇怪了，电话一个接着一个，有咨询苹果价格的，有要货的，有年终结款的，也有做广告的和打错了的。老人需要无条件照顾，养活人的果业生意也得做啊。无奈，他就给袁文双打了电话。

袁文双接到电话，听说丈母娘她老人家骨折住进了医院，就给陈颖打了电话。一个多小时后，他从驻村帮扶点赶到医院，陈存刚已经离开了病室，只有陈颖盯着吊针发呆。

陈颖一见袁文双，说："唉，你说大哥大嫂他们是咋操心咱娘的？都摔成这样了！"说着话，眼泪差不多快流了出来。娘的伤腿里，左右两边各打进一排钢针，谁不心疼哩。

麻醉药效估计已经过去了，娘呻吟了一声。袁文双拿眼神示意陈颖别说话，陈颖就拿过湿毛巾，擦拭娘布满皱纹的额头，又叹息一声："你说，老袁，他们几个知道吗？怎么还不来呢？你工作那么忙，总不能一直陪在医院里。"

袁文双从病室出去，站在走道里，就给李云开和田春生分别打了电话。

李云开两口子和田春生两口子都在城区，按说到医院用不了半个小时，可是除了陈芳在天擦黑时提着一碗牛肉拉面送到娘的病床，其他人都差不多晚上十点多才到。

支了三张病床的病室，本就狭窄，人多了起来，一下子更显得拥挤。李云开搓着双手，对袁文双说："忙，忙得很，放寒假了学校还有开不完的会，布置这检查那检查的。"

陈蓉说："唉，计划全乱套了，寒假招收的十几个补习的学生，不能不管啊。"

田春生鼻子里轻轻地"哼"了一下，走出了病室。

不管乐意不乐意，陪护老人是不能回避的话题和事实。袁文双招了招手："大家出来说话吧。"大家就站到了门口。

袁文双说："咱们都上有老下有小，老人健康时，我们真没有发现有过什么艰难和问题需要共同面对和解决，我们也不知道天天守着老人的兄弟姐妹平时有什么不容易。眼下，要存刚大哥天天陪在医院里，不是个办法呀。"

李云开说："是是是，咱们得想个办法。"

田春生又"哼"了一声，说："是得有个办法。说来说去，意思是都忙，对吗？"

大家都沉默了。从楼道里走过的人，好奇地瞄一眼他们，匆匆而去。

袁文双只好再次开口："所以，大家尽量腾出些时间。娘在医院也就住个十来天吧，大家轮流着陪护，也不过两三天时间。"

李云开也不知从哪里捡来的专门陪护病人的名片，盯着名片说："这也是个办法。咱们也请个专业陪护过来，问题不就解决了？"然后像扫视课堂里的学生一样扫视大家，看大家有什么反应。

袁文双说："咱们这么多女儿女婿，还请陪护，传出去不叫人笑话？"

田春生冲着李云开说："你意思就你钱多对吧？"急得陈芳赶紧扯丈夫的衣裳。

李云开摊一下手说："看看，你怎么能说这话呢？谁又不是把钱准备好专门请陪护的啊!”

田春生黑着脸说:“那你说这话是啥意思?就你们忙?”

李云开嘴角朝上一咧,说:“那你意思是你不忙?好啊,好啊,你先陪上几天。”

田春生说:“肯定啊。我就是把理发店关了门,也得陪着娘。像你?”

李云开生气了,问:“老三,你这话什么意思?像我,像我,我到底怎么了?”口里就含糊地骂了句难听的话。

田春生说:“你怎么骂人哩?你怎么骂人哩?”说着话,就往李云开面前冲。陈蓉、陈芳没有拉住,田春生就朝李云开的下巴上抓了一把。

楼道里的人们停下了脚步,看着他们,嘀咕他们之间发生了什么。两位值班的护士也跑了过来劝说了几句,最后抛下一句话:“你们有什么事出去说吧,这是医院,需要安静。”

袁文双一看形势没有按照预想的方向发展,拉了这个劝那个,好歹把事情平息了下去。袁文双也不得不做主敲定陪护娘的大事:“既然商量不通,我就定了。这样,陈颖一直陪护到底,春生已经表态了。云开你或者陈蓉就请假吧。工作的事大,娘的事也不小。”

李云开捂着被抓破皮肤的下巴,好像还有话要说。袁文双说:“好了好了。存刚大哥操的心比谁都多对吧?几万元的住院费交了,再说娘出院后,还不是得他两口子操心呀!”

病室里的娘咳嗽了一声,好像醒来了。大家交换了一下眼神儿,都回到了病室。

现在,袁文双考虑,是不是把医院的事情经过告诉陈存刚呢?假如陈存刚知道了这些,又该是怎样的反应呢?算了,不告诉他了,免得影响了大家的团结。既然没有人说出来,就让这事在岁月变迁中消逝吧。

时间过得太快,凌晨三点多了,守夜的人家又在燃放爆竹。袁文双叹息:“一年又一年啊。太快了。”

其实,陈存刚隐隐约约觉得这个年三十的夜里隐藏着些什么,是互相间的生分、戒备?似乎是,又似乎不是。他说:“你们都睡去吧。一眯眼天就亮了，我得抢头香去呢。”

说话间，外面迎新的爆竹声密集了起来。

五

陈存刚没有睡，他担心头挨到枕头上，呼呼沉睡了，不能像往年一样抢上头香。他收拾好香表，准备出门。按照风俗习惯，大年初一开门要燃放爆竹，图个平顺如意。他担心惊扰了家人，就在成串的鞭炮上拆下一个来，站在院子里，用香头点了，迅速丢出了院墙。

拉开院门，院外的彩灯流光溢彩，把院落前的树木照得如梦如幻。一张昨天贴春联时贴到门侧的“出门见喜”字条，在风中发出轻微的响动，仿佛向陈存刚打招呼一般。

离开了布满彩灯的小路，走在通往西山的路上，才觉得风硬得能扬起沙砾，打得脸上生疼。雪把山河映衬得宛若月光照耀那般明亮，大大小小的树木矗立在风中，极像坚定的人们。雪地上已经踩了不少脚印，他们也一定赶向西山顶上的土堡。果然，陈存刚就听见爆竹声从西边传了过来。抬头看去，西山前天挂上去的纱灯，点着的烟头一样明明灭灭。

土堡的山门大开，老远能闻见风中弥漫着的檀香燃烧的味道。陈存刚进去时，有人烧完香往出走。按照习惯，人家朝陈存刚打着招呼：“您头香啊。”

头香，烧得越早越好，意味着好事走在前头。互相打个招呼，就像互相道喜一般。陈存刚也朝人家说：“您头香啊。”

陈存刚把香表烧完，心里默默祈祷娘很快能好起来，别出什么意外。又去了土堡大院中间的一个大“功德箱”边，投了钱，算是完成了来山场的全部任务。一个回头，差点儿与一个人撞了个满怀。陈存刚一看，是同村的孙雨雨。

孙雨雨说：“早啊，哥。过年好！”村庄里把没有血缘但长自己几岁的都叫“哥”。

陈存刚赶紧说：“过年好，过年好。”看着孙雨雨手里还捏着香表，知道他还得把仪式忙完，又说，“正月里了，有空了去你家坐坐。看我这忙得没有顾得上过去。”

孙雨雨说：“哥，有空了我过去看看大婶吧。”

说内心话，陈存刚知道家里好多人不喜欢这个孙雨雨，但他，作为家里的老大，这次还真得感激孙雨雨。

这几年，陈存刚的苹果生意揽的都是回头客，生意是越来越红火。年底了，陈存刚和张柠柠在果库里忙着给客户发货，平时安静地待在家的娘却心急了。中午时分，她出门朝远处张望，一只讨厌的小黄狗跑了过来，掠过她的腿侧。老人家慌忙往左侧闪了一下，不料，本就不怎么灵活的双脚碰在一块小石子上，又左摇右摆地几闪，没有站稳，摔了下去，手和脸都擦伤了。

娘忍受着疼痛，往起翻，却没有翻起来，就坐在地上喊：“刚儿，刚儿。”她的声音太低，就像呻吟一样，很快被风稀释。这时候，孙雨雨拉着架子车，从陈存刚家院子旁边的路上走过，听见老人家的呼叫，就把架子车放到一边，伸长脖子慢慢走过来看发生了什么事情。

孙雨雨看到老人家倒在地上，赶紧跑了过去，想搀扶，犹豫了一下，问：“婶子，您这是咋了？”

老人指着远处张望的那只小黄狗，呻吟了一声：“都怪这狗。”

孙雨雨朝院子里喊陈存刚，见没有人答应，明白是陈存刚两口子去了果库。他在地上捡起一块石头，朝小黄狗打去。看着小狗跑远，就掏出手机给陈存刚打了电话，说婶子在门口摔伤了。

电话那边的陈存刚问伤得重不重，孙雨雨又仔细看了看婶子，说：“好像就是个擦伤。”在村庄，在这方圆百里，果农因为给果树剪枝、疏花，要在梯子上爬上爬下的，经常会有人不小心从梯子上摔下来，擦伤是常有的事。

可娘毕竟年龄大了，擦伤不算小事。接到电话的陈存刚放下手头的活计，给张柠柠交代了些注意事项，匆匆跑了回来。陈存刚把娘往起扶了一下，娘一个劲儿地喊疼，根本就站不起来，感觉这是伤了骨头，送到县医院拍了片子，真的是骨折了。

这事，得感谢人家孙雨雨，其他不说，就冲人家及时报信，起码让老人家少在户外挨冻受痛吧。

陈存刚从西山上下来时，好多人才朝山上赶去，晨曦里大家互相道着“过年好”。许多人知道陈存刚的娘骨折了，也少不了送上几句问候和祝福。这时节，村里村外的爆竹在清凛凛的空气中炸开，没有守夜而沉睡的人们必然是醒来了。

有几只野兔从路边的杂草中蹿出，躲进了果林。陈存刚突然想起忘记了一件重要的事情，便随着野兔走进了自家的果园。这时，他看见挂在院子外围的灯笼熄灭了。果园里有一口井，是专门为浇灌果树打的，它为果园丰收做出了贡献。陈存刚绕到井边，把一炷香点燃，插在井旁的土地上，又在盖得严实的井盖上烧了一张表，这才好像完成了这个清晨要完成的所有功课。

陈存刚还没有进入院子，就闻到了煤炭燃烧的气味，他就知道，大家都已经起床，有人把节能炉炉火生起、捅旺。进了院子，果然，陈小词和几个孩子扛了爆竹，准备去院外燃放，而袁文双和李云开提着扫帚清扫院子里的雪。厨房里也开始热气蒸腾，鸡汤的味道扑鼻，生煎包子的味道也叫人垂涎。陈存刚进屋，将桌子擦拭了一下，然后把先人牌位前的檀香点燃，又去了娘的房间。

娘睁着眼睛好像在等他进屋。陈存刚把身子俯了下去，问：“娘，晚上睡得踏实吧?”

娘伸手捏了一下陈存刚的耳朵，说：“梦见你爹了，他在南边的地埂上晒日头呢。”

陈存刚一愣，说：“娘，咱们高高兴兴地过年，您多休息。”唉，娘怎么又提起爹了呢！他觉得门口的光线暗了一下，回头，是袁文双夫妇和李云开夫妇站在身后。他们是给老人拜年来了。

李云开问："娘说谁晒日头呢？"

陈蓉说："这天气，有日头也不暖和呀。娘，您就安心养伤吧。"

袁文双对娘说："娘，天气变暖了就扶您出去晒太阳。"说完，掏出几个不知道装了多少钱的红包放在了娘的枕头边。

陈颖说："娘，这是给您的红包，您要开心。"

李云开也掏出几个装了不知道多少钱的红包，放在枕头边，说："娘，红包您喜欢发给谁，就发给谁。只要您开心。"

娘的样子似乎很开心，低声说："芳芳来过了，也给了我红包哩。嗯，你们忙去吧。"

大家从娘房间出来，看见田春生下了楼，看样子他年三十儿晚上的醉酒已经基本醒了。

田春生看见袁文双进了屋，点了点头，也没有问他是什么时候到的。

这一天，就算是从早餐开始吧。早餐丰盛，有鸡汤，有生煎包子，有油饼子、烤馒头，还凉拌了豆芽、菠菜、胡萝卜、猪肝、牛肉等，少不了豆浆、炝酸汤。照例，每样不落地给娘那边送过去一份，那些孩子，或守在老太太的房间里，或这边跑跑那边瞧瞧，边玩边吃。

吃饱喝足，大家不能老坐着。陈存刚收拾了一包糖、两瓶酒、一箱饮料、一条香烟和两条红色被面，准备拿到院子里去。这是干什么啊，走亲戚拜年去？真是十里一个地方，七里一个风俗。陈存刚说，每年正月初一，村里的狮子队会敲锣打鼓挨家挨户拜年，送上祝福，驱散灾疫。不一会儿，锣鼓由远及近，到了陈存刚家前停了下来。

陈小词熟悉这个环节，喊了一声"放炮去了——"，守在各自房间的孩子们一拥而出。

听到炮仗声的狮子队，等于收到了这家人喜迎的信号，便"锵锵锵锵"舞了进来，在院子的东南西北跑啊，舞啊，最后在主屋前停下，意味着表演结束。陈存刚和妹夫把被面绑在狮子身上，意思是"挂红"，然后又把准备好的礼物送给了狮子队。

这个过程大约持续了十分钟。狮子队出门后，大人们又回到主屋。李享拉了小妹婷婷、小弟奔奔跟着狮子队走了老远，陈小词则继续燃放着炮仗，欢送狮子队伍走远。只有袁韵一又回到了老太太的房间。

这些孩子如果回到老太太的房间，必定是给老太太拜年讨红包。

几位大人商量白天做些什么，比如打打麻将，或者再喝点儿小酒什么的，有个娱乐。麻将桌摆好，正码牌时，袁韵一站到屋门口，没有进来，朝爸爸神秘地招手。

袁文双起身出去，袁韵一把嘴搭在爸爸的耳边说："爸，有个事儿。我的手机找不见了。"

袁文双惊讶地"啊"了一声，问："你放在什么地方了？仔细找过了吗？"

袁韵一说，昨晚手机玩儿得没有电了，在姥姥房间充电呢。刚进去看时，手机不见了。

袁文双心里嘀咕，怎么会这样呢？是谁拿走了手机？就对女儿说："这事千万不要声张，也不要怀疑别人。找不见就找不见了。爸爸给你买个新的。"

袁韵一懂事地点了点头，说："那我回城买一个新的去，晚上再回来。"

袁文双回到主屋，心里很是不愉快，表面上却很轻松地对大家说："我家这娃娃，就是没有耐心，想回城去找同学玩儿，晚上会回来的。"

这一个上午，心不在焉的袁文双出牌老犯错。

六

天蓝得像水洗过一样。太阳面对头一天的积雪，显得有气无力，西山晶晶发亮的地方，正是大雪对太阳的挑衅和嘲弄。不惧寒冷的乌鸦和麻雀从果树上飞上飞下，在雪地里寻找草籽，为一颗没有采摘的小而干瘪的苹果互相打架。一些调皮的孩子也不怕寒冷，穿了厚厚的防寒服，在树林里追逐野兔；一些孩子点燃炮仗，看烟火在雪地上炸起雪粒与尘土。

等村子里的爆竹约好似的集中响过，就到了午餐时分。

其实还没有到中午。过年嘛，家家都吃得早。按照传统，陈存刚家也得吃象征长长久久的细长面。娘牙不好，平时就喜欢吃点儿面食，特别是胡麻油炝过的浆水长面。陈存刚照例把饭端到娘的房间，那些孩子一看饭成了，便从老人房间一哄而散。

陈存刚把娘扶了起来，问："娘，红包又被娃娃们抢光了？"

娘说："没有，还留了几个呢。"微微笑一下，又说，"你说，手机有啥好耍的？都耍疯了，把讨红包的事就忘记了。唉！"

陈存刚笑了笑，出屋，看见一只喜鹊扑棱棱飞过，落在一棵搭在院墙的果树上。"喜鹊叫，亲戚到。"按照往年的习惯，人们初一只给亲人拜年，初二亲戚间才开始走动。这大年初一的，哪儿有亲戚到来呢？

吃过饭，孩子们按大人的吩咐，又到老太太的房间。这回，陈存刚特意对小词说："你们到奶奶那里，不要只顾着玩儿手机，还可以唱唱歌，跳跳舞，讲讲故事，尽量让老人高兴。"小词把精神传达了下去，不一会儿，老人的房间里就传出孩子们唱歌的声音和嬉闹的声音。

下午到晚上是漫长的，除了吃吃喝喝，仍得有个娱乐活动打发时间。陈存刚知道，大家都知道，从明天开始，各自的家里必定会有亲戚和朋友过来，礼尚往来嘛，各家还得去给别人拜年祝福。输了一上午麻将的袁文双不想再玩儿了，就把麻将收拾了。一看这情形，陈存刚叫张柠柠和妹妹们去了厨房，又把小菜摆到了主屋的大茶几上。

"那就玩儿扑克吧。"李云开的建议很快得到了田春生和袁文双的赞成，说玩法和年三十儿夜里一样，诈金花，男女都上阵，由输家喝酒。

李云开同意输家喝酒，但不同意玩法。说有个"加法"的新玩法特别有意思，也就是先发每人一张牌，限定一个总数，每揭一张牌，朝向限定的数字加数，超过和最小的数为输。"我们有空儿就玩儿这个。"

田春生满不在乎地说："你们也真是，不就是我们经常玩儿的'抢着喝'嘛。"

袁文双揉了下鼻子，没有说话。李云开说：“差不多，差不多。看来大家都会这个玩儿法，我就不解释了。”

酒酌起来，还没有开始，就听见院子里有脚步声。大家捏着各自的扑克，扭头朝门外张望，看见孙雨雨提着个礼品走了过来。大家只好放下了扑克。

陈存刚心里嘀咕：他怎么来了？

孙雨雨进来，见他们正在玩儿扑克，又没有人站起来表示欢迎，就有些尴尬，说：“年过得都好，年过得都好。”把礼品放在桌前，说，“我是来看看大婶。”

张柠柠见没有人搭理孙雨雨，犹豫了下，赶紧起身，朝娘的房间喊：“娘，雨雨给您拜年来了。”听见娘回应了一声，张柠柠朝孙雨雨示意了一下，带着他去了娘的房间。

陈小词对孙雨雨并不陌生，就道了声“叔叔过年好”。其他孩子打量着这位陌生人，学着陈小词的样子，也道了声“过年好”。既然有人来看望老人，早就在老人房间待腻了的孩子们互相瞅瞅，呼啦一下全跑出了屋子，到院子外面燃放爆竹去了。

隐隐约约听孙雨雨和老人聊得投入，主屋的人都知道，娘不仅喜欢他，还感激当初自己摔倒后，他拨打了陈存刚的电话，这才能及时把她送到医院。可大家都不怎么喜欢孙雨雨，特别是田春生。

果然，田春生摔下扑克，愤愤地说：“安的啥心嘛！”陈芳脸上发红，借口上厕所，走出了主屋，出了院门。

孙雨雨不讨人喜欢，事出有因，大家当然心知肚明。

十几年前，村里很少有人种植苹果树，果业还没有发展起来的迹象。人们都想着办法寻找发家致富的门道。那时候，陈存刚借着比较便捷的交通优势和城郊接合部的地理优势，买了辆三轮车贩卖化肥和粮食，按照当时的条件，生意还算不错。脑瓜灵活的孙雨雨从陈存刚的生意经中发现了另一种商机，借鉴陈存刚的做法，虽然他也倒腾化肥和粮食，不一样的是孙雨雨以物易物，从中赚取更高的利润。后来，陈存刚发现这种生意越来越不好做后，随即回家经营起了果园，而孙雨雨仍然守着老本行，做着自认为不错的“独门生意”。

孙雨雨不得不承认，陈存刚的脑筋比他好得多。没过几年，当他也办起果园时，陈存刚已经甩了他几条街，并且差不多成为村子里数得上的种果能手。

二人在经营上有密切往来，关系也好于其他村民弟兄。倒腾化肥粮食时节，年轻的孙雨雨经常往陈存刚家跑。那时，陈存刚的父亲还健在，孙雨雨每次去时都不空着手，买一些陈家二位老人喜欢的点心、茶叶。一来二去，老人觉得自己亲生子女也不时常给他们买好吃好喝的，就喜欢上了这个孩子。

陈家二位老人就寻思着，把三女儿陈芳许配给他。

陈芳还不知道这事儿，当时她在广州一家电子管厂打工，真是没有想到地球太小，在一条巷子的一家小餐馆里，意外碰见了初中同学田春生。二人一愣，竟然不敢相信眼前所见，也不敢贸然相认。交谈中才知道，田春生在广州一家职业培训机构学习美发美容。相约见了几次，田春生建议陈芳辞掉辛苦得连周末都休息不了的工作，一起来学习美容美发，然后回家开一个属于自己的店铺，过一把董事长、总经理的瘾。陈芳没有犹豫，就答应了。

半年后二人回到了老家。田春生因为手头积蓄不多，就在县城偏僻的住宅区里找了个租费偏低的房子，和陈芳开起了美发美容店。

女儿从遥远的地方回到老家，陈家老人像拾了个金娃娃一样高兴，也就把女儿的终身大事提到了桌面上。同在一个村子，陈芳就像熟悉和了解同学田春生一样熟悉和了解孙雨雨，她知道孙雨雨机灵，也知道老人喜欢他。但她还是不同意父亲母亲对自己婚姻大事的关怀，拒绝与孙雨雨见面、来往。孙雨雨不甘心，找到陈芳追问原因，陈芳就直接告诉他，自己和田春生好上了，要结婚了。

这本是并不鲜见的事情，谁都觉得没有什么，说过去就过去了。可放不下的是孙雨雨，平时很少喝酒的他，有天喝得不辨东南西北，他觉得是田春生破坏了他与陈芳的关系，便一路走一路骂，摇摇晃晃地摸到城里，找到理发店，竟然和正在忙碌的田春生打了起来。两个男人撕扯在一起，一个酒醉，一个清醒，一个是同村乡邻与家庭成员的好友，一个是同学加恋人；一个使尽蛮力，一个小心防范……陈芳不知道怎样劝解他们，急得跑出店外哭了起来。

二人撕扯得久了，胜负便有了分晓。还算人高马大的田春生见孙雨雨不依不饶，蛮不讲理，平时性情克制的他也就愤怒了起来，一把把孙雨雨推倒在地上。躺在地上的孙雨雨因为醉着，加上摔得重，十几分钟没有爬起来。不知道是哪位围观者报了案，警察很快赶了过来。最后，孙雨雨被送进了医院，田春生承担了医药费用。

千恩万谢，幸亏没有出什么大事。

清醒后的孙雨雨明白发生的一切后，追悔莫及。自然，他在陈家的形象也大打折扣。自此，几乎再也没有来过陈存刚家。

若不是这次陈家老婶婶摔伤，若不是他给陈存刚拨打了电话，他或许这辈子都没有什么好的理由走进陈家的院门。

七

孙雨雨在陈家老人的房间待了近一个小时。

这近一个小时里，主屋里的他们仍然围着茶几坐着，大家都不说话，伸长了耳朵倾听着老人房间的动静，玩儿扑克牌喝酒的速度也放得很慢。李云开低头不语，陈存刚和袁文双对视一眼，心有灵犀，掌控着拿牌、出牌的速度，担心速度过快，会让莽撞的田春生喝醉，生出岔子；却又要慢得不露痕迹，以免让田春生察觉出他们是故意而为。

心绪烦乱的田春生沉不住气，指头敲打着茶几说："能快点儿吗？都是蜗牛！"

正好轮到袁文双揭牌，袁文双装作思考的样子，说："我想想，这张揭上去会不会输掉?”牌拿到手，加上手里的牌，却恰好是正点。他就犹豫是否装作点数不够，最后弄个犯规。旁边的陈颖一看有些着急，说：“刚刚好，赢了!”从袁文双手里抓过牌，扔到了茶几上。袁文双回头瞪了一眼陈颖，可惜陈颖没有看见。

田春生沮丧地说：“运气怎么这么不好呢!”

李云开喝了酒，没有作声。陈存刚解释：“这牌没有洗开。来来来，我再重新洗一遍。”说完，把牌捏在手里，像给苹果套袋一样，熟练地连洗了三遍。

扑克牌又发了下去，几个人捏在手里查看的间隙，张柠柠把嘴挨到陈存刚的耳朵边，低声说：“人家来看娘，好歹是客，喊过来吃点儿喝点儿?”

陈存刚不是不懂这个理：有理不打上门客，何况大过年的。他也低声说：“你不看这形势。”

张柠柠低声抱怨：“你们这些男人，心眼儿小，事情多!”眼角看到陈蓉朝他们瞅着，随即装作谈论牌局的样子，大声说：“这牌，底子不好，我看，你是输定了。”

这时，听见娘房间的门结实地响了下，好像是有人不小心碰到了门框上。不一会儿，听见孙雨雨说：“婶，您安心养伤。我回去了。”

主屋的他们停下玩耍，眼睛都聚集到了窗户上。

孙雨雨走到院子里，停下脚步朝主屋看着，他不希望自己真的惹大家像讨厌田鼠一样讨厌自己，但也不期望他们热情得把他请进屋去聊天喝茶，他希望陈存刚能够出来送一下他，毕竟一起在生意上打了几年交道。片刻后，他觉得没有人理睬他，就失望地往外走去。

不请进屋是怕尴尬，避免惹出不必要的麻烦，但送送总是应该的。陈存刚赶紧起身出屋：“兄弟，走啊？不坐会儿?”

孙雨雨回头朝陈存刚笑了笑：“不坐了，回家还有事儿呢。”

陈存刚送孙雨雨出了院门，才知道自己一直坐在房间里没有察觉外面的寒冷，他说：“这大过年的，没有招呼兄弟，不好意思啊。”吐出的每一个字好像要结冰似的。

孙雨雨说："我明白的。有大哥这话就行了。"走了几步，停下，又说，"大哥，我还真有事给你说呢。不说心里过不去。"

陈存刚疑惑不解地看着孙雨雨，心想这家伙又要折腾个啥。

孙雨雨拉了陈存刚一把，说："这大过年的都图个热闹，对吧？"

陈存刚就点点头：可不是，为了过好这个年，不是把几大家子人都召集到一块儿了嘛。

孙雨雨接着说："你们热闹是真热闹。"话到嘴边，又咽了回去，又重新组织了一下话语，"多陪陪老人家吧，让她多开心。"

陈存刚点了点头：为了娘开心，大家伙儿给了她不少红包，不是还叫孩子们陪着嘛。

二人又往前走了几步，孙雨雨停下，说："大哥，有件事不说还真过意不去。"下定决心似的咬了咬嘴唇，"要说，大婶摔伤也怪我啊。这事，我没有告诉任何人。"

陈存刚心想：怎么能怪你孙雨雨？娘也说了，当时摔倒后，多亏正好孙雨雨拉着架子车走过。不管以前那些提不上台面的破事，就这件事，还应该感谢你呢！

到底该怪谁呢？孙雨雨家的果树不多，就二亩多一点儿吧，因为种植得晚，树木长得也不算高大。那天，孙雨雨把一架子车粪肥送到自家的果园里，往回走时，一只流浪狗跟前跑后地随着他。这几年，流浪狗就像地里的田鼠，繁殖得越来越多，孙雨雨也就特别烦这些没有主人或者被主人遗弃了的家伙。

孙雨雨家不养狗，村子里许多人家现在不养狗，养看家护院的狗是许多年前的事儿了。一只陌生的小狗这么跟着他，他就来气。他从架子车上取下铁锨，朝小狗晃了几下。可吓唬不起作用，狗依旧跟着他，像遇到了主人似的。他放下架子车，用铁锨在地上铲了几个土块，朝狗打去。于是，小黄狗觉得眼前这人并不是想收留它、给它食物的人，便撒开四条短腿一溜烟跑了。

恰好，跑过来的小黄狗惊吓到了陈家老人。

“这事怎么能怪你呢？”陈存刚说，“这狗又不是你家的，再说，你也不知我娘在门外，你也不知道狗会吓到我娘啊。”

孙雨雨神情真诚地说：“问题是，正好是我把狗赶了过来啊。”

陈存刚觉得孙雨雨有些好笑，不讲道理的好笑，就朝他“哧哧”地笑了。

孙雨雨说：“你看，有关系吧？”说着话，从怀里摸出散发着体温的一沓钱，说，“听说陈婶住院费花了四万多元呢，这一万元，算我赔偿的。”说完就往陈存刚怀里塞。

陈存刚急了，说：“这关你什么事啊？你讲道理不？你到底是几个意思啊？你把我当作什么人了啊，讹你钱啊？”

孙雨雨也着急了，做着手势说：“大哥，大哥，是这样的，是这样的。就当我孝敬大婶的行不行？再后退一步，就当我向田春生道歉行不行？”

陈存刚抵挡着孙雨雨塞钱的手，可还是被放到了胳膊弯里，便说：“那你当面交给娘啊，交给田春生啊。”

孙雨雨说：“给婶，婶收不？给田春生，要脸不？”

院外二人推来挡去的，里面的人等急了，大声喊：“大哥，你去哪里了？到底还玩儿不玩儿？”借着陈存刚朝院里答应的工夫，孙雨雨撒腿跑了。

陈存刚捏着钱，看着孙雨雨远去的背影，无奈地叹了口气。他看了看天，心想：娘现在一个人在房间，那些个孩子去哪里了呢？该回来了吧？

八

孩子们跑得不远，在陈小词的带领下，不过是站在路边等通往县乡的公交车过来，搭车进越城，顺便和袁韵一会合。车来了，他们上了车，到了城里，他们很快忘记了大人吩咐的任务，有了家里没有过的欢乐。过年，城里并不像往常一样人多而拥挤，好多人候鸟一样拖家带口回乡下老家去了。街道，也不像平时一样干净，就如漫天刮过沙尘暴，到处都是塑料包装袋、烟花爆竹的纸屑。孩子们在街道上走着，很快被那些小摊点儿牵绊住了双腿。

摊点儿上的仿真塑料重型玩具枪和战车模具，家里没有，即便是有，平时根本玩儿不上。那些包装好看的小零食家里没有，烟盒大小的小人书新华书店更是没有。平时他们身上几乎没有多少钱，现在不同，收了红包，个个土豪一样富有。于是，他们买了几把玩具枪、一堆调料味儿浓烈的零食回返。他们没有坐车，边玩儿边吃边走。他们觉得，这些零食比家里的美食还要可口，这些塑料仿真枪比学校操场上的足球还要好玩儿。

天近黄昏，麻雀在窝巢附近盘旋，乌鸦冲向夕阳，气温越来越低，路上融化的雪水开始结冰。不知疲倦的孩子们到了院门口，差不多吃完了所有零食，打一个嗝，都是孜然粉的味道。为了不让大人发觉乱花钱，他们就把玩具枪藏到了门口一堆木头的空隙中。

院子里弥漫着酒精和檀香的混合气味。女人们去了厨房，男人们结束了扑克游戏，靠在沙发上迷迷糊糊地看“春晚”重播。孩子们蹑手蹑脚进了老人的房间，老人正在熟睡。

厨房里的女人一直关心着自己孩子的行踪。陈颖看见袁韵一的影子一闪，喊道：“都回来了？准备吃饺子了。”多种馅儿的饺子是年前就包好了的，冻在冰箱里。

陈小词怕惊醒了沉睡的奶奶，压低了嗓门儿回复：“不吃——”

女人们就知道这帮孩子已经吃了许多零食。

饺子下到锅里，考虑到娘的牙不好，就另开小锅给娘下了把挂面。

面还没有出锅，奔奔跑到院子里，大声问陈芳：“妈，你把手机拿走了吗？”奔奔这些日子一直拿的陈芳的手机在玩：学校不让中学生带手机，家长也就没有给他买。

陈芳把头从厨房探了出来，说：“没有啊。你再找找。”

这些对话把迷迷糊糊的袁文双一下子惊得清醒了过来，想到自己的孩子早上也不见了手机，立马警觉了起来，赶紧用脚蹬了一下旁边的陈存刚和李云开。其实陈存刚和李云开也隐隐约约听见了，觉得那还能算个事儿？不就是放在什么地方只顾着玩耍给忘记了吗？

袁文双见陈存刚和李云开对这段对话没有多大反应，忽地一下站了起来，心想：这孩子小，不像袁韵一那样懂事，高声大嗓地喊叫，给大家引来误会怎么办？偏偏婷婷奔了进来，扑到田春生身边，摇着他的肩膀说：“爸爸，爸爸，哥哥的手机找不见了。”

田春生喝的酒不多，主要是酒量差了点儿。听见娃娃叫他，就睁开了双眼。婷婷又重复了一遍刚才的话，他问：“到处找了？”又喊儿子奔奔过来，问：“好好想想放在啥地方了。”

奔奔说：“在奶奶房间里充电呢，我们回来就找不见了。”

田春生朝奔奔挥了挥手：“再找找去。”低下头出了口气，念叨道，“难道家里出了贼了！”

这下，陈存刚和李云开一下子清醒了过来，意识到了问题的严重性。依老三的性情，那还不又闹出些动静来？

果然，田春生喊：“李享，你的手机在吗？”

李享极不情愿地回答：“在啊，我的手机一直在我妈的房间里呢。”像受了委屈似的。

田春生念叨：“怎么就独独奔奔的手机不见了？”

袁文双赶紧劝田春生：“不要急，慢慢找，就这么大的一坨儿地方，一定能找见的。”

陈存刚换了个思路，本想说或许是孩子出去时弄丢了，回来后怕挨骂，就撒了个谎。转念一想觉得不妥：这样说出来田春生说不定会揍孩子的，就说：“找不见了不要紧，我这做舅舅的，给娃买个新的。一定。”

怎么能冲着李享问手机呢？这不是明摆着怀疑是李享偷了手机吗！李云开心里着了火似的不舒服，正想发作，袁文双拉了他一把。有气撒不出，他便狠狠地坐到沙发上。

陈芳端了饺子进来，发觉气氛里充斥着一股子火药味，就放下饺子说："都绷着脸干啥？快吃饺子，凉了不好吃。"

田春生也是一股子奔涌如流的气找不到出口，借着酒劲，冲着陈芳发火："还能吃下？还能吃下？手机叫人偷了，还能吃下!"

陈芳一直担心田春生因为那些旧事惹是生非，看他这样子，也一下子来了气："你咋就这么不省心。你能证明手机是谁偷了?"

田春生见老婆不向着自己，火更大了："需要证明吗？是谁耍扑克的时候接连上了三次厕所?"

听见争吵，老人房间里的奔奔和婷婷吓得哭了。张柠柠和陈颖从厨房过来，把陈芳拉了出去。

几个人玩儿扑克喝酒时，大家都去过厕所，但只有李云开出去的次数多些。他出去其实也不是完全为了上厕所，而是悄悄把含在嘴里的酒吐到了院外。李云开从沙发上忽地坐了起来："你意思是我偷了你的手机，对吧？我缺少你那一部手机?"

田春生挥着胳膊骂："你不缺，你有钱。难道你就不会报复人?"

这种局面，陈存刚实在无法掌控，不知道该如何劝他们；他也不知道田春生口中的"报复"到底是怎么回事。如果要问"报复"的来由，必然会把局面弄得更加糟糕。正手足无措时，袁文双又来熄火："好了好了，都冷静一下。没有解决不了的事嘛。"

田春生激动得几乎失控："能冷静吗？能冷静吗？欺负我是不是?"说着话，就把一盘饺子扔在了地上。

大家一下子惊呆了。这下陈存刚也来了气：总不能吃了谁家饭砸了谁家的锅吧？正要发作，就听见娘咳嗽，咳嗽得很厉害，要把肺从嗓子里咳出来似的。他赶紧出了主屋，边走边低声嘀咕："爱折腾就折腾去!"

田春生的火气还没有消，其实是酒劲还没有完全过，他大声喊陈芳和两个孩子："收拾，回家，长安再好也不是久留之地。"

没有办法，泪水涟涟的陈芳和奔奔、婷婷只好随着田春生出了门。他们的身后，仍然是老人一串串剧烈的咳嗽声。

这个晚上，除了陈家院外小路上纱灯闪着光芒，院落里不到十一时就熄了灯火。

九

年味就像稠得化不开的蜂蜜。

正月初二天刚亮，和正月初一没有两样，凛冽的风中炸响了爆竹。陈存刚家却传出了哭声。这等于向全村子放出一个信息：陈老太太殁了。

实在和平常没有多大区别，昨天吃完晚饭，陈小词、袁韵一、李享陪着奶奶，几位大人泡了茶，谈论着田春生下午闹腾的事。提起丢失的手机，陈存刚就想起田春生反复提到的“报复”二字，就问他们，这到底是怎么回事。

李云开仍然有些气愤，想把在医院里争吵、打架的真相说出来，却被袁文双抢断了话茬子。袁文双不想把这事在陈存刚面前公开，甚至不想有人知道，他明白陈存刚一旦知道了真相，就会对田春生产生不满，这对几家人来说都不是好事，就说：“那都是日常生活上的差异，造成心理不平衡罢了。没有什么。”袁文双闭口不提的事还有他的女儿也丢失了手机，这事若要说出来，会让大家产生更多的猜疑、隔阂。

陈存刚叹了口气：不是因为田春生两口子经济上有多艰辛，他们的理发店生意应该说还是不错的，不赊欠，全是现金收入。叹息的是田春生性情太倔、太暴，甚至心胸太狭隘。他觉得妹妹陈芳死心塌地地跟了过去，实在是受了许多委屈，只是她不说出来罢了。

李云开两口子还是隐忍的，但仍然纠结于手机的事情：这个坏名声背不起啊！到底是谁拿走了手机？大家觉得谁都没有可能。

陈蓉突然想起大家都疏忽了一个人：“孙雨雨？”

陈存刚一听，心里想：对啊，他不是在娘那里待了近一个小时吗？可转念一想又觉得不对：他和孙雨雨打过多年交道，这个人脑瓜虽然好使，但在钱财方面还是很有分寸的，就坚决地摇了摇头。

袁文双心里笑了：怎么会是孙雨雨呢？袁韵一丢失手机时，他根本就不在现场啊。可转念又想到，如果是孙雨雨顺手牵羊拿走了奔奔的手机，那么，拿走袁韵一手机的又是谁？难道是那几个孩子？好吧，不管是谁，他不想去怀疑，女儿不是把新手机买上了吗。

陈蓉问："那，除了他还会有谁?"

袁文双说："算了算了，别想这事了。说不定不小心落在什么角落了。"

大家没有心思喝茶、喝酒、看电视，就分头回房间睡了。

张柠柠照例陪着娘睡。大概凌晨四点多，她突然推开主屋的门，把陈存刚惊醒了。张柠柠神情紧张地说："老陈，娘好像咽气了。"平时，她半睡半醒间，知道娘要她帮着挪动一下身子的。可这次没有。

陈存刚如听到一声闷雷在耳朵边轰响，一骨碌翻了起来，三两把穿上衣服，到娘身边一摸，娘真的是过去了。强含悲恸的他，又去悄悄敲响了袁文双和李云开的房门。孩子们还在沉睡着，他们六位大人全部聚在了娘的炕边。

女人们要哭，陈存刚赶紧制止住了，说："不要哭，等天亮吧。人们都睡着哩。这是风俗、讲究。"女人们就流着泪，收拾着给娘穿寿衣，男人们在主屋里摆设灵堂。

"唉，这年过的!"张柠柠流着泪叹息。

陈存刚念叨："也就怪了，娘年前头就念叨爹呢。她以前可从来没有念叨过。"又说，"我就担心，这次事故是娘的大难。"

陈颖抽泣着说："怪田春生把娘气的。没有听见娘咳得连气都出不来了吗?"

陈蓉也哽咽着说："就是这个浑蛋，把娘给气死了!"

陈存刚仍然自言自语："娘咳嗽那么厉害，咋就没有注意呢!"

一家欢喜一家愁。的确，这年过的！村子里的人们也叹息着。老规矩，村子里的乡亲们听到哭声，一家出一个人，赶过来帮忙料理老太太的后事。天气冷，院子里架起了两个大火炉，支起了八张招待吊唁者的方桌，还把厨房里的家伙从屋内搬到了院子，方便给乡亲、亲戚、朋友做饭。自然，帮忙的人群中当然还有孙雨雨，并且，他是最勤快的一个。

孩子们起床，看见院子里这么热闹，跑到主屋，知道是老人去世了，便放声大哭。于是，陈颖、陈蓉也放开喉咙哭了起来，直哭得天昏地暗。

门外也传来了凄切的哭声。是陈芳。她哭得几乎全身发软，由田春生搀扶着进了院子，后面跟着的奔奔和婷婷哭得眼泪和鼻涕混在一起。

陈老太太的丧事，在乡亲的帮助下，第二天就办完了。乡亲们散尽了，只有孙雨雨没有走。他觉得凭自己和陈存刚的关系，应该多陪陈存刚说说话，宽宽心。

陈存刚两口子和妹夫、妹妹们坐在沙发上，孙雨雨坐在一张椅子上，大家处在悲伤之中，谁都不想开口说话。桌子的正上方，除了爹的照片，又增加了娘的照片，在檀香的烟雾和烛光的摇曳中，二位老人平静地注视着他们。

“手机。”很突然，像呓语一样，田春生开口说。

陈存刚听见了，他决定再不理这破事了，随他折腾去。袁文双决定也不理这档子事了，要打要骂由着他们去，太累了。李云开也听见了，心想，反正这辈子和田春生是铆上劲儿了，咱身正不怕影子歪，就和你奉陪到底。

田春生又低声说：“手机。”然后瞅着孙雨雨，“姓孙的，还我的手机。”前晚赶回去的他，清醒后对自己的鲁莽后悔不迭，痛苦地忏悔一番，然后马上想到了孙雨雨。只是，他没有想好怎样能寻找到孙雨雨，更没有想到在这样的情境中见到他。

孙雨雨惊讶地看着田春生，根本就没有反应过来：“啥手机？”

“装，你就装吧！”田春生用手指着孙雨雨，似乎强压熊熊燃烧的怒火，“你在我娘的房里拿走了我的手机。”

孙雨雨被弄得一头雾水，说：“你啥意思？谁拿了你的手机？你这不是没事儿找事儿吗？”

田春生起身，顺手捉起桌子上的蜡烛，朝孙雨雨扔去：“我就是没事儿找事儿！你个贼！”

陈存刚、袁文双、李云开没有打算去劝他们，四个女人扑了上去，可她们怎么能拦挡住两个暴怒的男人？几个人纠缠在一起，在房间里撕扯着、踢打着，根本没有提防，桌子上的香炉、牌位和二位老人的相框被打翻。

这下，陈存刚生气了，他怒不可遏地喊：“滚，滚，你们滚！”

怒吼声起到了作用，他们终于停下了打斗。脱开身的孙雨雨慌忙朝门外跑去。陈存刚追了出去，孙雨雨边跑边回头说：“哥，我冤枉啊，我冤枉啊。”

陈存刚从怀里摸出孙雨雨强塞给他的那沓钱，朝孙雨雨甩了过去：“滚，滚，别再叫我哥，别再上我家来！”

他的声音很快被炸响的爆竹淹没。

十

年的欢娱仍在延伸。这方圆百里，要把年过到正月十五才准备春种。

陈存刚的时间过得太慢，天亮等不到天黑，天黑熬不到天明；却又过得太快，天亮了，点燃一炷檀香，没有换上几炷，天就黑了。昏沉沉闭上眼，天就大亮。

“唉，这年过的！”他，他们，几乎无不这样感慨。

转眼，丧礼风俗中“服三”的日子到了。这一天，要把娘用过的（特别是去世前用过的）衣物和被褥进行清理，像卫生清洁一样，再把它们焚化。

陈存刚和张柠柠以及妹妹、妹夫仔细地一件一件地翻检着娘的衣物、生活用品、饰品，把个别值钱的东西作为念想留了下来，其他东西全部归集到塑料编织袋中，以备焚化。

张柠柠对房间环境和娘的衣物、用品的置放十分熟悉，清理工作自然由她承担着。清理娘的褥子时，张柠柠惊叫了一声，像遇到她平时最怕的老鼠一样，身子朝后退去。

大家赶紧过来察看。也不知道娘是如何做到的，褥子下压着数十个红包、两部手机。

这些东西，像孤独而又沧桑的眼睛，幽怨地看着发呆的他们。

（原载于《大地文学》2019 年第 2 期）

一路摇晃

刚充了二十元的话费，还没有走出便民服务店店员鄙视的目光，手机就响了。

号码是本地的，但不在通讯录上，接还是不接？内心有些纠结。最近，老有莫名其妙的电话打进来，不是一串不懂的鸟语，就是推销保险和酒品的，害得我白白扔掉不少话费。出了店门，不管三七二十一，我很潇洒地挂掉了电话。

下岗已经有三年了吧。一个大男人待在家里，亲人说三道四也就罢了，连朋友也竟然日渐少去。我决心找份工作。收集了几份广告，粗略瞧瞧，那些招聘要求太苛刻，不是我的年龄超了，就是文化程度太低了。决定到市场口的信息栏去看看，还没有走几步，手机又响了，还是先前的那个电话号码。对方的执着，让人实在有些恼火，便毫不犹豫地接通，大声吼道：“有完没完？看好了电话号码再打行不行啊你！”

对方竟然嬉皮笑脸地说：“老宋啊，宋光头，你怎么脾气变坏了啊？我是老王，老王。”

嚯，能叫上我外号的一定是熟人，这让我有种时光倒流的感觉。“哦，哦，哦。谁啊？我最近记忆力严重衰退，可能要失忆，别见怪啊。”

对方似乎一脸坏笑：“失忆？怕是正在回忆我是谁吧！”他总算给了一个正面回答，“我是王龙，那个王、龙！”

“王总呀！”我一时怔住了。十年前，王龙带着他的小施工队到我就业的石器公司做些道路硬化、修修补补的零活儿时，在办公室搞文秘的我，借公事之便吃过人家的饭，喝过人家的酒。尽管王龙长我一轮，醉意蒙胧后，我还是敢拍着他的肩膀说：“将来你干成大老板了，记着拉兄弟一把啊。”自从我下岗后，一些曾经熟悉的人变得陌生了起来，甚至有人还拉黑了我的QQ。所以，我还真心感谢他能记得咱，并且保存了我的电话号码。

王龙说，他在大树湾承包了几十亩鱼塘，如果我现在没有找到什么差事，可以来大树湾为他照看摊子，工资嘛，都是老熟人、老朋友，也不会太低的。我听到这些，如久旱遇甘霖，简直要高兴疯了！我当下决定不再去市场口看招聘小广告了。

我迫不及待地问：“什么时候上班啊？”明明是去打工，还竟然用了“上班”二字。

王龙说：“随时来，等着你。”

这分明是要我马上到位呀。扭头往回走时，我吹着口哨，趾高气扬，春风得意。

已是仲春，除了沙尘暴偶尔造访，乍暖还寒的反常算是已经过去，树绿了，地绿了，花开了，虫活了。小城人习惯了这种大自然的赐予，也喜欢生活在这种环境里。当然，早晨的气温还是有些偏低，许多人缩着脖子奔跑在晨曦中。我也奔跑在晨曦中——骑着那辆搁置了近一年的自行车，车后架上驮了简单的被褥。

大树湾距城区约四十公里，那里的情况我还是很熟悉的。大树湾三面环山，柳树和榆树茂密，一处山窝里，有一个石器公司曾经的料场，我不止一次去过那里。十多年前，有几位神通广大的外地人在紧临着料场处搞了几方水塘，号称甲鱼养育基地。虽然谁都没有看到一只甲鱼，但人家还是神奇地生产了出了甲鱼滋补精。后来，甲鱼养育基地向上反映说，因料场的噪声和粉尘严重影响了甲鱼发育和正常产蛋，料场与养育基地之间还没有来得及发生些有意思的冲突，甲鱼养育基地就一夜之间从大树湾消失了。后来，随着石器公司的关闭，料场和水塘一样，闲置了好几年。

大树湾偏僻，砂石小路以前就不好走，这里的工矿企业撤走后，由于没有人管护，道路更加破烂。骑着自行车，一路颠簸，车座磨得屁股着了火似的难受。用三个小时赶到时，已近中午。看见靠山搭建的彩钢瓦房屋和停放在房屋前的一辆皮卡汽车时，我终于松了口气，可腿却抽了筋骨似的没有了劲，便冲着房子喊：“王总啊，王总。”没有人答应，倒是一条不知拴在什么地方的狗“汪汪汪汪汪”地不断回应着。

推着自行车走到彩钢房前，又饥又乏的我最先闻到了一股肉香。这时，一间屋子的门开了，走出来一个口里嚼着东西的人朝我张望。我一眼认出他就是王龙。他除了有些秃顶外，身材倒是胖了许多。王龙也认出了我，三两下将口里的食物咽了下去，说：“快来快来，你有口福，打了只野兔，刚炖好，才开始吃呢。”

他挥着双手好像要和我认真地握一下，或者拥抱一下，可一看是两手油，就又将双手放了下去。进了屋，捞了肉，边吃边听他说：“太好了，真是太好了，感谢前人打好的基础啊。”他扔给我一根葱，又说：“鱼塘里的水是自流水，已经请附近的村民做了处理，并且已经投放了鱼苗。邀请的其他人员在这两三天里也能到位，接下来要抓紧开展工作。”他一副胸有成竹的样子，丝毫不考虑初来乍到的我对这里的许多疑惑。

我就说：“养条鱼，要那么多人？又不是开办鱼罐头工厂。”我肯定想起了那个甲鱼养育基地。

他惊诧地停下咀嚼，说：“你在企业那么多年，怎么突然不懂了呢！鱼食得有人喂吧？有人钓鱼，钱得有人收吧？还得有人巡逻吧？”

见我一副不开窍的样子，他话锋一转，问：“这地方好不好？”

有山有水有树有石头，风光大好啊。我说：“太偏僻了。”

他这回不惊诧了，平静地说：“我们要挣城里人的钱。现在什么钱好挣？休闲养生。对，我们要把这里建成一处集度假、垂钓、养生、就餐于一体的休闲娱乐场所。”

天啊，他竟然用到“我们”一词，我激动了起来。也就是说，他把我当作他的战略合作伙伴了，并且，他一改聊天说话的口气，竟然用公文体遣词造句！看来，他要有大动作了。

晚上，我挤在王龙办公室内的一张床上，本想和他说说话，结果王龙很快睡着了，并且呼噜震天，就像负载过重的拖拉机上山爬坡似的。半夜，室外常有的冷风从封闭不严的彩钢合缝透了进来，似有若无，额头上就有些清凉。这时，能听见大树湾内的流水冲击石头或者灌进某个洞穴发出的“汩汩”声。忘记了是农历初几还是十几，不知道夜空上有月亮没有。如果有，这个地方实在让人留恋。

第二天，果然又来了几个人，见了面，毕恭毕敬地喊王龙为“王老板”“王总”。王龙领着大家四周看了一圈，说这里是办公室，那里是宿舍，这个地方是伙房，那个地方是仓库，有条不紊的样子让人佩服。又在五个鱼塘边巡查了一回，他说要在那里建设些凉亭，还要建些垂钓摊位，如果资金许可，要在靠近上边的山腰处建农家式小院，供人们休闲娱乐用餐。“这么好的地方，现在不好找啊。”

意想不到的是，王龙指了一下我，对他们说：“哦，他是我的助手，宋助理。”

大家齐声说：“宋助理。”我被突如其来的任命吓了一大跳。不过，重任在肩的感觉也油然而生。

紧接着，大家开了个简单的会议，规划了一下建设要点和要开展的工作。王总说，目前建设缺少资金，希望都把积蓄拿出来用于公司开发，公司会按月支付高额利息，并且保证在运行正常后一次性归还大家。我真有点儿积蓄，这事王龙也知道，就是下岗失业安置费两三万元，现在如果不爽快拿出来，我都觉得不好意思。

有了钱，好办事。不久，大树湾有了新气象。我坐着王总新换的小汽车进城，路过大树湾入口处新修建的“大树湾渔家乐休闲养生中心”门楼式招牌时，成就感一直萦绕不散。

门楼式招牌修建得虽然简单，并不高端大气上档次，也不豪华气派，但也是个不错的门脸儿。路过的人看到了，偶尔会打探一下情况，也会有人进来钓鱼玩儿。王总说，来什么人与我们无关，有关的是如何搞好休闲养生中心的推广，“也就是如何搞好营销”，让更多的人把钞票扔在这里。从商业的角度看，他讲得实在是太高明了。他要求大家多想想点子，不能坐等顾客上门。

作为还没有拥有实际权力的经理助理，我的确想出了一个点子，便对王总建议，可以搞个休闲中心微信公众平台，发布消息，凡扫描二维码转发朋友圈，或者集够50个赞者，赠送小礼品，以扩大影响，吸引客户。王总正喝着茶水，放下杯子说：“嗯，不错，不错。”他的肯定，就像小学生受到的老师的表扬一样，让我兴奋不已。

他站了起来，走了两圈儿，又说：“不急，不能急。新办法好，但老办法未必不好。”

“宣传就是效益”，王总如是说。大家觉得他说得很到位。按照他的吩咐，我开着王总淘汰的破皮卡车，奉命带人进城，找了一家文印部，速印了几千张传单，对大树湾休闲养生中心的地理位置和休闲娱乐项目极尽赞美，甚至极尽夸张和煽情之词；又找到一个传媒公司，掏了二百元费用，要求尽快把大树湾的信息刊登到广告上去。办完这些事情，我将传单分开，把带来的几位弟兄分组，叮嘱他们到开放式住宅小区、车站、码头、大街小巷去散发，争取于下午五时前在南城口大桥上会合。

小刘好像很有工作经验，他问我：“能张贴吗？”

我说：“能，但只能在专门张贴广告的地方贴，不然城管会管。”

当然，我也没有闲着。我沿街道脸皮很厚地走着，丝毫不怕碰到熟人询问我现在的情况。甚至，作为一个有幸找到工作的失业者，我的内心渴望碰到熟人，并大声告诉整个县城：我有事儿做了！可惜的是，几乎一圈儿走下来，没有碰见一个熟悉的人，这让我对这座小城有了更多的失望。我把手里的广告传单折成纸飞机状，在超市门口，把它们一张一张放进自行车的前筐；在停车场，把它们夹在车辆的雨刮器下，或者插在车门拉手上。有几个小孩子在草坪上玩耍，我把纸飞机朝他们扔了过去，看着他们高兴的样子，然后离开。当然，我还把飞机“开进”了机关单位、封闭式小区的花式栅栏围墙。

那几天，王总很高兴，天天围着大树湾转悠，站在坡上看着日渐增多的垂钓者，指点江山似的。大家也干得起劲，仿佛怕人们不知道大家是这里的工作人员，穿着王总发的价廉但很结实的蓝色工作服，一直在鱼塘附近晃荡，抽烟、喝水、看美女。

垂钓者周末最多，有几位好像是退休了的干部，不远万里，骑了单车，一身野外穿越的披挂，看上去很是专业。还有一些是开了私车前来的，车一停下就往外搬渔具箱，架上太阳伞，不但讲究，还显排场。其中一辆挂着外地车牌号车的年轻车主，中午时分过来问我，允许不允许他们几人就近架起烧烤炉，吃钓到的鲜鱼。我本来不太乐意，怕污染了这么好的空气，可看他胳膊上文着个“忍”字，不敢怠慢，赶紧掏出手机请示在山坡上转悠的王总。得到王总明确的答复“可以”后，又赶紧报告客人。于是，半个小时后，鱼香充盈鼻孔。

聪明的我受到了重大启发。我必须把这个心得汇报给王总。我说：“王总，咱们是不是做几个烧烤炉，按小时收费出租给客人?”

王总说：“不错，不错。好啊。”又得到了王总的肯定，我的内心顿时花红柳绿。

应当还要叫王总高兴一下，做烧烤炉的角铁、铁皮等材料是我和小刘从废弃了的料场里不辞辛苦捡来的，也算是开源节流的形式之一吧？小刘也很兴奋，说：“是不是王总要表扬咱们?”这个问题至少问过三遍。

当我们想这个问题时，王总在想什么呢？不得不承认，王总就是比我等高明。他组织人采购回来几十顶遮阳伞，运回来几吨水泥，在鱼塘边忙碌着。不几天，环绕一号、二号、三号鱼塘，绽放开许多色彩斑斓的“大蘑菇”。王总说，这就是垂钓摊位，并且是“人性化”的垂钓摊位。这些摊位可以通过两种渠道经营，一是向客户出租，二是一次性出售五年的使用权。

我有许多问题要问，比如：要是客户不愿意承租呢？王总说：“不愿意承租的目前肯定大有人在，可以到四号和五号鱼塘去垂钓。”四号、五号鱼塘的鱼每天定时投食，长得快，膘肥体壮，主要用于我们打捞，分送个别关系户，同时送到县城的市场去出售。我顿时明白，这些已经喂饱了的鱼，是不容易上钩的。

“那么，人家自带遮阳伞怎么办？这和大酒店不让自带酒水不是一个道理吗？”我又问。

王总肯定了我这个提问，认为这正是他要强调的重点，这让我的内心又一次鲜花开放。他说，要在鱼塘边立上“文明垂钓公约”，公约里要着重突出“文明”二字，更要说清楚，这样做的目的是从保护垂钓环境和生态环境出发。除了钓鱼工具，其他设施一律禁止进入大树湾休闲养生中心。王总说，在操作上要先期引导，而后形成习惯。“我们的出发点和本质目的，是不同于其他行业的。”

于是，大树湾内又多了许多喷绘的“文明公约”，并且，还在旁边插了些彩旗，就像惊叹号一样引人瞩目。

此时正值仲夏，太阳火一样烧烤着，使许多人无处躲藏。大树湾却是好去处，流水和石头、绿树和山风，给这里带来了城里没有的清凉。前来垂钓的人更多了起来，与其说是垂钓，还不如说是避暑、约会。我担心人们会因为“文明公约”而离弃，但没有。这个措施施行初期，的确困难重重，但我的地盘我做主，经过解释、劝导，时间一天一天过去，情况有所好转，客户不但没有减少，而且因环境整洁美观、安静优雅得到了好评。

冲突不是没有。好久不见那个挂外地车牌号的钓家来玩儿，正念叨他呢，他就开车来了。开始往下卸烧烤炉时，我们上前说明情况，他咧嘴笑了，说：“霸王条款啊！奸商，奸商，好，认了。”我们觉得他们还真好说话。当涉及出租垂钓摊位时，他们不配合工作了。生气，发火，说什么文明公约，分明是借“文明”二字搞霸王条款，还扬言要到工商部门告状。他们的声音很大，引得一些客户很不满意。

那个胳膊上文着字的，挥着手指着我问这是什么道理，吓得小刘他们几个找借口开溜。我既然是经理助理，决不能让王总失望，更不能像小刘他们一样临乱脱逃，便朝着他的指头不畏险阻地迎了上去。我当时想到，如果他敢朝我的脸上来一拳，我就马上躺下装作昏迷过去，叫警察来治他们，替我出气。可是，我迎上去后，他骂道：“你算老几？我必须见你们一把手，一把手，懂吗？”

什么话！简直是对我人格的污辱！我正要发作时，听见山坡上转悠的王总喊："你们嚷什么嚷？来来来，我是一把手，有话过来跟我理论。"我判断，我们争吵时，他已经听到了。

这位年轻人的同伴钻到车里去抽烟，拿眼瞪着我。只有这位年轻人朝山坡上走去。我便借机到其他地方晃荡去了。

大老远，我看着王总和那年轻人争吵着，比画着，慢慢地，声音小了下去。过了半个多小时，山坡上竟然不见他们二位的人影。会不会出事了？比如，那年轻人害了王总的命？啊呀，太吓人了。我正要喊人冲上山坡看个究竟时，他们二人顺着山坡走了下来。看来，一切安好，我终于出了口长气，高度紧张的身体松弛了下来。那人走到他的汽车前，也没有再垂钓，径直驾车离开了。奇怪的是，临走时，他竟然老远朝我挥了挥手。

管他，你今后爱来不来，我们也不缺你们几个。

而此后一周，平安无事，大树湾安好。

令我意想不到的是，那个文身者又来了。这次来，不是钓鱼休闲的，而是带来了两辆装着彩钢材料、砖头和水泥的大车，并且还带来了十几个穿工作服的工作人员。我们王总好像知道他们要来，没有和往常一样到山坡上去，而是在一号鱼塘附近踱步。他们见面后，互相握手："王老板，你终于来了。""王总，咱们可是不打不相识啊。""呵呵呵呵呵。"

我这个经理助理如局外人一样莫名其妙了好长时间，没有搞明白他们要做什么，但明白那个文身者也姓王。好吧好吧，我今后就称呼大爷您为"小王总"吧。

我真佩服这帮人的效率和吃苦精神。他们上到大树湾北山坡，很快投入劳动，平地、夯土、搭架、砌墙、拼接、焊接，不几日，一排漂亮的彩钢房屋建成。接着，又一辆卡车进来，运来了家具摆设，几墩子震天响的礼炮响过，牌匾挂了上去——一个可以就餐、打牌、休息的大树湾"渔村部落"开张营业了。

而这，正好使前来大树湾的人们得到了多方面的满足。据我所知，人们最喜欢的一道美食叫"自然人生"，那是用产自大树湾的野菜加工成的凉拌菜。

同时，两个王总关系也密切了起来，两个人几乎有一样的爱好，空闲时喜欢到山坡上转悠，偶尔到“渔村部落”里就着从大树湾采摘的自然无公害野菜小酌两杯。

夏末秋初，是大树湾最美好的季节，山坡上的树叶颜色增加了红、黄，从而使山坡的层次更加分明、变幻的色彩更加丰富。天高云淡，单纯来旅游的人也多了起来，为此，我们比平时更加忙碌了些。尽管我这个经理助理好像只是徒有虚名，但我不能让这个头衔的光环消失。由此，我十分活跃的脑袋突然又萌生出了一个巨大的想法。

那天王总和小王总喝了几杯，他的脸色泛红，长跑了几圈儿一样。我说：“王总，咱们是不是搞个盛大的活动?”我潇洒地用手比画了一下，差点儿抒情过度，“大树湾多美啊。咱们是不是搞个大树湾旅游节？社会效益和经济效益双丰收啊!”

王总说：“好，宋助理的这个主意好。”得到他的肯定，我的内心又敲锣又打鼓。

可是，接下来，王总并没有如我所愿探讨具体实施办法，尽快举办旅游节。他要搞硬件建设，整治大树湾的环境。这让我很有些失望和小小的不满。小刘也一点儿眼色不看，跑前跑后地问我：“宋助理，旅游节不搞了？多可惜呀!”我心里光火，但作为经理助理，决不能把“生气”写在脸上，只好端起架子说：“你懂什么？好好干活儿，旅游节正在筹划当中。”

王总的所谓硬件建设，就是在鱼塘不远处修建停车场。现在的建设因为有机械化设备的推进，效率十分高。铲车轰隆隆地开了进来，三五下平整好了场地。运输砂石、白灰的车辆进来，对地面进行三合土垫夯，然后对地面实施水泥砂浆浇铸。但突然却停了工，说是外面路面出现了状况，要叫施工方晚上加班加点工作。我睡下后，果然听见施工队挑灯夜战的声音，搞得人一夜没有睡踏实。

第二天没能按时起来，稍晚了一些。估计大家都起得相对迟一些，而正好，天阴着，有零星雨点儿。这样的天气，是很少有人进入大树湾垂钓的，即便有，也绝对没有诗意，没有孤独之美，在我的眼中那完全就是要二作秀。可烟雨中的大树湾，朦朦胧胧，远山隐去，天地相接，少了昔日的喧嚣，的确不像人间凡境。

随便走了走，只是为看看昨天晚上加班加点奋战的成果，这一看着实让我吃了一惊：停车场地面已经全部硬化，那水泥质量不错，泛着青绿色的光，在雨雾里像镜子一样。

王总说："大树湾在发展，环境在变化，可是暴露出的问题也越来越突出。"他说，主要是管理跟不上商业化、生态化管理要求。只有把这些问题解决好了，才能开展其他活动，让人们享受到更加优异的休闲养生条件。我们觉得他看问题一针见血，高瞻远瞩。我们都亲眼所见，那些车辆乱停乱放，车上的什么垃圾都往地上倾倒。

王总已经策划好了，他要像操作垂钓摊位一样，让来大树湾的车辆自觉停放到停车场。一些车位一次性出售，不愿意接受一次性出售的，到指定位置停放，并收取停车费。这个规划只是强化管理、治理环境的一部分。还要在停车场进入鱼塘处安装一个电动门，让垂钓爱好者花少量的钱办理会员卡，凭会员卡进入。没有办理的，一律买票进入。

我觉得这事办起来很有难度，但真正来大树湾玩儿的都是有钱人，没有想到，这事操作中虽然有小纠纷，但总体还算顺利。我们工作人员也相应增加了几位，晚上人散，寂静的大树湾多了些人语声。

我把小刘推荐到停车场收费，主要是觉得他可靠，这样他的收入也能稍高些。算这家伙有良心，一个有月亮的晚上悄悄喊我去喝酒，还带了半只烧鸡。我们俩就坐在鱼塘边的一只"大蘑菇"下面，你一口我一口地抿酒吃肉。他酒量不行，不一会儿，就说出了实话，说："哥，收费岗位就是好，这鸡肉是人送的，这酒是人送的。"我马上警惕了起来，只用了几句话，就让他彻底说出了实情。原来，这家伙收取人家的好处后，竟然免费让车辆停放。

这还了得！我觉得我看走了眼，这家伙分明是给我挖了个坑，拉我下水嘛！我便警告他：“小刘，你这样可不行。若再有第二次，我绝不姑息！”

是否有第二次，我来不及想，活动就来了。

不是我所想的旅游节，是钓鱼大赛。这个王总，还真有一套！他在微信平台上推出活动信息：一等奖一名，二等奖三名，三等奖五名，限时钓鱼称重，都是现场公布名次，现场现金奖励。还有什么优胜奖和团体奖一类的。这得花多少钱啊！我在想。后来知道，这活动是那个小王总给王总出的主意，“羊毛出在羊身上”。我才记起，微信里有“报名即日起开始，凡报名者均收取报名费”字样。

比赛日期很快到来，要说，报名的人真不少。我们工作人员主要是清理环境卫生，悬挂宣传横幅，更换彩旗。除此之外，还抽调力量配合停车场、门卫的收费管理工作。

我被抽到了停车场。看着小刘，就突然想起他的受贿行为，便想：我今天就盯着你，看你还能搞出什么名堂。果然，一辆白色小车进入，向小刘按喇叭，小刘赶紧过去朝女司机挤眼睛打手势，告诉她今天不收费是不行了。看着他收了她的钱，我心里十分得意。

小刘也知道我在盯着他，故意没话找话。他用脚踢着停车场一处露出土层的地方，说：“这硬化了的场地，真不禁轧，土层都露出来了。”

我瞪了他一眼，说：“干好本职工作，懂不懂！”不过，我过去看了看，露出土层的地方水泥浇铸得也太薄了些。估计是晚上加班赶工，被施工方偷工减料做了手脚。这一点，我打算汇报给王总，结付施工方的费用时一定不能便宜了他们。

一天就这样下来了。我听见了喝彩声和掌声，遗憾的是没有看到钓鱼大赛现场和颁奖仪式。

大树湾的平静从此被打破，人流不断。

谁能想到啊，这人流中也有不是前来垂钓的。我先是看见几十个不钓鱼的在到处找王总，心里嘀咕他们是搞什么的呢？还没有想清楚，就听见这一堆人对着王总直嚷嚷，听见他们说要王总把挣来的钱分给他们一部分。这是什么人在捣乱啊？我走了过去。

王总的态度相当好，对他们说："这样，明天，你们写个方案，选派几个代表过来，咱们坐下来商量好不？这样你一嘴他一嘴是扯不明白的。"

他们就走了。见他们走了，我也就走了。

第二天，他们又来了，还真是几个代表。他们坐在王总的房间里，抽着王总散发的香烟，喝着王总倒的茶水，和王总大声叫嚷着。

尽管王总没有喊我过去参与，但我既然是经理助理，就有责任过去看看情况。走了过去，还没有等我开口，就听王总对那些人说："好吧，你们提出的大部分条件我同意，但个别我有疑问。你们回去和大家再沟通一下。如果同意，就形成正式协议，咱们明天就可以签订。"

等他们走了，我问王总这到底是怎么回事，王总叹息一声说："生意好，他们眼红。"又补充说，"这事你就不用管了，也不用问了。忙你的去吧。"既然不用我操心，我也省得麻烦，就巡察喂鱼情况去了。但我通过几位垂钓者的议论，知道了些基本情况。

他们都是附近村民，大树湾的土地属于这个村的村民集体所有。这个村庄本来是个穷地方，土地少且都是山坡地。大树湾虽然现在看上去好，可是不适宜粮食生长，等于是片荒地。好在这里有石头、有水，早些年，曾经的料场和甲鱼精厂都给过这个村庄一定的补偿费用。这些工厂撤出去后，大树湾又成了荒芜之地。而现在办起了休闲养生中心，他们又看到了索取补偿的希望，于是便集体前来讨要。

第二天，他们好像集体讨论同意了王总的条件，手抄了两份协议，来找王总签订。问题是，王总不在，他去了哪儿，我们都不知道。他们打王总的手机，电话通着，却没人接听。这下坏事了，满怀高兴的他们立即将高兴转换为气愤，踢开王总的房门，狂砸一气。

不得已，我说我要打 110 报警。听说要报警，他们很快撤走了。

我们为了保护现场，也不敢收拾一下王总的房间。但工作得坚持着干下去，我天降大任似的，现场召集会议，力挽狂澜般吩咐："休闲养生中心毕竟是大家伙儿的，要做到领导在与不在一个样。王总不在的日子里，要把工作做得更圆满。”

听着大家整齐地喊“是”，我的心里舒服极了。可是，我毕竟是经理助理，没有什么实际权力啊。王总，你在哪里呢？为此，我决定背着大家给王总打个电话。电话打过去，通着，还是那首熟悉的摇滚乐曲《一无所有》铃声，可就是没人接听。挂了电话，意外收到王总回复的短信：“知道你们焦虑了，感谢！我在和有关领导协调中心与当地村民之事，勿念。”我的内心踏实了许多。遗憾的是，他竟然只字没提“希望宋助理把工作负责起来”之类的话。

几天过去，村民们没有来，王总也没有来，却来了警车。

那个小王总率先跑了过来，开口就骂：“姓王的，老子叫你哄走了几十万地皮占用费，我天天等，天天等你，你还是跑了。看你还往哪里跑！”垂钓者都停下钓鱼活动，围着我们观看，有些人开始咒骂：“原来是一帮骗子啊！”“把我的会员卡钱还回来！”“赶紧退还我的摊位费！”“这么说，出售的停车位也是骗人的啊，还是豆腐渣工程！”

这场面，怎一个“乱”字了得。我打王总的电话，小刘他们也打王总的电话，不是不接，而是关机了。听到“您好，您所拨打的电话无法接通”时，先是小刘，然后是其他人，都疯了一般：“王龙，你这个王八蛋，骗了老子好几万！”

我蹲了下去，肠子都悔青了：这不是做梦吧！我怎么就没有注意王龙什么正规手续都没有办理呢！

警察问：“你们这里除了王龙，还有谁是负责人？”

这些没良心的，都把目光投向我。我说我不是，什么都不是，王龙他给我们挖了一路的坑。警察低声说：“跟我们走一趟吧，王龙的一些情况需要配合调查。”

上警车的瞬间，我晕了，大树湾塌陷了似的。

（原载于《椰城》2019 年第 3 期）

寻 人

二十年后，杨杏花一脚踏入县城，如同昏暗中突然见到光明，感觉有些眩晕。

多年前，对生活在关山深处榆树湾的村民们来说，县城就是个神话传说，充满了美好的诱惑。好多人叹息："能去看一看，也不枉在人世走一遭。"县城太远了，七十多公里路，还是坎坷曲折的小道，又得翻三座山，过两条河。算了，这是去不了啦，只能指望儿孙们长大有个出息，带前辈们出去走一走、看一看了。

机会这东西，说来就来了。杨杏花的一个打光棍儿的远房表哥，开着手扶拖拉机走村串户，做些以物易物的小本生意。没承想，在榆树湾遇到了多年不见的表妹。表哥看到她端了一盘子麦子过来换塑料盆，一眼就认了出来，兴奋地说："妹子，是你呀！"他告诉杨杏花，城里正在办物资交流大会，请了马戏团、秦剧团、歌舞团助兴，热闹得比过年还有意思。"你坐上我的拖拉机，见个世面，我再把你送回来。"

杨杏花心动了。和公公婆婆分家后，丈夫到内蒙古打工挣钱去了，儿子小虎才五六岁，没有人看管，如果去县城，娃娃一定得领上呀。她急忙跑回家，拉上小虎，坐着拖拉机，一路"突突突"地奔县城而去。第一次出远门，又看着路边那些没有见过的村落、小镇、河流，杨杏花心里有些兴奋，便不觉得拖拉机颠簸摇晃，三四个小时后就到了县城。

物资交流大会在集市举办，里面满是大大小小的摊点和帐篷，看得杨杏花的眼睛都酸了。一边的舞台上唱着秦腔，眼前晃动的全是脑袋；一边的歌舞团前，几个女子边扭动腰肢边售票。杨杏花紧紧牵着小虎的手，来到了马戏团的帐篷前，也不知道里面还有什么稀奇的动物，售票口只有一只猴子，红着眼窝子东瞧西看。小虎被猴子吸引住了，就是不愿意离开。表弟对小表侄说“走啊，咱们到那边买好吃的去”，小虎才恋恋不舍地离开。

三个人牵着手就来到了一家羊肉泡馍馆前面。所有摊点的吃食，在杨杏花眼中都是美味佳肴，羊肉更不能例外。表哥像知道她的心思，就要了两大碗。杏花把小虎扯到身边的矮凳子上坐下，擦了擦一直攥着小虎而出了一把汗的右手，把自己碗中的分了些给小虎。埋头吃了一小会儿，杨杏花转头一看，惊叫一声，扔下筷子，站起来大声喊叫小虎。这小家伙，不知道啥时候溜掉了。

杨杏花和表哥哪还有心思逛物资交流会，开始到处找孩子，除了逢人必问，还要把与小虎身材差不多的孩子拉住看一看。六神无主的杨杏花，急得都哭了出来，感动得许多好心人也加入了寻找的行列。有人仔细询问了他们走过的路线，给了个建议：“说不定，娃娃看猴子去了。”他们挤了过去，就看到小虎趴在围栏上，呆呆地看着搔首弄姿的猴子。

从那儿以后，就是把杨杏花打死，或者给她多好的条件，她也不敢带着小虎出门。她也记不得，在寻找小虎的慌乱中，把表哥给她特意购买的一条红纱巾和一双尼龙袜丢到什么地方了。

这次，杨杏花真是因寻人才进城的。不过，不是寻找小虎，而是小虎的儿子旦旦。

一大早，班车驶进了县城。杨杏花的记忆中，整个县城就是一个大集市。班车司机按照杨杏花的要求，把她放在了她似曾相识的路口。杨杏花按照记忆中的路线，朝路的深处走去，走着走着，她感觉街道两边的情形已经走出了她的记忆，以前高低不同的房屋、摊点、乱放的自行车，都不见了，取而代之的是色彩相间的街景树、高大气派的楼房。她凭走路的时间判断，应该到达集市了，可是，她却看到一处景象奇异的公园，便有种恍如隔世的感觉。“老了，老了。啧啧，人家修建得真好啊！”

她突然意识到，纠结集市的存在与否，并不是这次进城的目的。那么，旦旦在什么地方呢？面对人来车去，她觉得自己莽撞得像一只迷路的麻雀。她记得儿媳彩琴说过，旦旦在“小红幼儿园”，他们住在幼儿园附近。可小红幼儿园又在什么地方呢？她开始后悔，当初没有多问彩琴几句学校和他们居住地的情况。她也后悔，这次没有把男人拉上一起进城。

本来，接到小虎的电话后，杨杏花两口子就商量过谁进城的事。

儿子这几年在县城的一家建筑工程公司做电焊工，今年春节后，彩琴嚷着说，别人家的娃娃在城里接受最好的学前教育，享受最好的教育资源，咱们旦旦一定不能落在人后。她要求带孩子去城里，负责接送孩子上幼儿园，并且还能让从工程队回来的小虎，在疲惫不堪之时吃上一口热乎饭。

杨杏花心里明白，儿媳打从娶进门就不太喜欢进山种地，这次明面上说是陪旦旦上幼儿园，其实就是彻底从关山老家里消失。所以，对彩琴的想法，她几百个不情愿。可是，彩琴的理由也是无懈可击，不好反驳。小虎不说话，盯着杨杏花征求了好几次意见。杨杏花心想，这两口子，在炕上早就商量好了，不同意的话，等于让儿子受彩琴的气。再说，小夫妻也是为了下一代好，于是就答应了，还一副很高兴的样子：“去吧去吧，去了多打电话，关山里的几亩薄田，你们不用操心。”

彩琴一撇嘴，不高兴地说：“又不是从此不回来，寒暑假、过年还不得回家呀？”

小虎、彩琴和旦旦进城后，也向老家打过几次电话，说起过旦旦在哪里上幼儿园的事。后来，只有小虎来过一次电话，大约是春分前后吧。小虎说，他不打算在城里的建筑工程公司干活儿了，有人约他去广州，过几天就动身。他还说起旦旦：“你们操心好自己，不用操心他们娘儿俩了。”对儿子的话，杨杏花两口子基本上是言听计从，虽然心里想念孙子，但没有过多地说些什么。

而就在昨天，远在天涯的小虎打电话回来，说他最近几天给彩琴打了十几个电话，先是关机，后是停机，叫老人家进城去看看是什么情况。那边的儿子很着急，这边的父母很焦急；一方抢着说，一端抢着问，就这样十几分钟过去了。这是天大的事，老两口互相瞅了好几分钟。杨杏花对男人说："是啊，得去看看。旦旦可是你家的后代。你去找一下?"

男人把头摇得快掉下来，说："难道不是你孙子？还是你去，你跟着你表哥进过城，认得路。家里还有鸡啊驴啊的，我得喂着。"

杨杏花听男人旧事重提，不免有些脸红，便就这么定了。

眼下后悔没用。着急的她站在那里，过路的行人大都能识别出，这是一位迷路了的乡下妇女。看着从身边走过的因好奇而打量她的人，杨杏花有些羞涩，有些尴尬。但她也是会看眼色的人，一位面慈目善的老大爷走过时，她赶紧询问："老哥，你晓不晓得，小红幼儿园怎么走?"

大约老大爷的耳朵有些背，又或许真是不知道这个地方，他像没有听见一样走了。

这时，一位提了菜篮子的胖大嫂经过，打量了一下杨杏花，说："哪有这么个幼儿园？正规的幼儿园，就三两家。这个，肯定是私人的。"杨杏花赶紧点着头。她又听那位大嫂说："幼儿园，在教育局登记备案了的，你去问问就知道了。"

杨杏花想想也对啊，便心存感激，使劲儿朝她笑着。这个间隙，胖大嫂又回答了接下来她又要打听的另一个难题："教育局不远，直走，右拐，就能看到牌子。"

杨杏花按照胖大嫂的提示，沿着街道往下走，到了一个岔路口，右拐，果然看见"教育局"几个黑字描在白地的木牌子上。杨杏花往门里走，被门卫拦住，说是要登记了才能进去。杨杏花心里嘀咕：这又不是结婚，还要登个什么记？门卫推过一个册子，杨杏花看了看，捏起绑了绳子的中性笔，填写了时间和姓名，而找什么部门、办什么事却让她有些犯难。看看前面来人填写的内容，照猫画虎填写了"去办公室找旦旦"，门卫竟然放行了。

办公室在二楼，门卫说的。杨杏花就顺着滑溜的楼梯上了二楼。二楼的人员问了一下情况，告诉她应该去基础教育股查询，杨杏花又按照指点去了一楼。一楼的人很热情，问明了她要找小红幼儿园，给了个让她如同坐到冰块上的结果：这个小红幼儿园，没有备案登记，也就是说，小红是非正规幼儿园，具体地址说不上来。

杨杏花不是无理取闹的女人，脸上挂满愁云，出了楼。可是，这个仅巴掌大的县城，在杨杏花的眼中却大得无边无际。接下来怎么办？找！继续找！杨杏花坚定地想想，便沿着街道朝太阳升起的方向走去。她也不光顾着走路，时不时问问擦身而过的行人小红幼儿园怎么走。好多人脚步都不停一下，直接摇摇头；也有好多人站住，思考一下，然后也摇摇头。还有个把人建议她去教育局问问，杨杏花就摇摇头。

早上因为赶班车起得早，匆匆忙忙的，杨杏花只吃了点儿馍，喝了些开水。走着走着，她就觉得浑身使不上劲儿。是饿了，再说，也快中午了。这不，街道上的车和人多了起来，放学的学生随处可见。临街的各类门店多，少不了大大小小的餐馆，但杨杏花没有心情吃饭，可不吃饭恐怕走不动路。她便挑了个顾客不多、店面不大的炸酱面馆，进去要了个小碗面，坐在一张空凳子上等着。

面上来了，杨杏花看着坐在对面的一位大哥“呼噜呼噜”地吃得很香，顿时饿意升腾而起。她吃了两口，叹息一声，又放下了筷子。

坐在她对面的大哥吃完了，又“呼噜呼噜”地喝了碗面汤，这让杨杏花十分羡慕。这位大哥喝完面汤，见杨杏花的饭基本没有动，人却在出神发呆，就好奇地看着她，小心翼翼地问：“面都快凉了，咋还不吃完？”

听见对方说话，杨杏花又拿起筷子吃了几口，不好意思地朝他笑了笑。

那人似乎在自语：“县城太大了，没有咱山沟沟里舒服。”继而问杨杏花，“一看你是咱山沟沟里来的，有啥事儿吧？”

杨杏花不想说，可又觉得不回答欠妥，就回答：“关山里。可能你不太知道我们村子。”她心里惦记着小红幼儿园，顺口说，“小红幼儿园，太不好找了。唉。”

“没找到？我晓得这地方呀。”对方拍了一下桌子说道。

杨杏花虽然被这一巴掌吓了一跳，但听见他知道幼儿园的位置，眼里立即放出了光芒，赶紧扒拉了几口面，说：“大哥，太好了，太好了。你能领个路不?”

这位大哥说：“这有啥难的，不就是找人吗？行啊。”

二人出了餐馆边走边聊，杨杏花了解到，这位大哥姓柳，名叫栋梁，家也在关山，但在相距甚远的柳树湾。

柳栋梁这次进城，也是寻人来的。他要寻找的是儿媳妇红霞。

柳栋梁的儿子小壮在城里跑外卖，几年前认识了个在县城餐馆打工的女孩子红霞，就交上了朋友。前年国庆领回家，让老父亲、老母亲见了面，虽然事前没有沟通，有些突然，但老柳两口子内心还是挺高兴的。红霞有礼貌，也热情，还没有过门，一家人似的。聊了半天，老柳两口子终于知道，红霞并不是本地人，说是母亲因病去世后，父亲又和同村的一寡妇结了婚。刚开始还好，后来，继母三天两头地打她，最后，把她赶出了家门。这类事，不鲜见啊，老柳两口子就几声叹息：“继母，蝎子，过堂风啊。”

按村里的传统，本想和未来亲家见个面，因为红霞的家境是这种情况，也就免了。

至于婚事，只要娃娃们愿意，大人一般也没有什么不愿意的。按理说，办个结婚证，明媒正娶，热热闹闹地把姑娘迎进门，既风光又合情理，但红霞面露难色，说她若回家拿回办结婚证的必备手续，怕比登天还难，没准儿是有去无回啊！听到这，他们也就作罢。

同年腊月里，小壮和红霞回来过年，一家人借此机会简单地把他们的婚事办了。年后，他们双双返城，租了间房子，过起了风里来雨里去的日子。按照红霞的计划，今后要攒钱在城里买房子。钱从哪里来？为防止乱花费，二人把所有的收入都存到红霞的银行卡上。并且，红霞觉得餐馆的收入低，辞了工作，做起了保健品代理的生意。

“这两个娃娃的工作辛苦哇。”柳栋梁对杨杏花说。他曾经去儿子儿媳租住的地方看过几回，等了很长时间，大中午了，儿子提了盒饭匆匆给老父亲送了过来，二人简单地谈了没有一刻钟，儿子又匆匆接单去了。但没有见到红霞。听小壮讲，红霞为了把产品推销出去，经常早出晚归，有时一连几天不回来。

这情况，柳栋梁回到关山后，向老婆述说了一遍，老婆便担心了起来："按这么个过日子法儿，咱们啥时候抱上孙子也没有个准。""红霞三天两头不回家过夜，没问题吧?"

柳栋梁觉得老婆是在瞎想，就干活儿去了。

五天前，小壮哭哭啼啼地打电话回来，说以前给红霞打电话，红霞会说忙忙忙，可这次他打电话过去，红霞手机关机。他担心出了事，就跑到那家保健品店去问情况，人家告诉他，她们之间没有劳动关系，红霞只是半年前到这里拿过几次商品，以后再没有来过。"这是卷了钱跑了人"，柳栋梁头脑里马上想到。他的这个想法几个小时后就得到了印证，儿子又来电话说，他收到了红霞的短信："对不起，你是好人。别找我。"随后，手机又是关机。

柳栋梁哪能坐得住。于是，他匆忙进了城。到现在，他寻找红霞已经整整四天时间了。"凡事要弄个究竟"，他要找到她，讲讲事实，摆摆道理，起码得把儿子小壮存在红霞银行卡上的钱要回来。

杨杏花几乎像是听戏一样听完柳栋梁的讲述，念叨："你说，红霞是骗了钱跑了吧?"

柳栋梁一声叹息，说："娃娃太辛苦了。"

这让杨杏花多少有些安慰。彩琴有没有银行卡她不知道，但她知道彩琴手上的钱不多，那都是小虎按月给她娘儿俩寄过来的生活费。

二人就来到了城东郊的一片平房区。这片地方，原来是一家老国企的家属区，近六十亩大。十多年前，国企搬迁他方，便留下了这么大的家属区和一个看护人。因为不是地方国营，土地权属不归地方，城镇建设的步伐就在这里绕了个弯儿。平房建于二十世纪六十年代，有些年份，加上这十几年无人维修，房屋就有些破败，屋顶上的瓦块被租住的人们修补得五彩缤纷，也因此，基础设施就差了许多，饮用水站只有一个，排水系统更不能满足要求，住户泼洒出来的污水到处都是，甚至泥泞得难以下脚。

柳栋梁没有向杨杏花说假话，他对这里相对熟悉，是因为小壮和红霞就租住了其中的一间大屋。他进出过这片地方几次，就发现了隐藏在平房间的小红幼儿园。

杨杏花突然想到，彩琴和旦旦是不是也住在这里呢？他们说过，幼儿园和租住地距离不太远啊。心跳的速度似乎加快了。

顺着七拐八弯、坑坑洼洼的小路朝里走，柳栋梁停了下来。凭记忆，小红幼儿园应该就在这里，却不见了支在门顶上的那面“红”字招牌。犹豫间，正好有两个妇女过来，推开一扇门，把小孩子送了进去，柳栋梁确定：就是这里了。

柳栋梁牵住杨杏花的胳膊，把她扯进了这扇门。

杨杏花很有些激动，似乎立即就能见到旦旦，便站在院子里喊：“旦旦，旦旦。旦旦，奶奶来看你了。”

旦旦没有出来，却是一位老大妈闻声从一间屋子里走了出来。她打量着杨杏花和柳栋梁，说：“你们是旦旦的爷爷奶奶？旦旦好几天没有送过来了，你们到家里去看看吧。”

“可是，可是……”杨杏花一听，兴奋的心掉下了悬崖，一时着急得说不出话来。

柳栋梁接过话头，问：“你们是学校，怎么回事！娃娃几天不来，咋就不过问一下？不行，我们要找你们领导。”

老大妈说，她就是领导。“啥幼儿园不幼儿园的，你看看我们有招牌吗？”还告诉他们，她老了，打不了工，平时就为这片的居民排忧解难，帮忙代看一下孩子，并且，看孩子都是按天收费的，有些实在困难的，她压根儿就没有收过一分钱。

柳栋梁见几个送孩子过来的妇女好奇地看着他们，就牵了杨杏花的胳膊，出了院门。

杨杏花像吞下了苦果一般，心里难受得不行，腿也软得几乎挪不开步。柳栋梁束手无策，不知道怎样安慰，也不知道接下来该怎么办。恰好，一位刚送完孩子的女人过来，给他们指了一下彩琴租住屋的方向，建议他们过去再打问打问，还说，她本可以带他们过去，可眼下没有时间了，去工厂迟到一分钟，就得扣掉十元钱。这女人边急着赶路，边叹息："咱这地方，住着的啥人都有，陪读的、打工的、骗人的，还有不正经的。"

顾不了这位指路的女人的话里包含着几种意思，柳栋梁又牵了杨杏花的胳膊，按照这位妇女的指点，继续往里走去。

这里的院子互相交错，也没有整齐的门牌号码，找起来不是那么容易。一些院门紧闭，好多屋门挂锁，估计主人们都出去工作了。有门开着的，可能守家的是进城的老人或者陪读的妇女。柳栋梁朝里面喊："有人吗？喂，有人吗？"

应声出来了几个年轻女人，穿着拖鞋，像是刚才还在睡觉的样子。听他们询问彩琴住在哪里，就用异样的目光打量着杨杏花和柳栋梁："你们是彩琴的公婆吧？"

杨杏花无心解释她与柳栋梁的关系，随着她们很快来到一处院子前，进去。一个女人指了下一间屋，说："这里应该是，我以前来过的。"

屋门竟然没有挂锁。杨杏花急不可待，推门而入。

屋里的光线十分昏暗，地窖一样，跟着进去的柳栋梁就拉开了窗帘，屋内亮堂了不少。杨杏花四下看了下，一侧摆放了煤气灶、碗柜和不多的面粉，还有几颗发芽了的洋芋；一侧的窗下，摆了旧得不能再旧的人造革三人沙发，表面脱了皮的压板茶几上，放着两个玻璃杯子和一个空着的方便面袋子，还有两个馒头已经发霉。一个简易衣柜立在屋子的一隅，杨杏花打开拉链一看，里面挂着几件为数不多的儿子和儿媳的过冬防寒服。另一侧的窗户下，是一个拼凑起来的梳妆台，镜子上蒙了一层雾，几个化妆品瓶子挤在一起。一张大床上，被褥叠放得整整齐齐，上面扔着一堆塑料积木玩具和一件小衣服。杨杏花把玩具和小衣服捡起来，捏在手里，似乎感到了旦旦的体温，眼泪哗啦啦地流了下来。

柳栋梁看着伤心落泪的杨杏花，赶紧伸手去为她擦泪水。这时，一个女人隔着门问："你们喝不喝水啊？"

柳栋梁赶紧说："不喝，不喝。"几分钟后，那个女人还是捧了两个纸杯进来，水上还漂着几片茶叶。喝水的间隙，隐隐约约，能听见屋外她们的嘀咕声。

"旦旦这娃，听话懂事，乖。"

"可不，彩琴说她有急事，我还领过几次旦旦呢。"

"彩琴对旦旦真好，把好吃好喝的都留给娃。"

"我看，人家彩琴也没有啥不好，把旦旦收拾得干干净净的，你看，把屋子也弄得整整齐齐的。"

"对啊，哪像你，懒得连自己都收拾不精干。"

"我收拾那么好看干啥？勾引男人？才不像你。"

"她啊，我看过不了多久，就跟人跑了。"

"就是就是，上次跳广场舞，那个男人把你搂得那么紧。"

杨杏花听见屋外夸赞旦旦听话懂事、彩琴爱子，心里稍稍舒服了些。她又听到她们提到男女间的事情，就把耳朵支棱得老高，生怕漏掉一句。

"不要说嘴，谁知道你有没有勾引男人呢，说不定，今天还在这儿说话，明天就不见你的人影儿了。"

"好吧好吧，今晚，我就去跳广场舞，勾搭个有钱的男人去。有福谁不会享啊？"

杨杏花听着室外这些议论，挨在嘴边的水杯，像一块沉重的石头。她实在不明白，广场舞是什么东西，神奇到能把男人和女人牵引到一块儿，便不解地朝柳栋梁看了看。她觉得，眼下，能给她所有答案的，只有这位好心的柳大哥了。

柳栋梁没有跳过广场舞，但见过广场舞。有天晚上，因为出租屋里没有电视看，心急，他就从这片平房区出来，朝附近的灯光迷乱处走去。那是一处新开发的住宅区，林立的高楼间，一处面积不小的地方，人影绰绰，音乐弥漫。至少有三群人在跳舞，他好奇地挨个儿看了，一处是几十个大妈大叔，随着音乐的节奏扭动身体，挥动胳膊；一处是几十个年龄相对偏小的女人，跳来晃去；一处，则是十几对男女牵手搂腰，走来走去。

他恋恋不舍地偷眼看了一会儿，又觉得自己太不知羞耻，就像做错了事一样离开了。不过，他的确也听到有人议论：那边一对是几年的老情人，那个穿裙子的，男人和她离婚了，她又和一个小老板好上了；而那边的一个老男人，又换年轻的新舞伴儿了。啧啧，啧啧，这都是什么关系啊！

他也听人议论：如今进城打工的、陪读的，孤寂、虚荣，加上辨别是非的能力差，为了追求所谓的幸福生活，很容易出轨。啧啧，啧啧，如今的农村生活有啥不好，多少辈人不都走过来了嘛！

可是，咋能留住他们和她们呢？柳栋梁没有听到人们讨论，给出个答案。

现在，屋外仍然在讨论。这让杨杏花很是难堪，不知道是听还是不听。

“不要太认真，孤男寡女的，大家跳个舞，就是排遣下。哪有真情实意的。”

“怎么会没有，日久生情啊，男人又时常不在。你看人家彩琴……”好像说错话了，外面稍稍安静了一下，接着，又说上了。

“你啊，不要勾引男人，要男人主动勾引你才好。”

“就是嘛，人家那个小老板，头是秃顶了，可他是真心对她好，不然，能三天两头地提了好东西往这鬼地方跑？”

“那个小老板，是我朋友该多好。”

“你啊，算了吧，你哪儿有人家彩琴长得好看！”说完，人们又安静了下来。

柳栋梁觉得，那些牵手搂腰的，挨那么近，不出事才怪。又突然一个激灵，莫非，红霞和一个中意的男人私奔了？他把手使劲儿在腿上打了几下，好像自己做了亏心事似的。唉，真要是这样，岂不是人财两空吗！

杨杏花也似乎明白了过来，彩琴过不了这份清苦的日子，领上旦旦，跟着能让她过上好日子的男人，走了。这事，该如何向儿子小虎叙说呢？

她突然回想起二十年前，自己跟着表哥仓促进城，幸亏小虎没有走丢。若真是走丢，没有娘的孩子该怎么活，自己该怎么活，公婆和自家男人该怎么活？假若那年，她领着小虎跟着表哥远走他乡……算了算了，二十年没有再见过这位表哥了，自己太可笑了。

好在，事情基本弄清楚了，杨杏花内心有些释然，但她心中始终放不下旦旦。旦旦是彩琴身上的一块肉，即便是彩琴疼旦旦，那个男人，会不会像彩琴一样疼着旦旦？杨杏花慢慢地从破旧的沙发上起身，朝屋外走去。外面的日光一片明媚，她虽然年龄不大，却有些头晕目眩。

“我要找彩琴，找旦旦。”杨杏花自言自语，“我要找到我的旦旦。”

紧跟过来的柳栋梁，一把牵住杨杏花的胳膊：“你啊，到啥地方去找？世界这么大。”

“你不找你家红霞了吗？”杨杏花头也没有回，“我要找到彩琴，找回我的旦旦。”

柳栋梁一愣，说：“找啊，找啊，要找到红霞，要回我家小壮的钱。”

杨杏花说：“到处找，哪怕是一路讨饭，找几十年，也要找到我的旦旦。”

柳栋梁说：“好好好。咱们一起去找，一定找到他们。”

杨杏花和柳栋梁并排走在一起，脚步很慢，却很坚定。没有人能看出，他们是一对因事而萍水相逢的人。他们计划着，先找遍城里的每个角落，然后再到邻近的县城去找。

身后，是那几个目送他们渐行渐远的女人。她们希望杨杏花和柳栋梁能找到走失的他们，但愿他们能平安回来。

谁也没有想过，杨杏花和柳栋梁能走多远，能找回些什么，还会不会回来。

（原载于《鹿鸣》2020 年第 5 期）

空　局

临近黄昏，安步然还独自在铺了砂石的乡村道路上走着。

散布在山坡下的为数不多的村落，在夕阳的余晖里，与他的距离显得有些遥远。他觉得，这情形还算是不错吧，村落虽然遥远了些，但至少说明自己并没有在荒无人烟之地穿行。可是，他仍然很是矛盾和纠结，面对四周的清寂和远山暗下去的轮廓，他渴望能有人与他结伴同行，或者有人从路上经过，而内心深处却又有些排斥，不愿有人从道路旁边的某棵大树下冒出来，用不怀好意的目光打量他。

一辆农用三轮车从他的身后驶了过来。

安步然肯定在想别的事情，竟然没有注意到它何时驶到了自己身边。他看到司机裹了件绿色大衣，脑袋用灰色围巾包了，只留下两只眼睛。车厢里不知道装了什么东西，用塑料布苫着，上面坐了三个男子，其中两人的身体也用蓝色或者绿色大衣包裹着，另一个男子仿皮革的夹克衫显然掉色了，一只衣袖的表面还裂开了口子。

农用三轮车停在了路边。车厢上的三个男人取下围巾，脸上脏兮兮的，无法确定是蒙了尘土，还是经年风吹日晒留下的痕迹。他们朝安步然看着，其中一个朝安步然笑了笑，笑得很难看。另一个男子扭头和司机说了几句话，然后朝安步然招了招手，还朝他喊了句什么。安步然听得不是很清楚，但明白他们是要他上车，捎他一段路程。

上还是不上？安步然有些犹豫，他步行了几个小时？自己都弄不清楚了，只是觉得已经很累，实在想以车代步。他朝前快速迈了几步，猛然想起了什么，又警觉地停下脚步，朝农用三轮车坚决地摇了摇头。

农用三轮车没有久停，加大马力走了。安步然似乎听见车厢上的男子说了句话，好像是句“傻货”或者“找死”一类的脏话、恶话。安步然心里不怎么舒服，不过他相信自己不上车是对的，怎么能上这种人的车呢？一看他们就不是好人！

他相信自己的许多判断是正确的。

往前走，一直往前走。其实是顺着农用三轮车远去的方向往前走。

天色暗了下去，四周更加空旷。内心紧张的安步然能听到自己的心跳声，也能听见身后自己所留下的脚步声。他安慰自己，努力往前吧，前方必然会有一个人烟稠密的村落，以灯火通明等着他疲惫的身体。近一个小时后，果然，前方的灯光一片一片的，从错落的层次上看，这里应该不是布局零乱的村庄，而是一处乡村小镇。

加快速度踏进去，安步然几乎要欢呼起来。没错，这是一处乡村小镇，长不过千米的街道有些狭窄，似乎仅能容得下一辆汽车通行。街道的两边，修建了那种单边的两层小楼，楼下的店面大部分已经打烊，二楼的灯光有的明亮，有的昏暗。

安步然首先要找到一个能吃饭的地方，最好还带住宿，房间里最好还有热水。

得来全不费工夫，临街的“温馨饭店”就在眼前。是不是进去看看？正在犹豫，他看见对面电杆下站着的一个女人朝他慢慢地走了过来，还边走边问：“吃饭还是住店？”安步然这次听懂了，他无法判断她的真正意图，但他讨厌那种连拉带扯抢客的行为，省城的汽车站就是这样，因为抢旅客住店，有人粗鲁地扯断了他背包的背带。为少惹麻烦，安步然便毫不犹豫地推开了温馨饭店的双扇门。

一楼的空间不大，摆了几张餐桌，操作间估计也在一楼，能闻见烟油味。听见门响，也不知道从哪里闪出一胖女人。女人打量着背着一只大包且风尘仆仆的安步然，立马判断出他是外地人。或许出于这种判断，她用半生不熟的普通话问：“吃饭？”安步然点了点头。胖女人说：“这个点儿大厨已经回家了。”她说着话，朝半空瞟了一眼。

顺着她的目光看过去，安步然看到悬在高处的电子钟表。这么晚了，都晚上九时多了。

又听见这女人说："你要住店的话，我能给你做一些吃的。不过，我不会炒菜。"

吃炒菜还是不吃炒菜，安步然觉得并不重要，重要的是胖女人的话里有强买强卖的味道，这也让他很反感，在省城，他遇到过几次这样的情况。不过，胖女人的语言信息同时告诉他，这里可以住店。

安步然正在犹豫时，胖女人似乎看出了他的心思，说："我这个店正规，干净，有热水，价格便宜。这镇子上没有第二家。"

还是老话说得好，既来之，则安之。安步然一咬牙，决定住下。

胖女人显得十分高兴，塞给他一把钥匙，叫他自己上楼，说："我给你弄点儿凉菜，两三个馒头将就吧，免费。"钥匙的圆形柄上粘了一片已经变脏发黑的胶布，用圆珠笔标记了房间号。安步然将钥匙捏在手里，又听胖女人说："哦，对了，上楼时你顺便提上暖水壶。我给你弄吃的去。"

为了节省空间，楼梯修建得陡峭。楼道里的灯光十分昏暗，只有顶部正中的一个小瓦数灯泡亮着，好像在偌大的黑暗中投去一根燃烧的火柴。安步然听见自己的脚步在空荡荡的楼道里响声很大，清楚温馨饭店入住的旅客没有几个，而这灯光和脚步极像恐怖片中的场景，他不由得咳嗽了两声。咳嗽声还真起了作用，一扇门打开了缝隙，一束光亮从缝隙里透了出来，似乎证明在二层小楼里，还有人入住，大家都不用感觉到孤单。

安步然路过这间屋子时，朝里面快速地扫了一眼，看清楚里面是一位短发女子，穿着浅灰色的呢绒上衣，坐在床边看手机。

安步然打开房间后，厕所，是他想到的第一个设施。借助从窗户透进来的光亮找到房间灯泡的开关，把背包扔到床边。放下暖水壶，再打量房间，他才发现房间里并没有洗手间。从门后的一张手绘示意图上知道，洗手间在外面，属于共用的那种，并且，热水也在这个共用的洗手间里。安步然很快适应了这里的条件，他想，村镇小店大多如此，更何况他本就不是为舒适而来。

安步然先要洗把脸，他知道汗水和尘土在脸上凝结了一层厚厚的污垢，然后还要洗洗脚。他看了看，用钢筋做成的脸盆架子上的塑料盆是洗脸用的，摆在床下的一只塑料盆是用来洗脚的。他出去打热水时，又朝那间亮过灯的房间看了一眼，房间的门已经关上了。端了热水回来，放置暖水壶的小桌上多了一个凉拌蔬菜和三个馒头以及一双竹筷。

安步然洗完脸，抓过馒头，三下五除二就解决了晚餐。然后坐在床边，迅速脱下袜子，把双脚伸进热水。他听见外面的门响了一下，随之听见了洗手间的流水声。安步然想，是那个入住的女子吧？一定是，温馨饭店好像只入住了两个人。

女子，短发，浅灰色呢绒上衣！安步然突然觉得这个女人似曾见过。他的双脚在水里互相搓来搓去，脑袋里尽力提取与这个女人有关的信息。对，的确见过，就在那辆从省城驶往县城的班车上。

安步然去省城的原因十分简单，过程也不复杂，只是有些惊心动魄。

他家在小城的郊区，农村不是农村，城镇不像城镇。高职毕业后，安步然于去年年初进入县里的一家国企工作，半年刚满，企业就因环境污染问题被关闭了。这家企业的正式职工，按当地政策还领取了为数不多的补偿金；像他这样的临时工，什么都没有。他和几十个临时工到企业主管单位讨说法，说法不但没有讨到，还差点儿因寻衅滋事被抓起来。他觉得不能待在家里坐着啃老，一门心思要外出打拼。年后，他经人介绍去了省城的一家装潢公司打工，这也是他人生的第一次远行。七个月下来，老板一直以建设单位的款项没有到账，年终一次性结算为由，拖着不付薪酬，弄得他到了没钱吃饭的地步，只好又卷起铺盖回了家。

在家没几天，他接到曾经的同事的电话，声称眼线报告，老板最近揽了大活儿，进账丰厚得很，约他一起去找老板讨要拖欠的工钱。

临行时，老父亲吸取了上次的经验教训，对安步然说：“娃，你去了后，千万不要和人家吵架，该受的气还得受，能忍的一定得忍，免得挨打受罪。你能要回多少就多少，要不上也不怪你，平平安安回来就行了。”

安步然听话，将父亲的叮咛谨记在心。

安步然坐班车摇晃了近五个小时，来到了陌生而又熟悉的省城车站，与在车站等候的两名同事会合后，一起到了装潢公司。老板十分客气，接二连三地向他们道歉，称当时是因为手头太紧没有兑现薪酬。老板说：“你们先找个地方住下吧，明天一定结清工资，不结清我就不是人。”话都说到这份儿上了，看来拿到工资是板上钉钉，他们就走了。

第二天，安步然去了个大早，老板果真没有爽约，在办公室等着他。安步然在一张表格上填写了自己的姓名和工作时间，老板将两沓百元大钞外带几张零钱大气地推给了他，还特意叮嘱一定要收好藏好，一路注意安全。

面对这么多钱，听着老板温暖的话语，此时的安步然内心无限激动，不由得为自己贸然辞职而感到后悔。

他揣好钱，回头转身，也不知道什么时候老板的秘书站在了身后，他一下子就撞在了秘书的身上，接着，一声脆响，就听见老板“哎哟”叫了一声。老板倒是没有责备安步然，指着秘书生气地说：“你你你，给老子端个茶进来，也不给小安打声招呼。看看看，我几万元的紫砂就这么打碎了。看你怎样赔我！”

手足无措的秘书竟然哭了起来：“老板，你都看见了，不是我打碎的，是小安打碎的啊。”

老板从抽屉里拿出一张标有一万八千八百元的收据，甩在了办公桌上，不知道是说给谁听：“激动干吗，激动干吗！”又拍一下桌子说，“不就两万多元吗，我能差了你？”

说话间，两名保安进来挡住了安步然的去路。安步然一直傻站着，等保安靠近他，才反应过来，这紫砂是一定要他赔偿了。

安步然灰头土脸地从装潢公司出来，心里喊叫着“坑，分明就是个坑”，几乎一路狂奔着去了车站。

不顺啊，安步然觉得一直不顺，很不顺。

到了车站，他上错了车，乘务员查票时发觉车上多了一个人，把他赶了下来，还骂了他几句，引得许多旅客哄堂大笑。福无双至，祸不单行，接下来，他觉得还要发生些什么。

从省城到县里约莫五个小时的路程，至少得过一座大桥，翻两座弯急道陡的山，穿四条悠长的隧道。班车刚出站时，路口的红绿灯和道路上的摄像头较多，行驶十分平稳。驶上盘山公路开始下山时，车速快了起来，每遇弯道，一阵刹车声，让人觉得轮胎在柏油路上划出了道道轮胎印。车内的行李架上，不时有包裹掉下来，乘客们也随着刹车前俯后仰，左右摇摆，发出声声惊呼。安步然的心一直悬着，他渴望有人提醒一下司机把车速放慢，但没有，而安步然自己更没有勇气站出来说话，他已经吃亏怕了。既然大家都选择了沉默，为什么要招惹是非呢！

安步然想，像这样行驶，会不会出事故？这个想法一旦出现，他的内心更加紧张了起来，他在心里喊："我要下车，我要下车。"车内不热，其实还有些冰凉，他的额头上却沁出了汗水。班车终于走下了第一座高山。看着大家没事儿一样，安步然突然朝前面喊了声："师傅，停在前面，我就在这里下车。"

车停下了。这里前不着村，后不着店，在这里下车，包括司机在内的人们，都用奇怪的目光看着他，好像他长了一双翅膀，要飞回去似的。但他还是义无反顾地下了车。

现在，安步然想清楚了，入住温馨饭店的女子的确与自己同在那辆班车上。他拖着背包狼狈地下车时，还回了下头，是的，他当时看到这位女子用疑惑不解的目光看着他。

洗完脚，安步然开门去倒洗脚水。或许这楼道幽暗的灯光，也让女子心存惧怕，她听见他去洗手间了，也就赶紧从自己的房间里走了出来。

安步然突然想知道她为什么也会出现在这里，便没有急着从洗手间出来。女子显然洗过了头，头发未干，还残留着洗发水的味道。女子倒水时，安步然问："你也在那辆车上？"

女子低着头："嗯。"

"那你怎么没有回到县里？"

女子说："车坏在半道上了。"

“怎么坏的?”

“撞到一棵大树上了。”

果然出事了！安步然又问：“人都没有受伤?”

“嗯。”女子停了一下，又说，“还是受了不小的惊吓。”

安步然接着问：“那其他人呢?”

女子说：“不知道。”就匆匆地走了。

回到房间，安步然没有查看蓝色格子床单是否干净，就仰躺了上去。他庆幸自己早先一步下了车，虽然多步行了些路程，但好在免除了自己下车时所遭遇的所有尴尬。哦，没有出事故，造化啊。可是，像那样的速度，车能不坏吗！同时，他略微有些兴奋，竟然在温馨饭店遇到了同车人，或许，她还是同城人。想到这里，他有一种他乡遇故知的感觉，所有的不顺几乎都一扫而光。他想，如果小镇有去县城的车辆，如果她愿意，明天可一起回去；如果没有车，他也要想办法堵到顺风车，与她一起回去。

安步然决定睡觉。他习惯性地查看了一下手机，除了天气预报，再没有什么短信和未接来电，但电量不多了。他找到一只插孔，连接好充电器，一扭头，发现自己太粗心大意，房间的窗帘没有拉上。不拉窗帘其实也没有什么，只不过是外面的光线透进来，有时影响睡眠质量。他走到窗户前，一扇窗户竟然开着，刚想合上窗户，手还没有伸出去，人一下子愣住了。

对面二楼的一间屋子也开着窗，也没有拉上窗帘，里面的情境近在咫尺，直抵眼底，话语清晰可辨。安步然担心他们看见了自己，赶紧关掉了灯泡，又折身回到了窗前，半蹲着躲在窗下，观察那边的情况。

四个男子挤在一起，摆弄着一堆绳索，还使劲儿拉扯着，试验是否结实。有一个男子从什么地方拿出一把长刀，在空中比画了几下，寒光直逼安步然的眼帘，以至于安步然不由得倒退两步。那个男子将刀指了一下安步然的房间后，四个人开心地笑了起来。紧接着，安步然听见了他们的对话，尽管对方与自己有些距离，安步然还是听清了其中的几个词语：老板，胡（吴），饭店，杀（抓），钱，进账，高兴。

他们不就是白天农用三轮车上的人吗！他们是些什么人，究竟要做什么？

安步然悄悄退到床边，高度紧张了起来，睡意与其他想法全部烟消云散。

他们指着他入住的房间说话，一副胸有成竹的样子，是已经知道他入住这里了？钱，钱是什么意思？安步然赶紧从衣袋里翻出仅剩的三千多元，快速地思考怎样处置它们，它可是此次省城之行仅存的成果，更是对老父亲的一个交代。他把钱分成两部分，分别放进两只鞋里，觉得不妥，又取了出来，重新放在了鞋垫下面。那么，万一跑掉鞋，钱岂不是丢了？不行，这样不行。已经失去了大部分，千万不能再失去仅剩的一点儿辛苦钱了。最后，安步然干脆把钱分装在两只袜子里，再把袜子穿上，才觉得保险了许多。

老板，胡（吴），杀，又是什么意思？莫非是他们还盯上饭店的胡（吴）老板，要绑架杀人掠夺钱财？那绳索和钢刀就是证明啊。安步然决定把这一重大信息告诉温馨饭店的老板。他赶紧穿上鞋，开门朝楼下跑去。路过那女子的房间时，安步然突然觉得这件事或许与她也有关系，很有必要告诉她一声。他停下脚步，不假思索地拍打了几下她的房门。

女子已经睡了，说："什么事呀？"

安步然说："有急事要告诉你。"

女子似乎知道房间外是谁，说："是不是明天怎样回去的事？那天亮再说吧。"

安步然不知道该怎样才能说清楚："明天怕就晚了啊，大事啊。"

女子说："兄弟，别闹了。睡去吧。"

安步然赶紧朝楼梯口跑去。一楼的一只灯泡还亮着，这是饭店旅馆的习惯和基于安全考虑的措施之一。安步然真心佩服胖女人的能力，她竟然就在收银台后面的长条椅子上铺了被褥和衣而睡，并且已经鼾声雷动。安步然不知道怎样才能唤醒她，看到一只铝壶摆在餐桌上，就拿过来敲了几下。

胖女人醒了，揉了下眼睛，也没有起身的意思：“你啊！半夜三更的，吓死人啊!”

安步然问：“你们老板是姓胡还是姓吴?”

胖女人说：“那不是在营业执照上写着嘛。”

安步然朝收银台那边一看，营业执照上的法人姓胡。他赶忙又说：“那你们老板呢?”

胖女人不耐烦地说：“你怎么不细看营业执照？我就是呀。交房钱？天亮再说吧，我难道怕你跑了不成?”

安步然有些急，说：“不是交钱的事儿。是有人盯上你了。”

胖女人说：“谁盯上我了？你吧？”她猛地睁大眼睛，看一下安步然，又半闭上了眼睛，说：“你啊！别闹，赶紧回房睡觉去。”

安步然考虑了一下怎样把事情的严重性和重要性说出口，听老板这么一说，觉得有些委屈，只好说：“那，你小心点儿。”

胖女人说：“我一直这样子啊，小心个啥！你这人，年纪轻轻的，心眼儿倒多得很。你啊，最好在上下楼梯时小心一点儿。”

安步然又回到了房间，锁上了门，走到床边时，觉得忘记了什么，复又折到门口，把门上的插销插上。他觉得有必要再观察一下对面楼房的动静，于是悄悄地走到窗户边，把窗帘撩开一条缝，可惜，什么也没有看到，对面他们的房间已经漆黑一团。

安步然倒了杯水，先让自己冷静下来。足足喝了两杯水后，他开始梳理他所看到的景象以及和她们的对话，特别是和胖女人的对话。首先，他确定对面的那四个男人必有所谋，并且与胡老板有着一定的牵连，与自己更有说不清楚的联系。其次，入住温馨饭店的女子怎么会这么巧相逢？并且她怎么一下子猜中他试图与她明天一起回县城的想法？这中间不会只是巧合那么简单吧？另外，对老板来说，交房钱也是件重要事儿啊，可她为什么偏偏说天亮再说，他跑不了的？并且还要自己在上下楼梯时小心点儿？这些话是不是也透露出了某些深藏不露的信息?

安步然觉得似乎厘清了头绪，而又觉得混乱一片。坑，莫非又是一个坑？

安步然不敢睡，但睡意总是袭来。就在这时，房门被人拍打了几下。他忽地一下站直在地上，屏声静气听着门外的动静。门又被拍了几下，不重，很轻，并且有声音传了进来："你睡了吗？"

安步然听清是那位女子，稍微舒了一口气："有事吗？"

"刚才你不是说有急事要告诉我吗？"

安步然能听得出，女子几乎是把嘴贴在门上说话，他马上警觉了起来。刚才你怎么不听我说事情，而现在却要反过来听呢？安步然马上联想到了他听过的一些发生在宾馆饭店的奇异事件，快速给自己的判断打了100分：的确是陷阱！便说："哦，没有什么急事，就是明天一起回去的事。天亮再说吧。"

听着女子关上了她的房门，他终于松了口气。

安步然内心在喊叫：处处是坑，人人是坑！假如刚才开了门，进来的不仅仅是那位女子，还有一个两个陌生男人，该怎么办啊！不对不对，不是别的男子，会不会是对面住着的那个坐三轮车的男子呢？想到这里，安步然突然觉得他刚刚苦思冥想的那些事情，前后终于有了关连，甚至有了答案：他们都是冲着他而来。

安步然觉得，眼下的一切只有靠自己来解决，谁都指望不上。他开始考虑如何从温馨饭店走出去：正门，显然已经没有希望，老板守在那里。那么，留给自己的只有窗户这一条路了。嗯，二楼的窗户距地面不高，按照他打工时爬上爬下的经验，跳下去应该没有什么问题。是不是现在就走呢？他朝窗户看了一眼，外面已经陷入庞大的黑暗，现在出去，等于进入黑的口袋，潜在的危险更是不可预料。

安步然不敢让自己有一丝睡意，他要随时观察和注意着一切动静。可是，疲惫不堪的他还是禁不起强大的睡意攻击，歪倒在床边睡着了。

光线十分昏暗，像省城的一个工地，又像是荒无人烟的小树林。远处有撞击声传来。安步然拔腿想跑，可双腿却软弱无力，踩进稀泥一般。一群面目模糊的男女围了过来，挥舞着拳头、绳索，其中一个男子朝他的头部砸了几下，其他人猛扑过来，撕扯着他的衣服。他大声呼喊着："你们要干什么！你们要干什么！"可声音微弱得几乎没有谁能听到。

安步然惊醒了。睁开眼睛，窗帘也抵挡不住阳光的侵入，房间内明亮一片。"这是什么时候？这是什么时候？"安步然一时没有明白天已大亮。

他听见又有人在敲门，一下，两下，三下。安步然晃了一下脑袋，听清是那位女子在门外问他："你起床了没有？赶快起床，咱们回县城，我问过了，去县城的班车只有上午一趟。你怎么不说话呢？"

该来的，终于来了！

安步然没有回答，背上背包，快步走到窗户前。透过窗帘的缝隙，他看到了他预测到的情形：对面的那四个男子，手里提了塑料编织袋，朝温馨饭店走了过来。安步然断定，他们一定把绳索和刀具装进了编织袋。看来，他们果真要行动了。安步然决定避开他们的视线，便死死地盯着他们步入饭店的正门后，迅速拉开窗帘，从二楼跳了下去。

都怪他没有仔细观察好下面的状况，他这一跳并不成功，先是撞在了一棵树上，然后摔倒在地。恍惚间，他听见有人惊慌失措地喊："有人跳楼了——""出人命了——"接着听见纷乱的脚步声。

再接下来，他就什么都不知道了。

安步然睁开眼睛时，已经躺在小镇的卫生所里，身上盖着的白色薄被，散发着84消毒液的气味。头晕，乏力。可他还是看清了病房里的面孔：那三轮车上的四位男子、温馨饭店的胖女人、那位同城女子以及一个穿白大褂的人。他还看清悬挂着输液瓶。安步然第一反应是挣扎着起来，结果被白大褂摁了回去。

他的眼睛里流露出几缕无力的恐惧，随即有气无力地说出了第一句话："你们要干什么，你们到底要干什么？"他首先想到的是讨回来的薪酬，挣扎着动了下脚指头，还好，能感觉得到，袜子里的钱安然无恙。

这时，病房里的他们都开口说话了。

四位男子中的一位似乎如释重负一般说："这小子终于醒过来了。"

另一男子指着安步然说："干什么？挖坑！你小子，口里一直喊坑啊坑的，是不是昏迷中还玩儿挖坑的扑克游戏呢？高手啊。”

白大褂摸了一下安步然的头，翻开他的眼皮看了看，说：“没有大碍，只是摔昏了，休息两天就好了。”说完，就出了病房。

那位敲门的女子明显受到惊吓，脸色苍白，说：“吓死我了，你可真够勇敢的，怎么就想到跳楼呢？”

四位男子中的又一位说：“见过不要命的，还没有见过你这样不要命的。”

胖女人有些生气，终于开口说话了：“我的傻兄弟，没有钱住店你早说啊，为逃四十元的住店钱你跳楼划算不？年轻轻的，要是有个三长两短，你不是害我吗？”

那四位男子见安步然还算安然无恙，一位说：“你小子，咱们可算有缘人了。我们堂弟兄靠贩羊过活哩，就在温馨饭店的对面，你愿意的话，过来坐坐。”

另一男子说：“安心养好身体吧，咱饭店的胖姐人可好了。她会照顾好你的。”

一位男子说：“我们比不得你城里人清闲，一年四季忙。好了好了，我们要贩羊去了。”

胖女人转身对四名男子说：“你们把我后院里做了标记的羊抓去，别抓错了啊！账回头算，我还要照顾这倒霉蛋儿呢。这两天我怎么这么不顺呀！”

四位男子答应着，朝外走去：“今年赚了钱，好好儿地过个年，让老婆娃娃高兴高兴。”

安步然听着他们的话，心里百般纠缠，就苦笑了一下，又苦笑了一下，最后昏睡了过去。

（原载于《飞天》2020 年第 6 期）

寻找英雄

这位衣着不整的农村青年，一身风尘，一身疲惫，但眼中充满了归心似箭的焦躁。他匆匆穿过街道，在东方大酒店前停了一下，又穿过人潮车流，迷惑而又不安地试图翻过马路中间的通防护栏。这时候，一名不知什么时候出现的警察边指着他边朝他走来。这位农村青年慌忙七拐八绕地走进了叫红旗的小巷，东瞧西找后毫不犹豫地钻进了便民饭馆。

此时，十字路口旁的大石英钟的时针还未指向“12”点，但报时的音乐却响了起来。正值下班高峰，人车如潮，红绿灯明明灭灭交替显示，交通警察忙得抡酸了胳膊。一辆车牌号模糊的银灰色小轿车穿梭于车与车之间，最后拐向红旗小巷。与此同时，一位着短装的女子捧着一本书边看边从巷子往出走。

农村青年吃饱了，撩起饭馆脏兮兮的门帘，咂巴着嘴走了出来。一声汽车尖锐的急刹车声锥子似的朝人的耳朵扎来。撞上的不是这位农村青年。银灰色小轿车往后一退，从另一端开走了，因为慌乱，又差点儿撞在一位穿着打扮酷似女人的男人身上。

这时的农村青年不再行色匆匆。他看见前面挤着一堆人，就凑了过去。被围着的是刚才捧书而读的女子。女子痛苦地呻吟：“救救我。”

站在最里边的人听见女子的求救声，迅速挤了出来，农村青年却挤了进去。他胆怯地问身边的一位老奶奶：“这?”老奶奶难过地说：“叫小车给撞了。真可怜，也没个人救救她。”

农村青年看着四周的人群，犹豫了一下，蹲下去背起女子。人们让出了一条路。他不知医院在何方，只在街上狂奔，尾随在身后的三位（其中一位捡起了那本书）大声指点着医院的方向，并气喘吁吁地向交通警察解释着什么，之后，交通警察指挥着拦住了来往的车辆。惊异不已的路人猜测着可能发生的种种事情——这座四线城市每天总要发生些大大小小的事。

红十字，急促、纷乱的脚步声，抢救室，输液瓶；收费窗口，拥挤的人们和失望、焦急的人们，从窗口递出的几张单据。病室，输液管，女子苍白的脸，以及渐渐增多的脸上布满关切和急躁的人们。汽车站，出站和进站的汽车……一个背影上了一辆不知发往何方的公共汽车。

那背影就是农村青年。

这是几年前播出的一部电视纪实剧《寻找无名氏》中的部分情境。接下来的情节好多人仍然记忆犹新，许多目击者和被感动的人在摄像机前激动地提出了好几个“为什么”和“今后怎么做”。并且，这座城市借机掀起了一场声势浩大的创建精神文明城市活动，媒体和一些市民很快加入了寻找无名氏的行动。纪实剧中还有一个令人难忘的情节，红旗街便民饭馆的老板手中捏着几张揉皱了的人民币，动情地说：“当初如果知道他是一位活雷锋，我说什么也不和他因为钱太旧而争执。”在该剧的结尾，长相甜美的主持人面对观众说：“我们的行动还没有结束，希望广大观众提供线索。”她用手一划，便有一串热线电话号码和电子信箱地址出现在荧光屏的下方。荧光屏上还打出了一行充满期待的字：我们一定会找到他……

是的，怎么会找不到呢？

这位无名氏有名有姓，叫方喜子。二〇〇一年的春天，他到南方打工。二〇〇一年的秋天，想家的他在回归西北老家途中不经意就成了这部纪实剧的主角。但他这人性格内向，说话极少，从未向任何人提及过此事。或许他家乡的人们看到该剧后，虽然很受感动，但没有把剧中的主人公与方喜子联系起来：他们的形象相差太大。纪实剧中的主人公是一个近年走红的男演员扮演的，从演艺方面讲，他的表演很逼真，很易感染人。所以，思维定势告诉大家，他的形象几乎就是“无名氏”的形象。

纪实剧中还有许多细节因鲜为人知或导演想象力不足而被忽略。其中有一个细节不能不提，因为，这个细节对他的生活和思想具有很大影响。方喜子当时从那家便民饭店出来后，并没有急着往巷子外走去。他先是去了巷子里收费的公厕。他掏了一元钱，分辨了一下男女标志，走了进去。公厕的白墙上有几只大脚印，他端详着这些离地面三米多高的脚印，想不出是怎么踏上去的。蹲在便坑上，看到用木板做成的隔墙上画着一些似是而非的可笑的图案，下面写着一串电话号码，他就咧嘴笑了，笑出了声。隔板上还有一些不知所云的话语，念起来还朗朗上口。他准备起来时，看到了歪歪斜斜一行字。方喜子是一个不喜欢记忆的人，但他却刀刻似的记下了这句话：如果你真的在乎，请离开我！

二〇〇二年的春天，方喜子没有出外打工，他在家乡的县城公园里做临时工。他本来是要出去的，可他却意外地在车站附近的一根电线杆上看到了公园招收临时工的小广告。说实在的，这则小广告被许多广告层层包围着，很多人就是因为不好意思去看而失去了到公园打工的机会。方喜子认为这是他的运气好。

方喜子是一个喜欢干净的人，头发剪得很短，脸上几乎看不见胡须，黑瘦的皮肤使他的长相显得老气一些，同时又显得格外朴素诚实。方喜子话少，也热爱劳动。刚到公园一个月时间里，曾为同事们搬过煤气罐，打过家具，搭过简易房子，所以很受大家欢迎。这样一个优秀的青年，理应有他的朴素的或者让人感动的成长过程，可方喜子在和同事们偶尔交谈中，从没有提过自己的家以及相关的任何事情。另外，他在外一年，连一封信也不曾写过，更不用说给谁打过电话。

人活一生，干过不少事，其中不少是重要事。方喜子在做临时工期间，也做了两件有影响的事。但他没注意，也不知道那两件事有多重要。

春暖花开时节，公园内的游人日渐多了起来。这也是方喜子他们的大忙季节，有许多果皮、烟盒、饮料瓶之类的东西需要他们打扫。这些活儿一般是在晚上闭园后干。和方喜子一起清扫垃圾的还有两个人，也是青年，但他俩很珍惜落日飞霞的傍晚，他们各自的恋人早就涂好了口红，换好了裙子，等他们到城市的其他地方约会，比如网吧，比如茶座。

方喜子可以在他俩需要他的时候，像一只永不疲倦的老黄牛，承揽下这些弯腰弓背的活计，这些活儿能算什么呢？比起出外打工，简直是小菜一碟。再说，方喜子喜欢一个人干活儿，一个人可以思考（近乎发呆的神态）。其他人干完活儿或无活儿可做时，喜欢看书读报，但方喜子不喜欢。公园里每天有游人扔下的大量的旧报纸，可他只把它们当作垃圾。如果看，也只不过看一眼上面的彩色图片。闲下来的他，大约有一半时间在睡觉，有一半时间在思考。

打扫卫生时，游人还没有走完是件正常的事。就像这天，他碰见还没有走完的游人围成一个圈子议论着什么。这里面多半是女人，还有一些是上了年纪的大爷，也有三两位挎着数码相机的中年人。方喜子便放下手中的工具走了过去。和纪实剧中的镜头几乎一模一样，方喜子先把头伸进了人与人的空隙，一看，是一位头破血流的少年伏在地上，雪白的衬衣袖口被血染成了黑红色，衣角上蹭有草汁的颜色，一只皮鞋扔在一边，一只绣有"忍"字的鞋垫多半露在外面。

方喜子犹豫了一下，什么话也没说，背起呻吟不已的少年直奔卫生所。卫生所的方位他很熟悉，不需任何人指点方向。此时刚刚下班，值班的大夫见没有什么事，躲在办公室网上聊天去了，只留下几个实习的护士，翻看着手机短信。

对受伤的少年，护士们表现出的态度很不友好。她们边准备护理边低声议论着什么。有一位小心地提醒同事："别乱说行不？他们可能是一伙儿的。"方喜子对这种说法浑然不知。另一位偷看一眼方喜子，说："不像是，土啦吧唧的样子倒像当年勇于救人的'无名氏'。"

显然，他们也曾经看过纪实剧《寻找无名氏》。这部剧播出时，好多地方流行纪实剧。时过境迁，还有人记着，哪怕是讥讽，也是很难得啊！

后来，也就是刚入夏，被方喜子救起的少年和另外几个少年再次来到公园，硬是把方喜子连拉带拽弄到了忠义大酒楼，点了一桌颇为壮观的饭菜。他们要了三打啤酒，方喜子十分艰难地喝了半瓶。从他们的言谈中方喜子才知道，他们这群人，时下被称作不良少年，也经常惹是生非。

少年们问方喜子："大哥，有什么需要咱弟兄帮忙的吗?"

方喜子摇摇头："没有。"

少年们又问："有谁得罪过你吗?"

方喜子坚决地再次摇摇头："没有。"

少年们唱着"我爱你，就像老鼠爱大米"走了。盯着他们的背影，方喜子不解地摇摇头。他又想起了那句话：如果你真的在乎，请离开我。

二〇〇三年春天像冬天一样寒冷，只不过是日历上到来罢了。不过，一旦春天来了，天就变得高了起来。这时节的方喜子太忙，冬天遗留下来的事情需要在初春处理完毕，比如残雪残冰，比如枯叶败草，以及初冬埋进土中的花树等等——方喜子的两位同事，一位调到了急救中心，另一位正在紧锣密鼓地筹备结婚。

调走的那位在春深时节游了一回公园，确切地说，是来了一趟公园。他还带着一位女子，但不是去年夏天在晚霞辉映时节相偎相伴的那位。他们来时，方喜子正在埋头苦干，这位曾经的同事拿出一盒分辨不出真伪的中华香烟，抽出一支敬方喜子，被方喜子拒绝了。曾经的同事咋咋呼呼地说："这是中华，国烟!"方喜子便接了过来，捏在手里。大家都知道，方喜子是不抽烟的。方喜子看一眼那女子，的确，比上次那位还艳丽一些，明星似的。

由于三个人的活儿一个人干，方喜子总是收工很迟，到晚上十点十一点没准儿。事情正发生在这收工迟上，方喜子又缘分似的碰上了一件需要他见义勇为的事情。

大概是晚上九点，游人应该是走完了，方喜子关掉了园内那些明晃晃的大灯，只留着那些彩色地坪灯应和着皎洁的月亮。大家都知道，有月的晚上人的眼睛会变得很敏锐，略显得有些精疲力竭的方喜子往外走时，看见有两个人影在一簇低矮但枝叶繁茂的花丛旁晃动，便站住了。不知他是怎么想的，总之他站住之后又很快把自己藏到了阴暗中。

方喜子支棱起的双耳听见了一个男人发出的嬉皮笑脸的声音和女人不情愿的拒绝声，这种声音在静静的公园里叫人心惊肉跳，就像在无月的深更半夜里，孤独的你听见了一声凄厉的猫头鹰的叫声一样。方喜子认定这就是流氓调戏妇女。方喜子便毫不犹豫地冲了上去，分辨清男女之后，一把抓住男人的领带，朝脸上就是一拳头。趴下的男人还没爬起来，女的惊叫一声“妈呀”，朝相反的方向跑了。

这件见义勇为的事情发生在方喜子的身上，显得稀松平常，一是因为他必然会这么做，二是在他睡一夜好觉之后会很快忘记这事。方喜子能忘了这事，除了他不喜欢强记一些事情外，还有一个原因：他认为对方一定没有看清楚自己。

第二天，日近黄昏，方喜子像往常一样提着铁簸箕拿着笤帚，开始去重复他那机械的工作。他看见甬道旁边站着一位花枝招展且又面带忧愤的姑娘，样子似乎是在等人。像这类事情，在城市里，尤其在公园，随处可见，作为一种风景，时间一长，你会如同看见贴在墙上的广告一样见怪不怪。可方喜子分明听见她启开红唇叫他的名字：“喂，方喜子！”既不亲热温柔也不恨得咬牙切齿。

方喜子不能十分肯定这是叫他，但还是装作扫纸屑的样子停了下来。

“方喜子，在叫你啦，你过来一下。”

方喜子看见她在朝他挥手，心狂跳着走了过去。

姑娘说：“你认识我吗？”

方喜子揉揉头，又点点头。他知道她是谁。她叫文花，公园园长的大千金。因为经常忙着上网，学习就很一般，高中读了两年后，她爸叫她在单位档案室工作。文花是很会打扮的女孩儿。公园里所有的职工几乎都在背地里议论过她的长相和身材，几乎都给过她很高的分值，并且，有些人还一厢情愿地把她想成自己的爱人。当然这与方喜子无关，他没有这么想，他始终知道自己的身份。

文花扬起纤细的手指，在方喜子的脸上抽打了几下，啪啪有声。他问：“你为啥打我？”

文花的纤手不是打在任何人的脸上都会很疼，根本就不存在“疼”这个问题。但即便舒服，那也叫打人。方喜子因此对她莫名其妙的行为有些生气。

这时节还有一些游人未走出公园，他们之中不乏有认识文花且对她抱有好感的。另外，文花不管在什么时候什么情况下，总会得到别人的关心、支持和声援。当方喜子问“你为啥打我”时，他们很快包围过来，替文花姑娘打抱不平。

有人恶狠狠地说：“你图谋不轨呗。”

“竟然敢调戏你们领导的女儿，真是色胆包天，不知道世上还有‘羞耻’二字吗？”

文花泪眼含恨，嘤嘤着走了。她这一走，说明方喜子一定干了对不起人家的事儿，宛然铁证如山，罪不容赦。

围观的群众不明真相也就罢了，就连方喜子也弄不明白自己为什么平白无故挨了几巴掌。其实这几巴掌源自昨天晚上的“见义勇为”，他犯下了一个常识性的错误：有时，人们的爱情果实就是在半推半就的沃土中长大，一直到成熟。文花一周前在网上结识了一名自称著名青年企业家的范经理，两人很快见面约会。问题是，正是方喜子的出现，打破了他们美好的爱情。当晚，怕得要命的范经理打电话告诉文花：“咱俩就走到这儿吧。”打跑了一个大款，这怎能不叫文花恼火？

不明真相的方喜子蹲在没有人的墙角处，伤心得不行。他想不通文花怎么会是这个样子呢？她一个女孩子怎么能随便打人呢？他顺手拿起一根棍子，在地上画着，画着，画了许多圆和三角形，又在这些图形上画了许多波浪线和交叉线，再伸出脚抹掉这些东西，却不知不觉写下了歪歪斜斜的一句话：如果你真的在乎，请离开我。

这件事发生在这年春天，便很不寻常了起来。这个春天，春季严打正在有序推进。公安部门抓走了那伙不良少年，少年们供出了他们在公园打架的事实，便涉及了救过少年的方喜子。经过调查，群众又反映了方喜子挨巴掌的事。在取证时，文花说："我……"便哽咽得不行。园长则气愤得顿足，同事们则摇头叹息：太可惜了，平时不错的人，有可能还弄个合同工，但下坡路走得太快了，这都是平时不爱学习造成的呀。

方喜子被拘走一周后，到底因为事实难以成立、证据不足被放了出来。这一点，出乎别人的意料，但在方喜子的意料之中，因为，他总觉得他没干对不起人的事。可方喜子最终还是失去了清扫公园垃圾的工作。

有许多意想不到的幸运或不幸会降临在每一个人身上，方喜子也不能例外。失去工作的方喜子并没有回到农村老家去，他已经有能力购买一辆人力车。现在，他常蹬着人力车到汽车站一带拉人送货，这个活计对他来说挺合适，不需用太多力气，也不需要说太多的话。当然，刚干这活计时总有些不适应，也挨了顾客的不少抱怨，比如说他速度不快或说他路线不太熟等等。尽管如此，方喜子的不卑不亢总能吸引那些想打的而又怕花"冤枉"钱的顾客。

现在，冬天来了，树叶飘落归根；寒假来了，那些候鸟一样让大人操碎心的学生要飞回父母的身边。方喜子的人力车这几天总要接送几个文质彬彬、稚气未脱的学生。

这天，方喜子的人力车上被一个女学生甩上去了两个提包和一个书包，但女学生刚坐上去又跳了下来。神情愕然的她，弄得方喜子也愕然起来。

"师傅，你是不是去过叫XX的城市？"

方喜子使劲儿想了想，说："去过。"他记起了这座城市，但他却记不起去这座城市的具体时间。有些事情为什么要一生记着并在没事的时候回味呢？

女学生说："你太像一个人了。"

方喜子友善地笑了，说："天底下长得相像的人多得很。"他想起了扮演伟人的几位特型演员。是啊，伟人都有人长得像，何况普通人？

但方喜子却把车子上的东西取了下来，蹬着车子走了。这行为跟他的为人比较，极为不协调。事实上，女学生也长得太像一个人了，她竟然和那个叫文花的女孩子长得特像，使他有些怕。这时，又一辆人力车主动走到发愣的女学生跟前说："没抢走什么吧，他可是个流氓。"这话是否被女学生听了进去，不得而知，但神不守舍的她还是被这个自认清白的人力车车夫送回了家，就是公园领导的家。

家人团聚的兴奋过后，女学生又掀起了一波令人惊喜的浪潮，她说："我看见那一年救我的那位农村大哥了！"

园长急忙问："文钰（女学生叫文钰），他是谁？他在哪儿？"

文钰便对车站的那位人力车车夫的形象做了绘声绘色的描绘。描绘过程中，她眼噙泪花，肩膀起伏，激动的心情可想而知。"他还垫了几十元的医药费呢！"

园长和一旁的文花几乎异口同声惊呼："方喜子！"

同时，园长和文花惊疑地捂着嘴："不可能，不可能。"

"一个流氓，他怎么会救你呢？不信你去问你姐。"园长断然说。

在这几天里，方喜子的高大形象树立起来，又被一次一次摧毁。比如文钰，农村青年方喜子使她花颜惨淡，无精打采，茶饭不思。她想，方喜子怎么会是流氓呢？她怎么会被一位流氓救起呢？新闻媒体寻来找去总不能找到一个流氓恶棍吧？

同样在这几天里，文花的眼圈儿不是化妆成的青紫，而是疲惫的青紫，她心里明白：方喜子怎么会是流氓呢？流氓是那个自称青年企业家的范经理，他不知使多少个女子流下了眼泪。如果不是方喜子，她文花不就也是恨泪长流的一个（文花前不久在网上看到这家伙因流氓罪、诈骗罪被收审）！

文花的悔恨使故事简单明朗了起来。文花对文钰和园长父亲说方喜子不是流氓，接着拐弯抹角地诉说了发生在公园的事。虽然是拐弯抹角，但园长还是听懂了其中的意思。文钰听后，有这样的感觉，方喜子二○○一年救了她，二○○三年又救下了姐姐。

文钰的这些感觉通过她的嘴传到了园长父亲的耳中，他终于明白，方喜子应该是一个救了他们全家的人。

有了这些铺垫，方喜子的声誉很快在整座城市好了起来，并且有些“鹊起”的味道。公园里方喜子曾经的同事都表示：“他怎么会是个流氓呢？当初我就不信他是坏人。”是哟，他当初为大家做了多少事啊。他的人力车同事们也为有方喜子这样的好同行而骄傲，“一看他就是一个正派人”。一些人很深沉地说，方喜子身上“存在着许多美德”“潜在的美德在瞬间激活”等等。

方喜子被传颂时，城里的新闻媒体还沉浸在各种会议之中，报道各位领导的行踪和讲话以及上级的各类检查。而文钰所在学校和这所学校所在地的新闻媒体却闻讯而来，特别是《寻找无名氏》剧组，他们发誓要把《寻找无名氏》的结尾给弄得热闹感人，叫人泪如雨下。

当文钰对着摄像机镜头说出“人间自有真情在”时，文钰被自己感染得抽泣不已，同时在场的人无不泪下沾襟。一部摄像机的镜头几天里悄悄跟踪着方喜子，即所谓“偷拍”，并且还有几个记者装扮成客人，请方喜子送货，边走边攀谈。另一部摄像机则四处搜罗方喜子流散在人民心中的美德。园长也借机对镜头表示，“方喜子是我们学习的榜样，是我们公园的名片”，还说，这次一定要让他重新上岗，并且按他个人意愿去选择公园里的工作。

这些真实的镜头一个接一个地在电视中播放。终于有一天，方喜子被推到摄像机镜头前。方喜子被这突如其来的采访吓了一跳，手足无措的他差点儿淌下了难堪的眼泪。经过做工作，他才站在了摄影机前，也是为了保证真实性，导演交代他说：“问什么说什么，随便一些。”即便如此，接受采访时，方喜子显然经过导演善意的打扮，头发油亮，衣服崭新，新郎官儿似的，不像个人力车夫。他身后的背景是人来车往的车站以及他的人力车手把。方喜子就一手搭在人力车手把上，背靠车厢而站。

持麦克风的记者面对镜头说：“观众朋友们，大家一定还记得二〇〇一年播放的纪实片《寻找无名氏》。”简单回顾了一下纪实剧的内容后，记者又说：“历时两年的寻找终于有了结果，真正的主人公就在我们面前，他现在是一位出色的人力车夫。”镜头推到方喜子窘迫的脸，他的鼻子上还有一些汗珠。“他的经历耐人寻味，他是在人们的误解中被找到的……他没有被评为先进，也没有接受任何感谢……”记者有些激动，“找到他的，谁也不会想到，正是当年被他救起的学生……所有的过程，竟然十分简单，却又耐人寻味。”

不一会儿方喜子身后围了不少同行，导演挥手，示意他们走开。“……下面，我们就现场采访他。”方喜子面对麦克风说不出一句话来。他猛然记起了这句话：如果你真的在乎，请离开我。

这时节，一辆满载旅客的班车从他身后经过，车顶上放着高高的货物。方喜子被货物吸引了，他忙蹬着人力车朝这辆将要进站的班车赶去。

（原载于《当代小说》2011 年下半月第 7 期）

腊　月

村子里大多数人家都是这样，厕所和猪圈建在院外，并且厕所和猪圈连着建在一起。人蹲在一边上厕所，猪靠在圈门上，焦躁得嘴里直哼哼。老蔫眯着眼，一边撒尿，一边口里含含糊糊骂："去去去，哼个什么。"

刚入秋，麦子收上了场，胡麻和洋芋还长在地里。今年雨水特别多，过去一年下不了几场雨的村庄，如今也浸泡在雨水里。下雨天，村子里的人们望着密不透风的雨，口里念叨"老天爷给咱们放假呢"，但心里却十分烦躁。有耐心的，守在家里看电视，没耐心的，要不聚在一起打红四，要不凑在一起唱秦腔。秦腔的调子很粗硬，抛在箭一样的雨中，被打得唰唰地响。

老蔫不会打扑克，也没听下戏文，就不爱往人堆里凑。可家里又没有电视机，只好蒙上被子睡大觉。一连几天雨，他也睡了好几天，睡醒了吃，吃了又睡，睡得不知道现在是白天还是黑夜。名叫翠翠的女人，也不知哪儿来的那么多破衣服，坐在屋门口的小木板凳上，补了好几天。

似睡非睡间，老蔫听见有人推院门，推几下，停几下，火急火燎的。老蔫伸手推了一下女人："去看看是谁打门呢。"

女人翻了一下身，不高兴地说："啥？半夜三更，哪儿有人叫门啊。"

老蔫睁开眼，屋里屋外锅底一样黑。他支棱起耳朵，听见雨淅淅沥沥下着，院落周围的树叶子被打得哗啦啦地响。这天，要塌了似的。老蔫怀疑是做梦，听错了音，刚想闭上眼睛，又听见院门被推得哗哗响。没错，是有人在推门。这门再推就塌了，老蔫想，肯定有啥急事呢，只好从炕上爬了起来。

老蔫穿上衣服，戴上草帽，踩着雨水，猫着腰边走边说："半夜三更的，啥事呀，这么急?"取下闩门担，拉开门，黑乎乎的一个东西趴在门口。细一看，妈呀，是自家的那头猪。

这几年，老蔫家的日子过得不顺畅。

其实，老蔫家的日子以前也不怎么好。村子里的小青年一般二十三四岁就娶上了媳妇，可老蔫二十六岁还寻不下女人。于是，前些年他跟人上新疆、下四川，在南方人开的矿场里打工，攒了几个钱。回来的路上，顺便带回了这个名叫翠翠的女人。

翠翠到了老蔫家，一看他家三四间旧瓦房和残败的院墙，顿时连哭带闹："你这个骗子，你把我害苦了。你说你家富得很，咋这么个烂样子?"还把老蔫的脖子抠了三道印，血淋淋的。老蔫愧疚得不行，不敢还手，眼泪豆豆就滚了下来。后来，翠翠就不哭不闹了，发了一会儿呆，说："要不是你这人老实，我早就走人了。"

日子平平淡淡的，一晃三年过去了，按规律，他家的娃娃也该在炕头上爬来爬去，可翠翠的肚皮儿仍然是一马平川，没有一点儿大起来的迹象。村子里的女人们把他们当怪物一样看着，两口子才急了起来。先是在县医院里看，成千元花完了，没看出个名堂。便又上兰州下四川，专找有名气的大医院。先是怀疑女人有病，结果女人没问题。

看着着急的翠翠，老蔫像犯了罪一样。医生安慰说："你这个病，临床还是很多很多的。不过，你严重一些罢了。我会尽力的。现在的科技发达得很，万一不行，可以搞个人工胚胎，照样把你们叫爸爸妈妈嘛。"老蔫两口子大致听懂了大夫的话，像吃了冰块儿一样，心里凉透底了。

翠翠攥着老蔫的胳膊，细声说："我一定要怀上咱的娃。"

老蔫搓着手，激动地点一点头："就是。"下定决心似的。

为了看病，积攒的钱花光了，最后，就连结婚后买回来的电视机也卖给了大旺。

如今，养猪是他来钱的主要门路。他要靠猪治病呢。

老蔫最怕养猪的过程中出现啥闪失。今年三四月，到处宣传防治口蹄疫。村子里的人们只知道猪瘟病，没听说过这个口蹄疫，当时正是锄禾时节，把大家忙坏了。老蔫如临大敌，把猪圈里里外外收拾了一遍，还三天两头儿撒草木灰，并且，村子里只有他隔上十天半个月把猪身上洗刷一遍。结果，所有的猪安然无恙。

老蔫看着这头趴在门口的猪，心“扑通、扑通”直跳。他忙叫翠翠：“你赶快来，咱家的猪出事了。”声音都变了调了。

女人打了手电筒，边往出跑边说：“猪能出啥事嘛!”雨点打在身上，凉飕飕的。灯光四面一照，哎哟，这雨水，把猪圈棚子给下塌了。

又看湿漉漉的猪，哼哼着，受了大委屈似的。用手摸摸，再细看看，还好，没有受一丁点儿伤。两口子总算放下了心。

老蔫跟翠翠商量，干脆把猪放进来，在房檐下的台子上铺上些麦草，叫猪先凑合一夜，等天亮了再收拾猪圈棚子。刚商量妥，就听见身后咔嚓地响。回过头，借着灯光，看见那间好好的房子上，一根椽子断了，一堆瓦片哗啦哗啦往下掉，雨水也跟着往屋子里浇。

房里面一时也不敢进去人了。

天亮了，雨住了。太阳从东山上升起，把耀眼的光撒在院落周围的树上，树叶放射出久别了的绿宝石般的光芒。太阳也照耀着坍塌的屋子，使乱七八糟的场面显得更加凌乱不堪，同时让人感觉到没有太阳的日子是多么的可怕。村子里的人看到，那根年代久远的椽子，从中间齐茬茬地朽了。断椽子和烂瓦落下来，正好全砸在老蔫两口子的炕上。

有人说：“老蔫两口子命大得很。”

“要不是这猪，他两口子的命就难说了。”

老蔫和翠翠听着大家的议论，看着院子里乱跑的猪，满心的感激，说：“你是头救命的猪。”

大家帮老蔫两口子收拾完倒塌的房子，慢慢散去后，翠翠还看着残破的屋子发愣。老蔫心里愧疚，说：“往后咱有了钱，再盖几间像样的房子。”

说完，又钻进猪圈去收拾塌了的棚子。猪圈里的泥水溅了他一脸。

村子里，家家养着猪，用苜蓿草做的饲料及洗锅水，和上一点麸皮喂着，等长大了，拉到乡镇的集市上变成钱。他们还养着一头过年的猪，一到秋天，用丰收的剩余果实，如洋芋、玉米以及麸皮顿顿猛喂。腊月初八一过，肥猪的叫声一直到腊月二十五六才结束。

隔壁的大旺，一年杀两头猪，集市上卖一头，自家留一头过年。杀一头猪过年，这年便很丰盛了，年三十晚上吃排骨，大年初一肥肉炖粉条，来了亲戚炒肉片，硕大的猪头在房檐下挂到正月十五，才燎毛刮皮煮了吃。吃不完的肉，做成腊肉，把盐放得重重的，封在罐子里，不发霉，不变质，可以吃到下一个腊月。

每次杀猪时，大旺跟老蔫有仇似的，总要大喊几声："杀猪了——"唯恐村子里的人听不见。其实，村子里不止一户像他家这么喊。他家的两个娃娃，每人一只猪尿脬，在土里使劲儿揉，然后吹了气，拴根细细的线绳，气球似的提在手里玩，一直要到猪尿脬干裂了。

"气球上天了——"大旺家的娃娃脆脆的一声喊，老蔫的心便空荡荡的。

老蔫看着人家的日子，看着人家活蹦乱跳的毛头娃娃，沉闷的叹息能把房顶掀翻。

老蔫心想，等翠翠怀上了，咱赔上老本也要杀头猪，好好地过个年。但肯定轮不上这头猪，它的任务重着呢。

还没到白露，早晚的气温就变凉了。刨完地里的洋芋，转眼过了八月十五，种到土里的麦子发了芽。农村的秋天到了。过不了多久，树叶就要慢慢凋落，像第一场雨那样，第一场霜也不会按节气如约而至，而是神不知鬼不觉地来临。

这是一年最清闲的时节。老蔫和翠翠加固着猪圈棚，准备不让这头猪受风霜之苦。老蔫抹着泥，对翠翠说："再好好喂上半个月，猪一定能卖上好价钱。"猪的架子长得已经很不错了。

翠翠说："连洋芋、玉米面都搭上了，还能用半个月?"

老蔫说："对对，咋能用这么长时间呢。"又说，"这回看病，你在家缓着，我一个人去。”

他接着说：“给你扯上一套新衣裳，再拉上个猪娃。”

翠翠反对说：“胡花啥钱呢？羊还在山上，就盘算着喝羊汤？”

说着话，翠翠说她的胃这两天很难受：“可不要叫我再得上个花钱的病。”刚说完，早上吃下去的馍馍和喝下去的水，全部吐了出来。老蔫紧张得不得了，一双泥手忙把翠翠搀到了屋里，说：“你缓着，不要胡动弹。”然后赶忙去叫良医。

村子里，把多少会看病打针的人都叫良医。良医姓刘，今年过七十岁了，是过去的赤脚医生，那时背着个印有红十字的小药箱在村子里转来转去，跟驻队的工作组组长一样，牛气得很。现在，他在家卖些治疗感冒头痛的药，有时配合乡卫生所给村子里的儿童发放糖丸；偶尔还为产妇接生，收费不多，但要将胎盘提走。

老蔫慌忙跑到良医家，他家的门紧闭着。打了好一会儿门，里面就是没动静，急得老蔫快要跳起来。刚想走，良医的老婆开了门，打着哈欠说，掌柜的上山转悠去了。老蔫说：“我急得很，媳妇有病呢。”便对良医的老婆把情况说了一遍。良医的老婆听了，问老蔫：“光吐？”

老蔫忙点头：“嗯嗯嗯。”

“脸黄吗？”良医的老婆问。

老蔫说不黄。

良医的老婆又问：“吐了几天了？”

老蔫想了想，说：“有两天了吧。”

良医的老婆说：“你回去问问她的那个来没来。”又挺高兴地说，“怕是你家女人怀上娃了。”

老蔫耳朵“嗡”地一响，赶紧往回走，差点儿绊了一跤。

见老蔫回来，翠翠愁眉苦脸地问：“咋？我没得胃癌吧？”

“看你咋胡说呢！”老蔫把良医老婆的话学说了一遍。

翠翠一下子愣住了，过了一会儿，猛地一头扎进老蔫的怀里，婴儿般哭了起来。老蔫醒过神儿来，紧紧抱住翠翠，咧开一张大嘴，不知是笑还是哭。

日子一下子明媚了起来。虽然翠翠的肚子还是那么平坦，但老蔫分明感觉到已经隆了起来，并且，还感觉到了胎儿的动静。他一下子觉得自己了不起，是天下最幸福的人。一下子，他觉得翠翠是天下最柔弱的女人，是最需要照顾和迁就的女人。

秋天的农活儿不多，家务活儿也就是打扫卫生、做饭和喂鸡喂猪。老蔫坚持让翠翠歇着，家里家外由他一个人操持。他每日三顿不落地用玉米面、洋芋喂着那头猪，让猪身上的肉一天天地多起来。他暗暗下定决心，今年要杀了这头猪，痛痛快快地过个丰盈的年。

三个月过去了，隔着衣服，还看不出翠翠的肚子有什么大的变化。但翠翠比以前瞌睡多了，嘴也变馋了，一会儿想吃葱，过一会儿又想吃酸菜。她在这段时间里，翻腾出了许多小布块，不知疲倦地比画着。她要亲手为自己的宝贝缝制合身的衣服。

刚入腊月，准备过年的气氛日渐浓了起来。老蔫家的猪肥走路都有些艰难了。村子里见过这头肥猪的人都说，这是近几年村子里最肥最大的猪了。老蔫和翠翠听人们这么说，心里甜蜜蜜的。尤其是老蔫，孩子似的，心中充满了快乐。晚上睡下，他对翠翠说："猪肥得很，杀了过个舒坦年。"

翠翠忽地一下翻身坐了起来，眼睛睁得老大："啥？你要杀猪过年？"

老蔫也坐了起来，说："对啊，咋了？"

"你疯了啊？"翠翠说，"这猪可是你我的救命恩人呀！"

老蔫说："看你这人，咱有娃娃了，大喜事嘛。再说，咱好几年没杀猪了，把你亏待下了。猪嘛，还不是吃肉的。"

翠翠多少有些生气，说："你净胡说！要不是这猪，房塌下来把我弄残了，谁还给你怀娃呀？"

老蔫想想：说得也对，当初要不是这头猪来拱门，就不会有今天，它确实是救命恩人呀，自己咋就糊涂了呢？他说："不杀了，不杀了，就依你。咱欠着它的情呢。"

老蔫照样一天三顿地喂着这头猪，看着猪吃着食，他心中很是舒服。他抚摸着它黑得发亮的毛，说："好好儿吃，好好儿吃，你救过我们两口子的命，我不会亏待你的。"

好多人劝他们："几年没杀猪了，杀了吧，好好过个年。""娃娃怀上了，得杀个猪。"还有人说："这猪的肥膘肯定有足足的四指头厚呢。杀了吧，你家吃不完，我买几十斤。"

老蔫瞅瞅翠翠，一起摇摇头。

大旺虽然是村子里的养猪能手，但没经手过这么肥大的家伙，他盘算着把这头猪买下来。大旺精明得很，他比老蔫大十来岁，但结婚迟。刚改革开放时节，他就去广东，起初贩卖电子表，后来又贩卖收音机，是先富起来的万元户。队长有眼力，把比大旺小近十岁的女儿嫁给了大旺。结婚后，女人不让他继续在外面混，他就在乡集上贩猪贩羊，日子过得有滋有味。自然，他就比村子里的其他人神气些。

天上下起了雪，下得不大，飘飘扬扬的，使腊月更像个腊月，使年的氛围越来越浓。村子里的一些人家开始忙着蒸馍，贴窗花。耐不住寂寞的娃娃们，巴望年就在眼前，好玩儿个痛快，早就燃放起了鞭炮，"噼噼啪啪"的几声，催得雪大了起来，遮天盖地的，不一会儿，染白了天，染白了地。

中午时分，大旺踏着雪，到老蔫家谈买猪的事。大旺说："我晓得你们俩对这头猪有感情，舍不得杀。这样吧，卖给我，由我来处理。价钱不亏你们俩。"

老蔫看看翠翠，有想卖的意思，但翠翠就是不想卖，老蔫只好不卖。自从翠翠有了身孕，老蔫就一直顺着她。

大旺摇着头，边走边说："这两口子，受罪的命。"

大旺走后，老蔫抱怨说："咱不杀，为啥不卖给大旺呢？"

翠翠说："你真的糊涂，这猪救过你我的命，我听不得它死叫唤。"

老蔫心想，她说得对，总不能叫这头猪死在咱眼前。

村子里开始杀猪了，这是一年里最后一次大丰收。大旺和往年一样，又杀了两头猪，准备卖一头留一头。还和往年一样，他扯开嗓子喊："杀猪了——"唯恐人们听不见。照样是两个猪尿脬，在土里使劲儿揉揉，吹上气，拴了根细线，给两个娃娃当气球玩儿。

"气球上天了——"大旺家的娃娃喊。

老蔫听见了，对翠翠说："明年，不，后年，我给咱娃也弄一个耍。"

翠翠幸福地笑了。

老蔫到沟里去担水，准备蒸馍、洗衣服。近年关了，担水的人很多，沟里的泉水有些供不应求。村子里的人问老蔫："猪不杀了?"

老蔫说："不杀了。"

又问："不打算卖?"

老蔫说："给大旺，不卖。"

大家觉得挺可惜的，说："那你把猪养到啥时候?"

是啊，不杀也不卖，养到啥时候？老蔫回去给翠翠说了，翠翠说："是啊，是啊，看我糊涂的，咋就没有想到呢?"

翠翠认真地想了想，说："不，卖了，卖远点儿，卖得远远的。"

第二天一早，给猪吃好吃饱，用架子车拉上，朝乡集方向走去。

路上去赶集的人很多，好像要一次把所有的东西都买回来似的。有认识老蔫两口子的，说："去卖啊?"他们就点点头。

他们沿着公路，慢慢地往前走着。

山上白茫茫的雪，在阳光的映照下，散射着珍珠般的光芒。他俩的身影笼罩在这种幸福的白光里，渐渐地远了。

（原载于《文学与人生》2011 年第 3 期）

与家的距离

因为贫困，我便成了村里唯一能坚持上完学的人。这不仅得益于乡亲们的鼓励，更多的是大哥不惜一切的苦心支持。

听说我考上农科大，全村人沸腾了，热闹不亚于过年。贫苦而善良的乡亲们把我像一家人一样请进这家又邀进那户，家家炒鸡蛋烙油饼给我吃，而且是看着我劝着我强迫着我直到我吃不下去。但我心里忐忑不安：我能上得起学吗？家里实在没有什么还能变钱了呀。我产生过不上学的念头，这个想法我只告诉过和我一道念完初中又考上高中而又因学费不得不辍学的小灵。小灵咬着嘴唇摇摇头，坚定地说："不，要上，你没见乡亲们待你的盛情吗？"我没有把不想上学的想法说给大哥，大哥这些日子实在高兴，整日里春风满面，小曲儿不时从他口中轻快地吐出，我如果说给他，他一定会用抽牛的鞭子抽我的，狠狠地。

大哥会抽我的。我上高二那年留了级，大哥恨铁不成钢，把我拉到牛圈里，取下挂在墙上的牛鞭，朝我抽了一顿，直抽得我跪下求饶他才罢手。我满身疼痛躺在炕上，大哥没理我，却去了坟上。可以想见空寂的山峁上有一个人跪在风中，头颅一会儿低一会儿高，眼中含着泪水，他向父母诉说着什么？当时，我恨大哥，但我听了大哥大嫂的对话，我为我的不争气流了泪。

大嫂说："你二杆子（为人不靠谱）着呢，人不是牲口，咋能用鞭子抽？"

大哥说："我是为了他好，谁叫他不争气呢！"大哥叹息一声，又说，"我打了，心里却后悔啊。"

这些都被我听见了，我为自己惭愧。晚上，大哥叫大嫂来看我，还用碗端了一颗鸡蛋，小心地剥出蛋清，要我敷在伤口上。现在，我还能向他说出不想上大学这话吗？

我走的时候，乡亲们把我送过沟，送到大路上，又为我堵了一辆手扶拖拉机，他们亲眼看着拖拉机消失在远方……对了，小灵一直背着我用被单打包的行李送我。到了学校，我打开被单，里面掉出二十一元钱和一张纸条，纸条是小灵写的，上边写着“我就这几个钱，你买些本子一类的吧”。为此，我好激动。

在我上大学的艰辛的日子里，我总能收到来自家乡的几十元的汇款，并且几乎每次都是我需用钱的时候。同学们对此很是不屑，但我知道这是大嫂把每一颗温热的鸡蛋收集起来，走过水沟，绕过山梁，在集市上讨价还价挣来的钱；是大哥挑了上等胡麻籽和麦子在粮站门口熬过炎阳，等前面的人走完了才换来的钱；是把羊毛拣净拧成一捆卖来的钱。我十分珍惜这些钱，因为它凝结着大哥大嫂的血汗，凝聚着对我的爱心。谁不知道，大哥大嫂结婚四年了，还没有孩子。大嫂有病，不能生育，但他们舍不得花钱去卫生所看看。写到这里，我又想流泪。

在我大学的最后一学期，大哥把家里的事以及农活儿撂给了大嫂，出去挣钱了。大哥第一次出门，他是下了很大决心的。大哥去了内蒙古的一家砖瓦厂干了两个月临时工，在我临行前，他回来了，汗渍斑斑的衣服和来不及收拾的胡须使我心里难受，尤其是大嫂疼惜的目光笼罩在他的脸上时。

大哥把三百元钱塞进我衣兜里，说：“千万记着，人多的地方不要去。”

我漫不经心地说：“没人的地方才不敢去。”

大哥没说什么，走了，在自己的房里垂泪，旁边坐着手足无措的大嫂。我不明白他平白无故掉什么泪，大哥也没做任何解释。

大哥见我进来，不好意思地笑笑，干活儿去了。

直到我毕业后又回到家里，大嫂才告诉了我这是为什么。大哥在两个月中挣了五百多元装在两个口袋里，回家途中见一堆人围着耍猴子的，便也凑上去看热闹，谁知在他注意力分散时，小偷很容易地偷走了二百多元。

我想，大哥哭有很多理由，比如后悔自己的马虎，想到那是自己的血汗钱，而更重要的是他花钱买来的教训，竟然叫我漫不经心地化作了零，不由使他伤心。

我拿什么来报答呢？

后来，我以优异的成绩分配到县农科所工作，并且成了所里唯一在大学进行过专业学习的宝贝。我终于能自己挣钱了，第一个月的工资我为大嫂买了一大堆中药西药，又给她买了一方头巾，为大哥买了一双高勒胶鞋和一条燎原牌香烟，连同一封意气风发的信捎了回去。收到这些东西，大哥大嫂十分高兴，在人前人后一个劲儿地夸我。大哥见到一个乡亲就递上燎原牌香烟，乡亲们和大哥一起分享快乐时，不免询问我的情况，大哥就说："他来信了，说乡亲们有机会到城里来，他叫大家一定到他的单位坐坐。"

我千真万确是这么说的，但后来的事实证明，我无法真正兑现我的承诺。乡亲们果真有时来一趟，三三两两的。有的叫我帮他们买东西，有的叫我领他们上医院，有的叫我找个车出门，有的找我借钱。我几乎每样都照办，其实是我托熟人，熟人再找熟人。我参加工作不久，加上常和试验一号、二号打交道，使我无暇交友。但我得去，得在乡亲们面前显出神通广大的样子。我欠乡亲们的太多，我不能叫乡亲们失望。有时，我还要让不能回去的乡亲留宿在单位，带他们在单位的食堂里吃饭，在宿舍里插上电炉子为他们熬茶。

我常这样，很快在单位引起了反映。起初是吃食堂的同事嚷饭没吃饱，出纳说电费又增了多少多少，最后，杨所长在会上批评了我，说个别人没有集体观念，把单位当成自由市场，想干吗就干吗。我明白，虽然杨所长没有点名，但那个"个别人"指的就是我。检讨检讨，我真的太过分了。我开始对老家来人烦了起来。

于是，乡亲们来后，我少了往日的热情，往办公室里躲，那个八百瓦的电炉子我也上交了。渐渐地，来的人少了，到后来，没人来了。单位安静了，我少了烦心的事，但又觉得心里失落了什么，惆怅一直缠着我难以消散。

小灵还是来了。那是一天傍晚，吃完饭，我站在房前的一小片菜地前正无聊时，他走进了单位的大铁门。他说："又来打搅你了。"

我脸一热，忙拉他进屋，倒上水，递上烟，问他："吃了吗?"

他说："吃过了。"

他打算晚上到外面去住旅社，我赶紧拉住了他，几乎是强逼着他在我这儿住了下来。我向他说了以前的事，叫他传给乡亲，就说我向乡亲们赔不是了。

小灵说："本来你就工作忙，再说单位是公家的，又不是咱自家的。"几句话说得我鼻子酸酸的。小灵又说，"谁叫你是咱村唯一一个在城里做事的呢，这回，我要难为你了。"

我问："是什么事?"

他说："是你大哥叫我来的，具体干啥天亮了再说，免得我睡不好觉。"

那一夜，我终究没睡好，小灵的到来令我猜了一夜。因为小灵是我同学，又是大哥叫他来的，我便向他问了我大嫂的情况。

小灵说："你猜吧。"

我说："已经有身孕了?"

小灵叹息了一声，沉沉的叹息声充斥在房间里，我没再说什么。大嫂因耽误太久，这一辈子，甭想有孩子了。大哥大嫂，我对不住你们，我能替你们干些什么呢？大哥大嫂!

我强忍着泪水，抑制着声音不要发出来。我在心里发誓，只要大哥一句话，我干什么都成。

天还没亮，小灵就起了床。我带他出去吃了些简单的早餐，回单位的路上，小灵说："你哥要叫你弄上一车化肥呢。"

这是我压根儿没有想到的事。这年化肥紧，一些化肥落到了化肥贩子手中，价格涨得叫人负担不起。供销社的化肥少，每亩平均不到十斤，且还要当头儿的批条子，哪一个农民不希望有足够的化肥上到地里呢？我是搞农科的，看上去与农业有密切关系，但确实与化肥无缘呀！大哥，你真的给我出难题了。

但我还得办。我跑了一个早上，找了好几个熟人，费了好些口舌，但没弄到一袋半袋化肥。我站在小灵面前十分尴尬地说了情况，企求他的谅解，小灵起初是不相信的目光，最后变成了失望，甚至责备。

小灵回去后，大哥怒气冲冲地赶了来，我真怕他给我一个耳光。我忙倒水，他说他不渴；我问他吃了吗，他说不饿；叫他抽烟，他说戒了。我手足无措时，大哥的面色平和了下来。

大哥说："乡亲们都瞅着咱们呢，能弄上半车吗？"语气中竟带着企求。

我忽然不知怎么解释，竟然泪水流了下来。

大哥说："我这不是逼你，你在城里，认识的人总比我多吧？你再试试看。"

这回我摊上了，买了几条烟几瓶酒，东跑西颠，四处求爷爷告奶奶，熟人后面的熟人串了一大堆，结果几乎仍是零——只弄了三袋化肥票。我无可奈何地把它交给了大哥，大哥无可奈何地把化肥票装好，又在无可奈何中上了路。我对大哥说："大哥，我对不住大家。"

大哥说："你尽心了，你只有这本事。"

我惭愧得无地自容，但又觉得委屈。乡亲们，我到底能为你们做些什么呢？往后，村子里再没找我干过什么。

在苦闷的日子里，我走出单位的大院，走上了繁华热闹的大街。苦闷使我认识了一个忧郁的女孩儿，交往一段时间，她终于答应，愿意做我的妻子。和她在一起的日子，我充实愉快，但我不敢忘却大哥，于是，我常在她面前提及大哥以及村子，大哥对我全力以赴的关心支持和乡亲们的鼓励使她颇受感动。

她见过大哥一次，那是在我们结婚的时候。一般来说，家里的人应该出现在婚礼上，我没别的亲人，只有大哥，因此，即使大哥不来，我也要把他请来。于是，我给大哥写了封信，我原以为我得罪了大哥，他不会来，没想到大哥接信后兴冲冲来了，还给我们买了条方格床单。这已经叫大哥破费了，我想。大哥说：“再没有啥实用的，就买了这个。”又说，“你一结婚，我也没啥操心的了。”

看来，我的婚事很令大哥操劳，大哥心中还是有我的。不止大哥，还有乡亲们都在关怀着一个背叛家乡的人。大哥给我带来了床单，带来了他的心；乡亲们也送给我一个小红包，里面全是他们凑的零钱，那个红纸包里面写满了乡亲的姓名。钱不多，可我觉得乡亲们的情意，最大的容器也难以盛下。

其实，我心里想着家乡，我怕他们拒绝我。我向大哥问过村里的事，问过小灵（他贷款买了台粉碎机，生意不错），把话题扯到了家。我犹豫了一下，问大哥：“嫂子她……”

大哥说：“不成，治不了，她想得开，我也就想得开。”

我还是叹了口气。大哥听我一声叹息，责怪我说：“叹啥气？这用得着你分心？将来咱抱养一个还不是把咱叫爹，还不是孝顺？”

我的婚礼简单得和城里的水平不能相提并论。房子是临时租的，没有多少陈设，根本谈不上豪华气派，接新娘的车是单位的双排座。举行婚礼的地方是在饭店，参加婚礼的外人仅同事二三十而已。酒席仅四桌，每桌没超过一百五十元。我这是量力而行，也几乎倾我所有，当然我很惭愧。大哥眼中充满兴奋，他回去后，可以向乡亲们吹上一通，让大家心中涌出一阵羡慕。

也就在这简单的婚礼上，大哥弄下了乱子，这个乱子给我的将来埋下了很坏的伏笔。

大概是杨所长酒喝得太多，也大概是城里人的习俗，他硬要叫大哥和我对象挤在一起给他斟酒。新娘子不情愿地往一边躲，大哥红着脸难堪地笑着往另一边躲，同事们则兴致很高地看热闹起哄。最后同事们围过来推搡他俩，大哥的脸色显得很不好。家乡有闹公公的习俗，但那是善意的，绝不把大伯子和弟媳妇往一块儿拉，因为几千年的习俗告诉大家，这两者之间要有距离，是生活道德的一部分。现在，同事们及杨所长的行径令大哥生气，他觉得这是对他自己，也是对新娘子和我的不尊重，甚至是侮辱。

我大哥红着脸说："所长，这不行。"

所长说："什么不行？我看干什么都行。"

所长的话引来哄堂大笑，大哥的脸更红了。大哥说："所长，还是算了吧？我办不到。"

所长说："你真的不吗？那我就离席了。"

大哥没说话，但也不照办。所长没离席，不吃不喝了。杨所长向我招手，说："你这兄长是从森林里刚走出来的吧？"

我不好惹任何人生气。我劝大哥说："大哥，你看，咱就照办了吧？"

大哥口里哼了一声，走了出去。杨所长见我大哥走了，气呼呼地说："什么事这么了不得！"也站起来往外走。

我过去拦所长，所长推了我一把，走了。他这一走，同事们也挪开椅子走了。我看见新娘子脸滚下两行泪水。

对这事，我还是倾向大哥的，不过大哥心里可能产生了误解，认为我到城里工作没几年，就学会了城里的一套，不像话。我有必要向他解释一下。我跑出去追上大哥时，他已经坐在了回家乡的公共汽车上，脸上的气愤仍然没消。我走过去，他扭开了头。

我说："大哥，他是我的领导，你就不能忍一忍吗？"

大哥说："领导这么没水平，我能忍吗？领导就更得讲文明讲规矩。他呢，简直是糟蹋咱乡下人。你怕他，我怕他做啥？"

我无话可说。过了一会儿我才说："今天是喜事，却弄成这样，唉。"

大哥说："今儿对不住你们两口子，一辈子也对不住，你给她说说，原谅我。"

我说："那你下车跟我回去吧？"

大哥说："不了，我咋好见她呢？这城里我实在适应不了呀。"

车要走了，大哥执意不去我住处，我也没有办法，只好由他去了。

大哥走后，杨所长开始在我的工作上百般挑剔，到处找毛病。

我花了三年时间，付出了巨大艰辛，写了篇题为《黄土高原沙土地种植小麦保产初探》的专业论文。为了改善与杨所长的关系，我把它毕恭毕敬地送到所长室，请他帮助修改一下。杨所长爽快地答应了，我松了口气。

半个月后，我去问杨所长论文改得怎么样了，杨所长说他才看了三分之一，叫我不要急，还说写得不错。我高兴地走出所长室，觉得我和他之间的关系总算不太紧张了。

四个月后，邮电局送来了我们所订的杂志，这是专业性很强的国家级农技杂志。我翻到目录一看，惊呆了，我的那篇论文竟在其中。看看内容，天哪，除了作者署名不是我，其他的全部是我的。而现在所署的名，正是我们的杨所长。

我怒了，可以说是气急败坏。我冲到所长室，他不在；我又跑到办公室，他正在向同事们炫耀他的"成果"，眉飞色舞地得意一番后又叹息他为该文所付出的心血。在同事们羡慕的赞美声中，他站起来准备回所长室时，我挡在了他的面前。我说："可耻，你！"

同事们惊呆了，不解也不安地看我。杨所长躲着我的目光，说："你要干什么，干什么？"

我说："杨所长，你可耻到把别人的文章拿出去署上你的名字发表，我要你给杂志写信更正，听明白了吗？"

同事们张大了嘴。

杨所长笑了一下，说："笑话，简直是天大的笑话，我堂堂一个所长，难道弄不出一篇论文？难道要拿别人的蛋说是自己下的？你大概是疯了吧？"

"疯了的是你，不是我！"

杨所长摊开手说："我花了半生精力才弄出这么篇文章，问问大家，谁说不是这样？”

同事们议论纷纷，最后对着我笑了起来，笑声越来越大，且夹杂着讽刺我的话，大致意思是我想写文章又没那本事，看所长发表篇论文，眼馋了，鬼迷心窍了，硬说那是自己的孩子。我无法解释，强忍着让泪水不要流出，艰难地回到自己的房中。

冷静下来后，我决定给杂志社写封信，说明其中的曲直。我想过，要澄清这件事的是是非非很不容易，但信还是要写，因为这篇论文的价值非一般性文章所能及，不然怎能刊发在国家级的专业杂志上呢？

这封信还没写成，所里决定让我去乡下农科站工作。这个站正在我的家乡。

汽车奔驰在去家乡的路上，在一个叫珍珠林的地方，车速慢了下来，有许多旅客抬起屁股伸长脖子朝这个山弯里的一片葱绿看去。我不止一次地看过，也从没有厌烦过它，它确实是美的，就在起伏绵延的黄土山弯里，奇迹般地露出了些许石头，流出几缕山溪，长出一片紫荆树。它叫珍珠林，也确实像一颗珍珠镶嵌在黄土山脉上，看到它，就像看到了希望。可这回，我实在没心思看它。再有一个小时，车就到站了——我曾经在大哥大嫂面前说过，我若要回来，一定是衣锦还乡，一定要给大家争个光。可现在，唉，算得上是惨败而归。这一身沮丧，给谁说，怎么见他们？

我知道，在我重新分配工作后，大哥到山上的坟地里，足足跪了半个小时。山风吹起他的头发，卷起他的衣角，他的头一会儿昂起，一会儿低下，眼中弥漫着泪水，他在诉说些什么？大哥在说，我终于争了光，这个光还要继续争，要我在外面把事业干大，回家时衣锦还乡，坐着小轿车回家。所以，这些年来，我从没回过家，大哥也从不叫我回家乡看看。可我，现在凭什么回家？只是告别了泪水涟涟的妻子及刚牙牙学语的孩子，带着被窝卷儿和一肚子的屈辱回家乡啊。何况我在化肥这事上有愧于家乡。

车到站后，我最后一个下车。站在街上，我犹豫不决：是去站上报到，还是回家？想了好久好久，我决定到站上去——我无颜见家乡父老。

在农科站，我一待就是半个月。我没有下乡，也没有上街——我怕碰上任何认识的人。但还是碰上小灵了。那天我站在农科站的院子里和站长说话，小灵从大门走了进来，向站长请教什么问题，他看见了我，我也看见了他。他不相信他看见的是我，我则赶紧溜回了房。我心中希冀，但愿小灵认为是自己看花了眼，认错了人。

第二天一早，我还睡着，听见有人在院子里大声嚷嚷，又听见他们跟站长说些什么。过了一会儿，他们敲我的门，站长喊着我的名字叫我快起来。我开了门，拥进来的是大哥、小灵以及村子里的其他人。站长说："他们叫你回去呢，你就去吧。"

我不安地搓着手，不知说什么合适，他们则在兴奋地说这说那。

大哥说："你看你，都半个月了，也不回来。"

小灵说："你这是见外了吧？"

大哥说："咱们还真想叫你回来呢，这几年地里太需要你这样的科技人才了。"

其他人说些什么，我没听清。我眼中满是泪水，只想扑到他们怀中大哭一场。

家乡没有拒绝她的儿子。踏上回家的路，我心中充实。回家乡的路很短很短。

（原载于《青春》1997 年第 2 期）

村　事

村子里出了两件事儿。

一件是不希家后山上的树被人偷伐了，另一件是老蔫被人打了。

村主任正贤是从镇上回来后才知道这些事儿的。天傍黑进了门，媳妇玉凤没告诉他村子里的事儿，只把做好的面条端了来。正贤实在饿了，不管烫不烫就往肚子里灌。就在这时不希撞了进来。他扳着指头算时间等正贤回来。

正贤让饭给不希，不希把头摇得快要掉下来，神情沮丧地说：“主任，你可要做主，这日子该咋过呢?”

正贤看一眼炕沿儿，示意他坐下，说：“啥事儿，这么急?”

不希坐在炕沿上，一说话又站了起来：“主任啊，我后山上的几十棵白杨树叫贼娃子剁光了。”不希两手拢一起做了个动作，“这么粗了，能当椽了。”

正贤放下饭碗：“有这事儿?”惹得玉凤把不希瞪了好几眼。

不希说：“啥事不出呀!”泪花儿在眼里打转转。不希是老光棍儿，一个人守着一间破房，本指望这几十棵树翻修呢。

玉凤仍瞪不希，不希只好走人。他边走边回过头说：“为我做主啊!”鼻音很重。

饭是吃不成了。正贤穿了鞋，样子像要出去。玉凤见他没吃上多少饭，心中有气：全怪不希这老光棍儿。她没好气儿地对正贤说：“还有好事啊，老蔫叫人打了。快麻利些去，迟了就出人命了。”把碗筷弄得叮当响。

正贤本打算去找会计，人家也算是个头儿呢，有事应跟他通气商量才是，叫媳妇一说，觉得还是先去老蔫家合适，于是就去老蔫家了。天擦黑，西边的山上还有一抹灰白，东边的天上几颗星星探头探脑，这时家家吃了饭，正打开收音机听秦腔，满村子都是《铡美案》。

老蔫家还没闩门。正贤进去后听见老蔫的婆娘仍怒气不息，叫骂声从屋里传出来。

老蔫的婆娘一看是村主任，精神大振，指着躺在炕上的老蔫说："看他成啥样子了？你官大官小还算个官，你说还有王法吗？"

正贤一看，哟，老蔫眼窝青着，脸也青着，鼻子肿着，嘴也肿着，还渗血豆豆。不忍往仔细看，说："咋弄成这个样子？快去叫人包包。"

老蔫的婆娘说："就是等你先瞧瞧。"说完才去找人。

"不像话。"正贤甩着手说。

从老蔫家出来，天上的星星已经很稠，都朝正贤挤眉弄眼。正贤决定去会计家，一来商量这些事，二来说一说镇上的会议精神。会计家在村西头，路虽拐弯抹角，但他走熟了。路上可以听见零星的狗叫声。

会计也没睡，隔着院门能听见收音机里的秦腔。正贤把门拍了几下，屋里出来一个人，是会计的婆娘。会计的婆娘隔着门问是谁。正贤说把门开一下。会计的婆娘说："等一阵子，刚睡下又起来，还没系上纽子。"又返回屋里去。

开了门，进了屋，会计不在。正贤坐炕边儿上问："会计呢？"

会计的婆娘说："噢，他呀，娃舅家修房，帮忙去了。"

正贤瞧瞧，摆在炕头上的木烟匣子上搁着半截子旱烟头，还在冒青烟，就说："有事要商量呢。"

会计的婆娘过去揉灭烟头，说："风吹肚子胀，我抽根烟消消气。"

又等了一会儿，不见会计的面，知道这两口子耍滑头。快夜里十一点了，会计的婆娘说："正贤你是想在我家过夜？"

正贤只好走人，边走边说："想啊。"

会计的婆娘说："你家玉凤要你命哩。"

正贤背着手回去，发现大门被玉凤闩死了。推了几下，喊了几声，不起作用，知道玉凤仍生一顿饭的气，只好靠着门蹲下。他迷迷糊糊地睡着了，门突然开了，正贤冷不防朝后滚了进去，只听见玉凤说："我以为你不回来了。"

夜里没睡好，正贤天亮前才入睡，所以起来得迟。昨天镇上开会时，他碰见了几个熟悉的村主任，说如今的村主任难当，那时候有看山的、管仓的，各负其责，人们忙得喘不过气，谁有心思花力气干坏事？如今不行，人都吃饱了，闲时间多了，就有些人专门想法子干坏事，连法都不顾了。正贤想，干坏事是有，可未必无法无天。这不，才回来就出了事。

考虑了一下，正贤觉得应该开个会，把镇上的会议精神传达传达，顺便解决一下这打人的事，便打开扩音机旋钮儿。这玩意儿生产队的老队长常用，移交下来一直搁着，钮儿打开了，却没声音；拍一下，仍没动静。那就还是老办法吧，站在村头两个巴掌拢住嘴喊。

群众的反应灵敏，热情也高，没半个钟头人就来齐了，男人凑一块儿尝谁的旱烟好，女的凑一块儿纳鞋底儿。

正贤先讲会议精神：镇上的水土保持工作被上面给了个黄牌牌，这回动了真格的，该整治的，一分地也不放过；上面还提出教育立县、科技兴农，准备开办夜校，号召大家多学习科技知识，脱贫致富奔小康。

会议精神传达完，才是伤脑筋的事。正贤看一眼人群说："大虎子，你爸到会了吗？"

大虎子说："一家一个人，我家还来了二虎呢。"

正贤有些恼，转念一想：众人场合，村主任要有个村主任的样子，这是修养问题，就不跟他计较了。再说，这打人的事处理好了，你好我好他好大家都好；如果弄不好，就难下台了。他镇静了一下说："说说咱村的事儿。我想着，都乡里乡亲的，低头不见抬头见，不要为鸡毛蒜皮的事儿伤了和气。咱们村的风气以前还不错嘛，往后，各家把各家的鸡狗猪圈牢些。"

"至于前天打人的事，应该尽快解决。老蔫家的猪拱了麦禾是不对的，但动手打人更是不对的。既然已经发生了，咱也不说啥了，我看大虎给老蔫道个歉，给点儿药费行了，都乡里乡亲的。”语气尽量委婉些。

大虎要说话，二虎一旁拦住。大虎骂二虎胆儿小没出息，站起来对正贤说：“一碗水要端平，我家的麦子少打粮食了谁赔？你赔？”

正贤说：“猪叫你打完了，扯平。”

大虎说：“说得比唱得好听，想让我赔药费，没指望。”

正贤说：“你咋能说这话，这是决定。”

大虎说：“啥决定不决定的，比你大的官儿咱见过，别端着个架子吓人。”

正贤咽下一口气，说：“你咋说这话。”

大虎说：“话该咋说？你能，你把我法办了!”

正贤气上来了，修养也没了，挥着手说：“就是要法办你。”

会就这么散了，只剩下不多的几个人。正贤气得打转转，心想大虎真的是无法无天。看见老蔫的婆娘过来，算是找到了出气的地方：“你咋不把猪圈牢?”

老蔫婆娘说：“猪又不是人，它不听话，我有啥办法？都看见了，你也就这本事。”

正好不希也拧着脖子快要哭了：“没指望了。”

开会受了气，没想到回家就看见玉凤收拾了东西要回娘家，她泪流满面地说，跟正贤受窝囊气，日子没过头了。正贤沉默了一会儿，见情势不妙，就向玉凤求饶。玉凤把包一甩，坐在炕沿上直发愣。

那年选村主任，村子里异口同声喊正贤的名字。当了村主任，正贤高兴，可玉凤泼凉水，说：“锅盖揭早了大气就跑了，看啥时候给你好果子吃。”那些年主要任务不就是交公粮、计划生育？人民群众的一般常识和自觉性还是有的，没拉过后腿。现在政策越来越好了，该免的全免了，可人心却不一样了。去年玉凤回娘家，回来说娘家村的村主任得罪了人，被打了一顿，她劝正贤别干了。现在的人管轻了啥事不顶还恨你，管重了麻烦就来了。正贤没听。现在玉凤生气有她的理由。

正贤说："不要生气了，得罪人的事总得有人干嘛。"

玉凤说："村子里没别人了？非你干不成？"

正贤说："行，这一届下来，就不干了。"

玉凤说："要不干，现在就不干。"

正贤说："如今碌碡推到半山上了，能松手吗？我不干，别人骂我不要紧，连你也沾包。"

中午胡乱吃了些饭，他又产生了一个想法：借宣传会议精神挨户转转，借机侦察一下树木被盗的情况。

进这家出那家，大家见村主任来，很热情，叫上炕，递卷烟，还要做饭。正贤一挥手："算了，随便转转。"他去人家院里瞧，两只眼睛很忙，也没瞧出啥名堂。关于今天开砸的会，大家不提，正贤也不好意思提。

不希家，本不想去，可到了门口抬腿就进去了。也巧，不希一个人正炒鸡蛋吃。

正贤说："不希，你生活水平好哇。"不希让正贤坐下，取了一瓶没标签的酒，问："喝几口？"

正贤说："你咋舍得啊？"

不希说："穷舍命，富抽筋。我巴结你呢。"

正贤笑了笑。一个下午和不希喝酒，喝多了也就没再去挨家挨户转。摇摆着回去的路上，走过大虎的家门，正贤咬着舌根说："我要法办你。"

美美地睡了一觉，起来，天已大亮。正贤洗了脸，又刮了刮胡子，看收拾的样子像要出门。吃了几口干馍，喝了一杯开水，提个包儿就走。玉凤问："又开会去？"

正贤说："不是。谁问我干啥去了，告诉他们，我去派出所了。"走出门，又折回来，"赶天黑就回来。"

待正贤走后，玉凤收拾了零碎家务，也出去了。村子里有个坪台，从来人很多，是个消磨时间的去处，也是各路消息发布的地方。玉凤常去那儿，正贤拦劝了几回，说那地方易惹是生非，玉凤便不常去了。时间长了不去，玉凤心里想得慌，再说，这回正贤去派出所，得罪人的事也有人管了。

玉凤一到，就有人大惊小怪："哟，主任娘子啊。你一直躲着不出来，怕被风吹了？今儿出来，就不怕风蜇了你？"

玉凤一笑："掌柜的不在，坐不住。"

"哟，主任不在，这就想了？他上哪儿去了？"

玉凤说："他呀，不晓得天有多高，地有多厚，净操闲心，这不，天一亮就急火火地去派出所了。"

"去派出所干啥呀？"

"这我就说不上了。我抱怨过，叫他少管闲事，犯了法有国家管，他不听。"

女人说话从来就是天才。也没人再往下问，互相拿眼睛瞅，便在目光相撞中闪射出很多意思来。心领神会了也没人点破，又说了一会儿话，眼看要到中午，饭要做，猪要喂，人们陆陆续续回去了。

天还没黑正贤就回来了，吃了饭，也不急着出去，在院子里转转，还哼秦腔，样子显得很悠闲。玉凤也高兴，心想：也真是的，一个村主任有多大权？管那么多事，还得罪人受闲气，人也急得猴上树，派出所一去，问题不都解决了？

广播报晚上八点时，有人走进家门，挺大方地朝炕上一坐，正贤也不招呼。

那人说："正贤，我给娃舅家帮忙才回来，听说村里出了事，也听说你去派出所了。这么多事叫你一个人承担，难为你了。"

正贤不太领情，说："没啥，不就得罪个人吗？人还是要人得罪啊。"

"事情咋个路数，所长咋说？"

正贤说："所长说了，县上正开社会治安综合治理会，过几天派人下来立案查办，弄不好还会逮人。"

"事情闹大了也好，就得抓一抓。"

正贤说："闹太大了也不好，都乡里乡亲的，伤感情。不过，事情还有余地，如果把事情提前解决了，不就完了？"

会计点头称是，和正贤一块儿又说了些水土保持、科技兴农方面的事，就走了。

第二天正贤仍不露面，外面的传说花样翻新：正贤稳坐钓鱼台，有人撑腰当然坐家里不出来；正贤这事一完，肯定不当村主任了；派出所要抓人，还要挨家挨户查找树的下落。噫，不做亏心事不怕鬼叫门。

正贤和玉凤说些婚前说过的话，又帮玉凤提水喂猪扫院子，玉凤说这才像个过日子的人。其实正贤不轻松，那两件事到底是啥结果还是天知道呢。

天黑，大虎爸摸了来，一进门就给正贤敬烟。大虎爸像有话不好开口。正贤猜了个八九不离十，口里不言喘，只顾给大虎爸倒水。

吞吐半天，大虎爸说："唉，我养下了二货。"顿一下，"那天我不在，他弟兄就把人打了。"

正贤接上说："会上的态度也不好。"

大虎爸说："正贤你是村主任，大人不计小人过，就别挂心上了。"

正贤说："我计较个啥呀。"

大虎爸再说不出什么话了，没话说坐着也别扭，就要走，走时叫正贤无论如何到家里来一趟。正贤说："去干啥呀？"大虎爸说："去把两个二货收拾一顿。"正贤就跟着去了。

到了大虎家，大虎二虎没有以前那样盛气凌人，木桩似的站地上不说话。正贤坐炕沿上也不说话，多少拿了一点儿架子。大虎爸挺为难，说："唉，我家这两个二货，我也管不了了。"

大虎爸又说："请主任来，想叫你出面代我给老蔫两口子赔个不是，再赔上二十块钱。"

正贤还想牛一下，又转念一想，还是见好就收吧，于是就说："早这样不就完了。"

大虎爸看看正贤的神色，又说："还有一件事羞死人了。我家这两个娃长大了没钱娶媳妇，净干傻事，你看看，把后山上的树也剁了。我说了，国家迟早会管，这两个二货就是不听。叫他们认错，怕丢脸，唉，把我个大人推在前头丢人现眼。”

正贤一愣，心说：嘿，偷树的也是他们呀。他静了一下神说：“两件事合起来可不得了，犯了大法。”

大虎二虎的脸红得不像样子，大虎爸连说：“是这样，是这样。”

正贤说：“这样吧，这事早处理了有好处，上头来人了我说话。看在乡里乡亲的面子上，以后得注意点儿。”

大虎爸一脸感激，快要哭了，数落儿子说：“瞧瞧，多亏人家，你们两个啥时能学好！”

正贤说：“不要难为人了。今晚咱把这事处理停当算了。”

之后正贤和大虎爸去了老蔫家。老蔫的婆娘给大虎爸的脸色很难看。正贤说人家来道歉呢，老蔫婆娘的脸色这才温和了下来。大虎爸为两个儿子痛心疾首了一阵子，又给老蔫两口子说了一堆软话，之后又掏出二十元钱给老蔫。老蔫的婆娘说：“算了，都是乡亲，认个错就行了。”

正贤说：“就收十元算了。”大虎爸颤抖着手把另一张十元收了回去，嘴里骂着儿子不成器。

从老蔫家出来，大虎爸回去了，正贤又去了不希家。不希正拉了一伙儿人在家里掀牛九玩儿扑克，正贤进去给骂散伙了。不希从锅里盛出一杯水，给正贤，正贤明白锅里的砖茶水是准备开夜车打牌消耗用的，就说：“不希，像你这个熊样子，胡子白了也没个女人跟你过。”

不希嘿嘿一笑。

正贤又骂了几句，转到正题上，告诉不希树的事有影儿了，高兴得不希想跪下给正贤磕几个头。正贤叮嘱说：“不希，树扛回来攒着修房，别变成钱花掉。还有，这事千万不要张扬出去。大家都要生活，弄脏了名声可不好。”

不希一个劲儿地点头：“记住下了，记住下了。”

正贤把不希领到大虎家门口，不希一愣，收住腿说：“这敢往回扛吗？”正贤说不敢就算了。不希这才壮着胆子跟着正贤进了大虎家。

夜里十一点，估计村子里的人都睡了，正贤和不希便一起分几回把树从大虎家后院里扛到了不希家。干完时间也不早了，各自回家睡觉。回家的路上，正贤听见身后有人声，站住问是谁。过了一会儿，不希肩上扛着根椽吭哧吭哧地凑上来。正贤问："干啥去？"

不希说："亏你想办法找回来，我再没啥值钱的，这根椽送你。"

正贤说："我拿你根椽有啥用？既昧良心，又占地方。"

不希说："心意嘛，心意嘛。"

正贤没说什么，只管往回走，不希跟在后头。

玉凤一直担心正贤吃了大亏，没有睡。正贤回来，看了看，没伤，她才放了心。看见不希扛着椽站在灯影里，她问这是怎么回事，不希把要如何如何感谢村主任的话重复了一遍。玉凤一听，挪过椽，为不希又是让座又是倒水，很是热情了一番。不希临走时，她对不希说："有空儿来吃饭啊。"

睡下后玉凤问正贤："派出所来了人，这事情又该咋办，还逮人？"

正贤说："那天我到派出所坐了一会儿，没提这些事。"说着推了一把玉凤，"这叫计策。"可玉凤早睡着了。

都睡着了，正贤听见有人敲门喊："又出事儿了。"醒来问玉凤，玉凤说没听见。仔细一想，原来是个梦。

（原载于《飞天》1993 年第 8 期）

窗　口

田鑫送完货，骗腿骑上三轮车时，习惯性地抬了一下头，又看到那位老人趴在五楼阳台的窗口，一动不动。阳光滑过玻璃，没有一点儿杂色，老人的脸庞更显苍白。

他发动三轮车，往前缓缓移动了几米，回头透过街道一侧婆娑的树影再看。老人似乎晃动了一下，是微微抬了一下右手。

这是一个叫作“永福嘉苑”的住宅小区，伸到小区深处的巷子叫作永福巷。永福嘉苑住宅小区的楼房建于二十世纪八十年代初期，共五层，外观像盒子一样千篇一律。那时候，小区没有名字，但巷子基本成形，左右两侧的住宅楼按所属单位名称称呼，什么毛纺厂楼、制板厂楼、火柴厂楼、机械厂楼，前前后后三十多幢。进入新世纪，临近小区的街道拓宽，巷子也进行了整修。依照人们多年对巷子称呼的习惯，这个小区就被命名为“永福嘉苑”。

差不多与出租车司机一样，田鑫进城三四年时间里几乎跑遍了城里所有的街巷，并且能一口说得出每个街巷和住宅小区的名称。他就像一只从城市上空掠过的麻雀，听过方言与普通话混杂的且激烈与温和难辨的言辞，也见过形形色色的人。老人，孤独的老人、病态的老人、举止言行莫名其妙的老人，哪个小区没有几个！对他来说，这一点儿也不奇怪。

和往常一样，田鑫没有在巷子口停留过久，因为还有许多商品需要配送。

远在城郊的物流公司，来自四面八方的物件占满了三个大仓库。遇到传统节日和外国洋节以及商家以营利为目的搞店庆，商品量就会急剧增加。不管怎样，田鑫和他的同事们一样，起得和备战中高考的学生一样早，披着星辰到岗，又与最后一班环卫工一样，伴着路灯昏暗的橘光收工。

大约下午三时，他送完了一车货物，驶出了永福巷。三轮车在巷子口放慢了速度，靠着马路牙子停了下来，正好正对着那栋楼。田鑫自己也说不清理由，他抬了下头，依旧看到那位老人趴在窗口朝外张望。这回，田鑫看清楚了，老人招了一下手，又招了一下手。田鑫无法判断老人朝谁招手，街道上的人实在太多了；但又感觉她在朝他招手，便不由自主地抬起右手，也朝老人摇了摇。

老人竟然回应了一下。田鑫看不清她的表情，但开始确信老人是在向他招手。田鑫想到，可能是老人需要什么帮助。街道上的行人不止他一个，为什么单单向他招手？他也没有多想，掉转三轮车，又折进了巷子。他知道，老人所在这栋楼是毛纺厂楼，按照老人的位置，应该在临街的二单元。田鑫把三轮车骑进小区，停好，朝楼上奔去。

田鑫没有犹豫，就拍响了屋门。门镜的光线一暗，门朝里拉开了一条尺把宽的缝隙。一股厨房常有的油烟味儿窜出后，田鑫看到一位个子矮小、身体佝偻的老太太站在门缝隙间，局促不安地看着他。田鑫判断，老太太应该过了八十岁吧。

田鑫本以为老人被反锁在了屋里，看到门能顺利打开，突然觉得自己有些鲁莽。他说："我看您在窗台上招手哩，以为您有事，就上来了。"他看到老人的嘴角翘了一下，有些微笑的意思。

老人又将门缝拉得更大一些，朝后退了一下，意思是让田鑫进屋。田鑫想跨入时，又犹豫了起来。他看到立在门口的一张简易柜子下方摆放着的几双拖鞋后，又迅速扫视了一下客厅。客厅正如他所想，不像有钱人家那样宽敞并且装修讲究，基本还是原来的面貌，墙体可能好几年没有粉刷过了，有些发灰发黄，也没有挂什么画作书法作品一类。倒是地板擦拭得干干净净，泛着浸过水一样的光泽。

见他不进屋，老人从门口的柜子上端过来一杯凉开水，递给田鑫。田鑫赶紧点头表示感谢，接过水，一饮而尽。他把杯子还过去时，看见了门一侧的电视机。电视机是老式的那种，文物一样十分安静地蹲在那里，就顺口说："怎么没有看电视呢？"

老人说："省电。"说着话，朝门口的简易柜子上看了一眼，脸上流露出一种复杂的神情。

田鑫顺着老人的目光看过去，看到一个半尺见方的照片立在柜子上，照片的背景是城区标志性建筑，一对中年男女的前面站着一男一女两个孩子。上面的边缘处打印着日期：2010 年 10 月 1 日。田鑫立即想到这应该是老人的晚辈们，说："怎么没有您？"

老人眼皮耷拉了下来，说："儿子的全家福。"

田鑫的手机响了起来。他对老人说："谢谢您的开水。我得走了。"

在老人失望的目光里，田鑫好像做错了事一样，小跑着下了楼。快到三楼时，他听见那扇门合上的声音，仿佛关闭了一个世界通往另一个世界的通道。

太阳的光线不遗余力地洒向大地。一路上，田鑫喝下去的凉开水变成汗液，从后脖梗上沁了出来。他觉得，从告别老人那一刻起，自己好像忘记了什么重要的事情。仔细梳理一遍，才明白自己过快地忘记了那张照片中的一对夫妇。

其实，当看到照片时，他确信那一对夫妻不仅见过，并且还有过短暂的交往。

田鑫的家在关山深处，穷。早些年跟着村里的打工队伍，远跑七八百公里，甚至千把公里，上内蒙古、下四川，几乎一年三百六十五天都奔波在外。他的奶奶虽然年纪大了，但耳聪目明，头脑活络，在村里串门时听人们议论，这几年在外打工不容易，安全事故不断，有残疾了的，更有把命送了的。老奶奶回家后，找了一个合适得不能辩驳的事由，对田鑫的父母说："鑫娃到找对象成家立业的年龄了，一定要回来，哪怕挣钱不多，也不能跑得太远。"田鑫的父亲一直顺着自己的老母亲，就一个电话把田鑫喊了回来。

在家闲坐了两个月，田鑫又想出门。经过大家商讨，还是到距家一百多公里的城里最让人踏实。打好背包出门到城里找工作时，田鑫向奶奶保证，听奶奶的话，好好工作，团结同事，努力攒钱，安全回家。

田鑫到物流公司，除了有一膀子力气，别说城区环境，就连工作都很不熟悉。有一位长田鑫二十多岁的大个子，也是跑配送的，对他十分热情，主动找他交谈，讲公司培训之外的注意事项和人情世故，还从怀里宝贝似的扯出一张城区地图，一个街道一个街道地比画。这人叫杨壮壮，好像还上过什么工业机械大学。田鑫觉得能遇到杨壮壮这样的城里人也是缘分，加上心存感激，也因为杨壮壮年龄和父亲差不多，田鑫就把他叫“杨叔叔”。

几天后，杨壮壮神秘地私下邀请几位同事去参加一个营销活动，田鑫一门心思在干好自己的工作上，想多送几批货物，多挣几个钱，本来不想去，可又担心杨叔会不高兴，就随大家趁工作的间隙一起去了。

活动地点在东城区广场，拱形充气门两侧挂了两个悬浮的气球，扯着两幅宣传保险的广告语；一侧搭建的台子上，两三位女子对着麦克风嚷个不停；另一侧的长条桌上，摆放了花花绿绿的宣传单。田鑫听清楚了，是一家保险公司推销新险种，凡现场办理保险者均赠送礼品，还可以把手伸进一个红色的大箱子，摸出价值不等的“金元宝”。参加活动的大多是老年人和活动组织者通过多种渠道请来的朋友和熟人，咨询情况的不少，现场办理的不多。当有人摸出乒乓球大的“金元宝”时，舞台上的女子立即发出惊喜的喊叫声，围观的人群便骚动起来，大部分的人拥向业务受理台。

不知道什么时候，杨壮壮陪着一个手里拿了一沓资料的中年女人走到了同事中间。女人长得结实，大脸，披肩发，戴了副近视镜，穿着常见的蓝色西服。杨壮壮向大家介绍说：“我家内掌柜，保险公司的。跟大家见个面，互相认识一下。”她可能是出于职业习惯，显得很大方，挨个儿握手，还给每人发了一张名片。田鑫如果没有记错，她好像是一个分部的经理，应该叫刘小洋吧。

刘小洋拉家常一样询问每个人的家庭人口情况和年龄，然后热情地介绍资料中的险种，分享办理保险的种种好处。几位同事听了她的介绍，有的答应办，有的和田鑫一样，卷了几张资料，说回去仔细看看，征求一下家里的意见。刘小洋说："不急不急，好事多磨。如果需要，一个电话，我会上门办理的。"

其他同事办还是没有办保险，田鑫不太清楚，反正自己是没有办理，主要是手头缺钱。后来，这些资料不知被他扔什么地方了，而不久后杨壮壮离开了公司。听大家说，另一家物流公司在城区开办了分部，需要熟悉业务和城区环境的人员，工薪待遇高出二三百，杨壮壮就毅然辞职而去，顺利被那家公司聘用。

往后，大家就再没有见过面。小城不大，不排除再次撞见的可能，但大家都在奔忙，即便擦肩而过，谁又会留意到谁呢！

田鑫回想起这些事情的时候，杨壮壮其实也在奔忙的路上。

杨壮壮所应聘的那家公司，从整个行业看，也算是新手上路。城区的分部，只有两间房子，虽然临街，但人手很少，除了女老板守着一台电脑，只有他一个员工。尽管工薪多一些，可工作量远远超过了以前；如遇购物、配送高峰，女老板的丈夫也会抽空跑跑一些片区。

自他辞职后，为奔着钱跑，他的妻子刘小洋也改行了。前年，刘小洋看着做直销的姐妹似乎来钱快，加上自己有跑客户的经验和客户基础，就辞职跟着朋友做直销。一年下来，她又发觉所有的行业都不是想象的那么容易，直销的客户不稳定，生意时有时无，还招来一些客户的抱怨。思前想后，她又折回去干起了保险行当。

刘小洋上下班时间相对固定，除了双休日，一天八个小时，晚上六点下班，路上磨磨蹭蹭，也能六时三十分到家。而杨壮壮不仅没有双休日，还得按时上班，中午和下午收工回家则没个准，晚上顶着路灯光回家是常事。但这天，杨壮壮竟然收工比平日早一些，刘小洋进门不久，他也赶回了家。

杨壮壮上楼，开动门锁的声音惊动了刘小洋，她从厨房里探出头来，见是杨壮壮，就问："今天回来这么早?"

杨壮壮拿过门口柜子上的凉水壶，感觉比往日轻了许多，也没有在意，倒了一杯，回答道："说是开什么大会，要求一些物流公司暂停营业。货少。"看见老母亲趴在阳台窗口，又说："妈，你是不是经常趴那里呀?累了就坐沙发上歇歇。"

老母亲转过头，杨壮壮惊讶地看到她的脸上比平时多了些愉快。老母亲几乎每天二十四小时足不出户，活动范围也只不过是从卧室到客厅这样一个狭小的空间，能遇到什么心情愉快的事呢？杨壮壮还没有过多地去想，就见母亲朝他招了下手。

杨壮壮满腹狐疑地走了过去，母亲又示意他把耳朵凑过来。老母亲对着他的耳朵低声分享着她的喜悦："家里来人了。"

杨壮壮像遇见炸弹似的，一下子收回了脑袋。他正想发作责备母亲，转念又想：来人如果是社区工作人员呢？就低声问："谁？社区的？房子要拆迁?"

其实，永福嘉苑的大多数住户都盼着拆迁。早在三年前，小区就列入棚户区改造范围了。那时节，巷子里贴满了宣传单和告示，动员住户们做好搬迁的准备，并且，社区上门登记信息和核对信息的工作人员至少来过三拨。

这里的房子太老旧了。最大的套房加上公摊面积，不会超过七十平方米，最小的仅四十平方米。大多数住户对于棚改还是抱欢迎态度的，这关键在于政府统一给出的一比一点五的补偿政策。试想，能住上宽敞明亮、配有电梯的高楼大厦，甚至在存折上增加些款项，有谁不像中了大彩一样兴奋。

半年之后，开发商没有半点儿开工的动静。后来，大家了解到当地一家开发商经过精细计算，这个小区住户过多，按既定的配套补偿政策来操作，再加上建设广场、停车场等公共设施，相当于是无偿服务，根本不合商业规则和开发商的利益诉求，就干脆放弃了。但棚改项目没有变，政府寻求开发的主导方向没有变。人们对于拆迁的信心和希望也就一直保持着。

杨壮壮和众多的住户一样，换房的热望也没有变，并且，一直在努力的路上。他和老婆一样，真希望有一天社区人员再次登门，把天大的喜讯传播给大家。

可是，老母亲脸上的愉快没有因为儿子的神态而有所改变。她仍然低声告诉杨壮壮："和你一样，骑车送货。他喝了一杯子水。"

杨壮壮这才明白凉水壶里的水为什么少了，转而问："你认识？"

老母亲摇摇头，把手伸向有些着急的儿子的脸。她知道下午来家里的年轻人和儿子一样，每天奔忙于大街小巷、炎炎烈日之下，那该是十分辛苦的事。所以，她很想摸摸儿子变黑的脸。

杨壮壮的心思在不明来客上，他躲开母亲的双手，立即叫出了声："不认识？不认识你怎么能开门！"

老人家明白自己犯了错误，并且是不小的错误，失望且顺从地回到客厅，坐在了沙发上。

刘小洋听见老公的喊叫，从厨房走了出来："怎么了？怎么了？家里进贼了！天哪！"说着话，带着一阵风跑进卧室。她把结婚时、结婚后购买来的价格并不昂贵的首饰和一本数额不大的存折装在一个盒子里，放在衣柜零乱的衣服里面。这些东西，是留给孩子将来的资本，至少，是他们换房的资本。

不一会儿，刘小洋从卧室散步一样走出来，夸张地说："还好，还好。我的妈呀！"又走到门口的柜子前，倒了杯凉开水，一仰脖喝了下去，好像回过了神儿，记起了杨壮壮的那声喊叫，接着说："你这老太太，怎么能给陌生人开门呢！"

杨壮壮说："妈，给你说过多少遍了，我们不在，千万千万不能给人开门啊。你怎么就忘记了呢！"

千真万确，儿子杨壮壮不止一次强调过，不光是不能轻易开门，还强调不能随便出门。那时候，城里管理房子的叫房产公司，它手里攥着城区所有公有制改造时归集而来的房产，并按照人口租借给市民居住。杨壮壮在邮电局跑投递的父亲结婚后，就在这样的房子里居住了好多年。后来，他们有了孩子杨壮壮。杨壮壮以待业青年名义参加工作且有了单位分配的房子后，正好借着房产开发业刚刚兴起，老两口告别了房产公司的公租平房，搬进了不用走五六百米才能上个公厕的楼房，杨壮壮的父亲也正好退休了。进入新世纪不久，杨壮壮的父亲因病去世。这时，杨壮壮明显觉得母亲变了个人似的，精气神儿弱了，话也少了。杨壮壮担心老母亲患上了老年痴呆症，便一再吩咐她不要出门，也不要随便打开屋门。

老人家听儿子批评，就搓着双手，盯着地面，努力地点着头。

刘小洋又说："给陌生人开门真的是很危险的，知道不知道?"她比画着，"坏人一看家里只有一个没有一点儿用的老太太，猛地推开门，一下子把你打晕过去，然后会把值钱的东西全部卷走的。网络上这事可多了。咱这小区，又没有保安，又没有监控，怎么办啊?"

没有监控，没有保安，刘小洋说得没有错。但杨壮壮听着刘小洋的话语总觉得哪里不太恰当。他不能生气也不能质问，因为刘小洋也很不容易：一个城里的女人，当初死心塌地嫁了他，可以说是大半生省吃俭用，一心为了叫家庭条件发生翻天覆地的变化。于是他就说："好了好了，以后一定注意。对吧，妈?"

老人家又点着头。刘小洋扭身去了厨房。

晚饭大家就吃得没有往日有滋味。平时，晚饭不管多晚吃，饭后还得瞧一个小时的电视剧。老人家不会操作电视遥控器，刘小洋选什么频道就看什么频道，她觉得任何一个频道的节目都和街道上扭秧歌一样有意思。

今晚是个例外。刘小洋和杨壮壮没有看电视的意思，呆坐着不说话。老人家也没有心思看电视，吃完饭后早早地回到黑灯瞎火的卧室睡了。

见母亲回到房间，杨壮壮也伸了下懒腰。他回到卧室，拉亮灯，床上真的像进来过盗贼一样，扔了许多乱七八糟的东西，除了可怜的存折和耳环、项链，就连平时不知被老婆放到什么地方、难得一见的结婚证、独生子女证、计划生育证和一年用不上一两次的户口本、房屋产权证也明目张胆地躺在床上。

刘小洋也跟了进来，边收拾床上的证件边说："别小看这些证证本本，或许有一天会派上用场的。"又扬了下存折，说，"就这几个钱，还是我拼命积攒的呢。"

杨壮壮说："对对对，你就是心细。"

刘小洋就叹息一声说："唉，我一说起老太太，你肯定不高兴。你说说，怎能把陌生人放进家里来呢？真让人不省心。"

杨壮壮也跟着叹息一声，说："人老了，就那样，就那样。"停了一下，猛然觉得有件大事得和老婆沟通，又说，"平时没个人和她说话，要不这样吧，叫她看电视解闷儿去。"

刘小洋瞪大了眼睛："那怎么行，一个月的电费老高了。积少成多的道理你总比我懂吧？你不是也梦想着换套新房子吗？这些钱我准备在新区付首付呢。"

怎么说呢，小城在地图上西北一隅，发展速度有如蜗牛爬行。二十多年前，土木结构或砖木结构的平房差不多构成了小城居住区的基本布局，如果留意，紧邻城区的北山、东山还有许多没有完全废弃的窑洞。毛纺厂家属楼正是县城工业最繁荣时期修建的集资房，当时，整个县城的楼房大多是工业生产用建筑，用于住宅的并不多，这让许多行政事业单位的干部职工羡慕不已。恰恰在这个时节，杨壮壮与刘小洋通过招工在毛纺厂参加了工作，不几年有了房，结了婚，有了孩子。

俗话一直没有说错过，风水轮流转，那些建于二十世纪五六十年代的企业，在八九十年代也名噪一时，但因技术、环保等多种原因，企业经营开始走下坡路，破产的破产，关闭的关闭，改制的改制，毛纺厂也不例外。当然，杨壮壮和刘小洋领取了不多的一次性安置费后，一起下了岗、失了业。

杨壮壮和刘小洋目前的收入不高且不稳定，儿子正在上大学，按这种状况，本不急着考虑换房。但事实与形势却叫他们把换房提上议事日程。

房间小不算事，好歹能容身，最烦的是洗手间不足两平方米，洗澡成问题；那个铸铁下水管道用的时间久了，还时常往外渗污水。除此之外，听上去名称美好的住宅小区，事实上一直没有物业，不大的门房一直空着无人值守，院子的卫生靠住户轮流打扫，水电费还得按时跑到远在东城区的收费大厅去缴纳。

那么，永福嘉苑住宅小区近一两年搬到北环新区高大宽敞、条件优越的住房者有没有、有多少？这个问题谁也说不清楚，但总是有吧，因为杨壮壮和刘小洋上工与收工时总能在院子里看到陌生面孔。他们就想着，困窘日子总会过去，不为别的，为了孩子也得彻底从这里搬出去。

听老婆刘小洋这么一说，杨壮壮尽管心里憋屈，也不好再弄出声响了。

隐约听见老人家咳嗽了几声。时间尚早，估计她还没有成眠。

刘小洋收拾扔在床上的东西的同时，也整理着衣柜。她在查看那些宝贝时，把柜子翻得太零乱了。她把里面的衣物统统掏了出来，堆在床上，又一件一件地叠好，摞在一起，然后摆进衣柜的隔板上。在整理一件防寒服时，从衣服里掉出几张装订得像模像样的纸。她拿起来，说："哎呀，天，竟然放在这里。我还以为弄丢了呢！"

杨壮壮好奇，抢过来一看，是一份保险单。刘小洋跑保险已经近二十年了，可能因为人脉关系不广吧，一直业绩平平，实在不能和其他同事相提并论。当然，她手头上出现一两张保险单也不奇怪。杨壮壮仔细再看，这份保险是十年前办理的，保险对象竟然是杨壮壮的母亲，受益人是刘小洋。杨壮壮内心充满不快，这事怎么自己一点儿都不知道呢？

刘小洋看出了杨壮壮的心思，抓过保单，挺得意地说："意外吧？没有告诉你，是怕你不同意办理。"她知道，杨壮壮不反对她从事这份职业，可又不太情愿家人参加保险促销，还经常说"保险保险，最不保险"，所以，公公去世后她萌生给婆婆办理一份保险的念头，于是就背着他办理了。

整理好衣柜，刘小洋说："睡吧。"又莫名其妙叹了口气，"男人，就是不懂理财。"

这一夜，杨壮壮没有睡踏实，梳理近二三十年的点点滴滴，别说波澜壮阔，就连奋力一搏的迹象也没有。他真觉得自己作为大男人，太不会过日子了。

不管怎样，大自然的规律不可逆改，太阳照常升起，日子一样重复。崭新的一天拉开帷幕后，沉睡的小区在晨练者千篇一律的声乐中醒来，一切显得太平安详。杨壮壮两口子起来，与往常一样，就着馒头开水吃完早餐，和小城众多的人一样，呼吸着充满沙尘与废气浸染过的空气，奔忙在路上。

田鑫的早餐也是馒头就着白开水，当然，他会在口袋里装上一个馒头，给杯子灌满开水，以备路途之需。头一大晚上按片区分拣归纳的商品已经摆放在货柜上，商品清单也已经由片区负责人发送到手机上。清点、装车、上路，过程并不复杂。

永福嘉苑仍然是田鑫要去的地方。现在是上午九时许，他从永福巷出来，在巷子口习惯性地放慢车速，抬头看了那栋毛纺厂楼。令他奇怪的是，竟然没有和以前一样看到那位老人趴在窗口张望。对，应该是杨奶奶。他把三轮车往前骑了十几米，再次回头，依然没有看到老人家出现在窗口。

回吧！这事与自己有什么关系呢？可田鑫在返途中内心很不踏实，像遗忘了一件重大事情或者一件至关重要的事情没有处理好一样。说不上什么原因，他突然想念把他从内蒙古喊回来的奶奶。小脚的奶奶几个脚指头畸形了，他惊讶得不敢正眼看，奶奶就呵呵笑。奶奶提着棍子敲打他的脑袋时，他把奶奶推了一个趔趄，奶奶没有生气，仍然乐呵呵地笑着。这会儿奶奶在做什么呢？她虽然上了年纪，可身体硬朗，可以去她想去的地方，可以和年龄相仿的老人聊天。现在，她肯定是喝完早茶，拄着棍子走在东山梁上的小树林里，那里有自家的田地，还有长在地头边的杏树，奶奶没事儿就爱去看看。不对，主要一点，那块地里有自家的祖坟，太爷、爷爷他们就躺在那里。

几年前，父亲用架子车推着奶奶去镇上看过社火，那是奶奶去过的最繁华的地方了。田鑫心想，有那么一天，一定把奶奶拉到城里看看。

一个上午，就这么机械地结束了。

刘小洋回家，开门，进屋，倒杯凉开水喝掉，脱下外衣，然后进厨房做饭，与平时没有什么两样。也和平时一样，杨壮壮中午回家，大约在快一点时，只要锅里有饭，随便吃上些就马上走人。中午，因为大多数人在家，对配送公司来说，是他们户外工作最好的时间段，也是最忙碌的时间段。

饭做得差不多了，刘小洋从厨房出来，又去倒水喝，觉得家里有些异样的安静，顺眼朝阳台看了一眼，发现老太太没有像往常一样趴在阳台上朝外张望，也没有靠在沙发上眯着眼打瞌睡。慢悠悠到老人的房间看看，也不在，又到洗手间看看，仍然不在。刘小洋产生了一丝不祥的感觉，慌忙跑到阳台上察看，阳台窗户全部关着，玻璃也完好无损。她赶紧跑到自己的卧室，拉开衣柜，里面整整齐齐，没有动过的迹象，这才舒了口气。

这么说，老太太出门去了。她去了哪里？是不是该给杨壮壮打个电话？她出屋从衣服里掏出手机，一转念，又默默地把手机装回去，进了厨房做饭。

门响了。刘小洋在厨房里问："回来了？"

"回来了。"

是杨壮壮。刘小洋听见他在倒水喝，说："刚好，饭成了。那你喊老太太吃饭吧。"

杨壮壮就和往常一样，喊："妈，妈，吃饭了。"

见没有动静，杨壮壮就把家里挨个儿寻了一遍。他问刘小洋："我妈呢？"

刘小洋从厨房探出头："嗯？不在阳台上？那就在屋里睡觉吧。"

杨壮壮焦躁不安地说："家里找遍了，不在啊！"回过头又问，"你回家早，没有见她？"

刘小洋委屈地说："我一进门就做饭，压根儿就没有注意啊！"

杨壮壮边穿外衣边念叨："这老人家，去了哪里呢？说好了不能出门的，说好了不能出门的。看看，就是不听话。"一副马上出门的样子。

刘小洋扯住杨壮壮，说："那得吃完饭再去找啊，饭都盛好了。"

杨壮壮推开刘小洋，说："你不着急，不是你妈你不着急！"猛然想起什么，一个激烈地回头，指着刘小洋说，"懂理财是不是？你盼着我妈出事是不是？小心我把你那张保险单给撕碎了！"杨壮壮是真的急了。

刘小洋像在众目睽睽之下暴露了不该暴露的重大秘密，内心先是紧张不安，继而愧疚涌动，却又觉得万分委屈：是这样吗？是这样吗？给老人买份保险难道有错吗？

她很少见杨壮壮生气发火，这次，看他真上火生气了，快速穿了外衣："这老太太，怎么回事啊？"说着跟杨壮壮出了门。

他们边朝楼下跑，边拨打了110。语无伦次的杨壮壮，重复了两三遍才把情况向接警员说清楚。

老人家是真出门了，但不是一个人出去的。

田鑫送完货，回程的路上又折了回来。奶奶，对，自己的奶奶，杨奶奶。他内心深处升起一种莫名的担忧，浓雾一样挥之不去。杨奶奶今天是怎么回事，病了还是不在家？她可是一直喜欢趴在阳台上张望啊。他骑着三轮车回到巷子口，还没有放慢速度，就抬头朝那栋毛纺厂家属楼上看了一眼。这次，他看清了，杨奶奶又趴在阳台上，朝外张望。田鑫把车停下，就朝阳台笑了笑。他看到，杨奶奶朝他招了招手，又招了招手。田鑫也抬手朝阳台招了下手。

见杨奶奶继续朝他招手，田鑫就把车开进了巷子。他上楼，杨奶奶好像知道他会上楼似的，还没有等田鑫敲门，就把门从里面打开了。老人家照例给他倒了杯水，田鑫赶紧接过杯子，几口喝了下去。

田鑫说："看您不在阳台上，还以为您出门了呢。"

杨奶奶犹豫了下，说："没出门。"她眼神里充满了不安，也充满了期待，"我想出门。"

这下，轮到田鑫犹豫了，自己怎么能带一位并不熟稔的老人出门呢？看到杨奶奶因失望而要退回阳台去时，他突然脱口而出："奶奶，行，我带您出门看看。"他话说出来后，又后悔了。可是，说出的话如同泼出的水，面对一位老人，怎么能把说出口的话收回去呢。田鑫叫老人穿好衣服，拿上家里的钥匙，出门，锁门，然后搀扶她下楼。

田鑫把杨奶奶安顿在三轮车的货厢里，怕行驶速度快了让她受惊，就放慢速度往前行驶。

去哪里看看呢？他计划先绕出城，去城西的双凤山。双凤山距城区十几公里路，与周边其他山不同，它树木葱郁，有石有水，有不少明清时期的寺院楼阁。这两年，又硬化了进山道路，美化了周围环境，是小城最好的去处。别说是周末假日，就是平时，有闲人家经常上山游玩，怡心养性。

十几公里路，田鑫骑了将近一个小时。到了半山腰，田鑫将杨奶奶搀扶下车，坐到一张长条椅子上休息。他能看得出，老人家好久没有来过双凤山了，她环顾四周，脸上的皱纹里都是满满的惊叹，就连硌人的长椅，她也因为好奇，不停地抚摸着。

片刻之后，田鑫决定带老人再往上走走。通向山顶只有石板铺就的台阶，为了不让她受累，田鑫说："奶奶，我来背您。"便蹲了下去。

老人很是听话，顺从地爬到了田鑫的背上。

还没有走出几步，两名警察先跑了上来，堵住了他们的去路。紧接着，气喘吁吁的杨壮壮和流着大汗的刘小洋先后也赶了过来。田鑫明白自己闯下了大祸，惊诧地说不出话来。

杨壮壮、刘小洋他们看着老娘和田鑫，愤怒的表情很快转化成疑惑，一时，竟然也说不出恰当的话来，只是呆呆地站着、看着。

老人也似乎明白发生了什么，不正眼看着来人，像抱住自己亲人一样紧紧搂住田鑫的脖子，不愿松手。

（原载于《飞天》2021年第5期）

何天柱回来了

远远看去，拄着木棍站在村口张望的吴老太，极像一截灰色的树桩。谁都知道，她在盼着开农用汽车跑生意的儿子小方早些归来。这几乎是吴老太的日常生活。

昨天才下过雪，今天好像还要下的样子。这不，起风了，把柴草刮成了个小旋涡，在吴老太的脚边打转转儿。吴老太刚抬起头，就听见了一串脚步声，不一会儿，她隐约看见一个人影在山路上一闪，在大树背后又一闪，三闪两闪就闪到了村口。

吴老太犹豫，这消息是该先告诉贾正伟呢，还是先告诉何有柱？当然得告诉何有柱。何有柱家距她家不远，上个坡子就到。吴老太突然格外精神，走路踩了油门似的，很快到了何有柱家。

这几年，好多人家大门紧闭，不像以前那样大白天甚至晚上都开着院门。吴老太拍了几下何有柱家的院门，从门缝里看见有人从屋里出来，就压低嗓门对着门缝说："天柱子回来了，天柱子回来了。"也顾不得人家听清了没有，说完，朝自家一溜烟儿而去。

吴老太慌慌张张地回到家里，听见屋里窸窸窣窣的，以为进了贼。吴老太握紧拄着的棍子准备奋力一搏时，发现是小方在翻腾旧棉衣。没有想到，小方也回来了。

吴老太对着小方的后背，压低声音说："天柱子回来了。怕是要出事儿了，要出事儿了！"

小方扭头看了看满脸神秘而又紧张的娘，说："在路上看见了。娘，你赶紧去烙几个馍。"

吴老太皱了皱稀拉拉的眉毛："快过年了，你才回来，拿上馍又走?"还没有等小方说话，突然想到，怎么没有听见车响，也没有看到农用小汽车呢？她担心汽车出了状况，就问："'嘟嘟'呢？'嘟嘟'停在啥地方了?"

小方认真地说："娘，车在村外好好儿地停着呢，响动太大，我就没有开回来。"他觉得没有向娘说清楚要表达的意思，又说，"你不是说要出事吗，这万一，万一天柱子真急着要走的话，路上总得有个馍吃吧。"

吴老太似乎明白了些什么，就赶紧朝厨房走去。很快，她家的炊烟升起。

这个时候，何有柱家的炊烟也从屋顶蹿了起来。

十几分钟前，何有柱听清了门外说话的是吴老太，心里就想：天柱子回来不回来，与你吴家有什么关系？可吴老太每天站在村口，虽不言不语，知道的消息却比谁都多呀。回到屋，心里有些高兴，又有些忧郁，他对女人说："天柱子回来了。"

女人正在洗衣服，说："咱不是天天盼着弟弟回来吗？都盼了好几年了。"

何有柱叹了一口气："盼归盼。唉，可保不准会出啥事呢!"回头又说，"那些破事，咱们千万千万不能说出来。"

女人愣了一下，把沾满洗衣粉泡沫的双手从水里提了出来，说："回来了好，一起团团圆圆地过个年。"

两口子的话音刚落下，院门一响，何天柱裹着一股子寒气进来了，还兴奋地朝屋里喊："哥，嫂子，我回来了，我回家过年来了。"

嫂子口里"哎，哎哎"地应承着，没有仔细打量几眼何天柱，就慌慌张张地去了厨房。

火炉燃烧得正旺。何有柱拉着弟弟的手，叫他坐在火炉旁边。爹娘去世早，是二叔像亲爹一样把何有柱兄弟拉扯成人。何有柱成家后，也就把供何天柱上学的担子扛了过来。可是，这家伙到县城上高中后，就近十年没回来。如今是回来了，一个毛头少年变成了胡子拉碴的小伙子。何有柱打量着弟弟，内心百感交集，泪水差点儿流了下来。

何天柱扫视了一下屋子，陈设和以前没有多大的变化，只不过很快就要过年，墙壁粉刷过了，还散发着白灰的气味儿。再打量大哥，多年不见，他的头发变少了，额头变高了，眼泡儿也垂了下来。何天柱稳定了下情绪，不好意思地说："哥，我啥都没带，精身子回来了。不过我带回了一堆鞭炮，咱过年好好儿放一下。"何有柱这才发现，兄弟他真没有带东西，连个背包都没有，只有一个黑色塑料手提袋，估计里面装的就是鞭炮。

何有柱就像十几年前一样，抚摸了一下何天柱的头发，说："你回来了就好得很。咱家里啥都不缺。嗯，对了，过上几天咱和二叔把羊宰了，好好儿过个年。"

"嗯，嗯。"何天柱使劲儿点着头，记忆随即回到了多年前。

那时候，刚进入腊月，必然会有一场两场大雪落下，将关山装扮得绿处绿、白处白，就像巨幅山水画。大大小小的道路被积雪覆盖得严严实实。为了购置年货，村民们家家户户提了扫帚把通向山外的一条道路清扫得干干净净，远远看上去，那就是搭在关山上的一条条麻绳。杀两只土鸡，宰一只羊，肉一直能吃到二月二龙抬头。二叔用羊腿骨做成的水烟锅，何天柱经常会抢过来装模作样地抽两口。

年的欢乐祥和气氛是制造给大家的。置办年货的同时，社火也在有序排练。二叔识字不多，可在耳濡目染中，记下了好多戏本，用大家的话说，那是"一腔子，两肘巴，肚子里装着一疙瘩"。二叔也就自然而然地成了大家公认的导演。何天柱最喜欢《游西湖》，贾正伟装扮的贾相，奸诈邪恶入木三分，大哥有柱装扮的裴生，唱腔凄婉得让人落泪，嫂子装扮的慧娘，把怨恨表演得出神入化，特别是她口吐火焰那场面，台下没有一个不拍手叫好的。

想到这些，何天柱问："哥，社火也在排练吧？"

何有柱正考虑如何回答兄弟的提问，院门又响了。何天柱回来的消息，简直比过年还要重要，人人皆知，说不定他家院墙头上还有人偷看呢

——好多人都在想同一个问题：何天柱回来了，村子里肯定要出事了。

何有柱、何天柱隔着窗户朝外看了看，是二叔。

二叔刚坐下来，何有柱的女人就端了刚出锅的千层饼、鸡蛋汤进屋。千层饼是用山里的胡麻油做的，连热气都弥漫着香，这可是何天柱久违了的味道。何天柱走了好长时间路，饿了，可是看着二叔，心里几声感叹“二叔老了，太老了”，就没有了心情大快朵颐。记忆中的二叔，因有唱戏的功底，走路虽说不是那么平稳，可腰板儿却挺得直溜，像两张木板夹过似的。如今，头发花白了，脸上全是皱纹，个头儿也一下子矮了许多。何天柱看着二叔，扑过去拦腰抱住，孩子一样哭了。

二叔见何天柱哭了，拍着他的背说：“儿子娃，哭个啥？不哭，不哭。”他知道，这两个侄子真对他有感情呢。

情绪缓和了后，作为长辈的二叔，更关切的是娃娃的生活，但不知道怎样开口才恰当。大家都在沉默着，二叔就小心翼翼地对何天柱说：“天柱子，你回来了好，回来了好。回来安心过日子，安心过日子。”

何天柱说：“叔，过完年，我还要到外面去。我要让你们都享上我的福。我长大了，不再是以前的天柱子了。”

所谓“以前”，村子里没有人不知道，何天柱在县城里高中没有上完，就泡在网吧逃学，跟一些不三不四的人混社会。后来，在一次群殴中他致对方一死两伤，幸亏只是参与，不是主犯，被判了五年。后来，何天柱出来了，按理应该回家，但他却没有。听说他给一个公司的老板做保镖。保镖是啥？不就是打手吗！二叔叹息，一个好好儿的娃，算是废了。

本来，二叔和何有柱都在回避这件事，没想到被何天柱说了出来，气氛也随即尴尬了起来。二叔觉得，那时候娃娃小，真的不懂事啊，就顺着何天柱的话茬说：“也好，也好。将来，找个俊媳妇好好儿过日子，二叔还要抱孙子呢。”

扯了几句，没想到何天柱又把话题转到了社火排练上，说：“二叔，今年排练的啥社火啊？我也想跟着耍一耍呢。”村子里排练社火，其实那个热闹劲儿和过年唱社火没有什么两样。一些大人忙排练、忙演出，少年娃娃则跟在后面跑来跑去，猜测画了花脸穿了戏袍的这些人应该是谁谁谁。

听侄子问，二叔一愣。该怎么回答呢？思忖了一下，说："天柱子，现在缺唱的人手啊，吹拉弹打的人都少得很。再说，如今家家有电视机，都在电视上看晚会呢。"

何天柱有些失望："不耍社火了啊？唱的人不是够吗？您、我大哥、大嫂，还有正伟老哥，你们一直都是台柱子。"

这又该怎么回答呢？二叔犯难间，何有柱脸色沉重地出了屋，一旁何有柱的女人见丈夫出了屋，实在沉不住气，说："天柱子，多亏你还惦记你正伟老哥呢！人家贾正伟不耍了。"又觉得没有说完整，接着说，"还老哥长老哥短的，人家和咱根本不是一路人。"

何天柱听了个糊涂，用疑惑不解的目光询问着二叔和嫂子，逼得他们无处可躲。

何有柱又进来，不知做什么好，就拿起火钳子捅了几下火炉，架在火炉上的一壶水，发出即将沸腾时的闷响。他知道他们在说些什么，想另起个话头儿，就说："要下雪了，又要下雪了。年关下雪就是好，庄稼长得旺。"

女人突然激动了起来，好像释放积蓄多年的愤懑："几个大男人，说话吞吞吐吐的，一点儿不利索。"她带着气，顺手又把火炉子猛捅了一下，"我看，咱家这些事还得靠天柱子解决！"又瞪了一眼何有柱，"屋里的男人都只有受气的本事。"

二叔和何有柱吓了一哆嗦，就越发无处可躲，互相瞅着，不知说什么妥帖。何有柱再次走出屋门，打量了一下四周，怕风将他们所说的话卷了出去。的确，本来天色不好，现在更加暗了，温度也降下去了好多。他看到，风里面夹裹着雪花，凌空晃来晃去。

二叔知道，何天柱不是三岁的憨板子瓜娃娃，三言两语就能哄得信服，就说："耍社火的事怪我，怪我。唉，伤了人家的面子。"

前年腊月，大家排练社火《游西湖》时，贾正伟不知是哪根筋错了，突然说这老戏许多地方不合适，死了的慧娘与活着的裴生能在西湖人鬼相见吗？还有什么九天玄女叫土地神给慧娘赠送阴阳宝扇，这纯粹是宣扬封建迷信。特别是最后，戏文中的慧娘阴魂不散，严惩了贾相，这就根本不可能。他说要么改剧情，要么不排练。

二叔觉得这是祖宗传下来的老戏文，怎么能改动呢？难道你也姓贾，想改就改？再说，咱也没有本事改啊。在场的人你一句我一句，吵嚷了半天，最后，二叔一甩袖子，干脆不干了，爱请谁排练就请谁排练去。

这算多大的事嘛？何天柱想，不排练《游西湖》，还可以排练《下河东》嘛。正要说话时，何有柱女人插话："也就不明白了，二叔家刚拉来的新瓦，在门前头码得好好儿的，天亮就没有东西了。我估摸就是贾正伟搞的鬼，他家正修房子，缺瓦。"

没有人不知道，二叔的腿在那时大搞农田基本建设时落下了伤残，多少年了，一个人守着个院子缝缝补补、生火做饭过日子，四季耕作，幸亏有何有柱帮衬着。他才享受了几年低保，这些瓦，还是上面补助给他准备翻修房屋用的。

论年龄，贾正伟和何有柱差不了几岁；按辈分，他和何有柱弟兄是平辈。贾正伟一下子变成这样，何天柱做梦也没有想到，一时也不能接受。何天柱清楚地记得，二十年前他们一起去外村看社火，因为自己年龄小个头儿低，只能看前面人的后脖梗子，是贾正伟蹲了下去，把他架到背上。

何有柱的女人又要说话，何有柱赶紧挤眉弄眼地制止，可她还是把想说的话说了出来："你大哥还挨了一顿打呢。唉，天柱子，你真是不晓得，贾正伟说的话有多难听。"

这是今年开春的事。按照统一规划，种植了玉米的田地都要铺覆地膜。何有柱当然要去村部领地膜，正好在路上遇见了贾正伟和他的两个弟弟。贾正伟说："何有柱你回去吧，你家的地膜我们代领了。"何有柱说："这是统一发放的，家家都有，凭啥啊！"贾正伟没有生气，倒是他的三弟弟火了，说："凭啥？凭这个。"说着，顺手拿过铁锨，朝何有柱的腿上抽了几锨把。"你有本事告我去。咱背后有的是人，看我不把你弟兄两个都送进班房!”

所谓打人不打脸，骂人不揭短。空气仿佛凝固了一般。何天柱听着这些，想不明白正伟哥怎么突然就变了呢。他不明白，别人也不明白，明白了也不好说出来：人家弟兄人多势众，这几年借机在附近做生意，有钱了啊。钱多势重，谁敢去招惹他们!

何天柱低着头，闷声说：“难道，就没有人管了?”

何有柱的女人嘀咕：“谁管谁倒霉，死牛死羊的，半夜三更院子里石头瓦块乱飞呢。”

何有柱赶紧又说：“咱不提这些陈谷子烂糜子的事儿了。”他装作很高兴的样子，“二叔，二叔，咱们明日宰羊，准备过年”。

二叔很快反应过来，说：“好好好，明日正式操办年事儿。嗯，咱们准备好好过年。”

“过个屁年啊!”没有想到，何天柱使劲儿拍了一下茶几，指着二叔和大哥说，“欺人太甚了。你们，你们，难道就这么算了吗!”他胸中燃烧的怒火似乎能融化冰雪。

“哗——”何天柱又把鸡蛋汤掀翻，溅起的汤水落在火炉上，发出“吱——吱——”的声音。

看着紧握双拳、气得发抖的何天柱，大家都惊呆了。

这时，何有柱隐约听见门外一串急促的脚步声伴随着拐杖的磕碰声远去。

是吴老太。她拖了木棍，朝家里一扭一拧跑去。雪落了差不多一麻钱厚，这种雪最滑。这不，她脚下“哧溜”了一下，险些摔了一跤，棍子也甩出去老远，要击打什么似的。

小方在家里泡了杯浓茶，就着一盘咸菜，使劲儿咀嚼着娘新烙的馍。他每咀嚼几口，就停下来倾听一下外面的动静。娘烙好馍后，就匆匆出门了，他知道她要去干什么。透过窗户，看见雪花飘下来时，他从屋里走了出来，站在院子里仰望了一下天空，想说什么却不知说什么好，就又回到了屋里，留在院子里的两个脚印，不久就被薄雪覆盖了。院门一响，他跳出去一看，是娘跌跌撞撞地进来了。

吴老太还没有站稳，就喘着气说："要出事了，要出事了。天柱子躁火了。"她的目光在房间里游走着，最后停在搁置在面柜上的一把菜刀上。"要出事了。"她又念叨了一遍。

小方看着娘的眼睛，意识到娘应该不是盯着面柜上的菜刀，而是菜刀旁边那一摞子烙好了的馍。也不知道小方从哪里抓出了个布口袋，两步蹿到面柜前，把馍塞了进去，搭在肩膀上，一副随时出发的样子。

就听见一阵接一阵的鞭炮声"噼里啪啦"地响起，在安静的环境里显得惊心动魄。小方和村里的其他人一样，赶紧跑出去察看状况，只见凌空腾起许多红的、白的、黄的星星，硝烟像弥漫的大雾一样将飘在空中的雪花隐去。

五六分钟后，许多人又赶紧退回到院子里，将耳朵抻得长长的，把眼睛擦得亮亮的，倾听着外面的动静。大家心里判断，贾正伟弟兄这会儿估计紧张得如同无处可藏的老鼠。

小方也退了回去，把大门虚掩着，站在门后，通过门缝观察着外面的情况。一小会儿，何天柱从硝烟中冲了出来，身后是他二叔、大哥和大嫂。

二叔求情似的说："娃娃，你，你长大了，懂事了。要冷静啊，要冷静。"

何有柱说："天柱子，你是回来过年的，咋说走就走呢?"旁边，女人抹着眼泪。

何天柱头也不回，斩钉截铁地说："我会回来的!"这句话，就像扔在地上的爆竹一样，震得雪土飞扬。许多人肯定顺着风听见了，心头百感交集。大家都相信：要出人命关天的事儿了。

雪开始下得大了起来，漫山遍野，好像和何天柱一样充满了愤怒。关山很快陷入迷茫。

何天柱大踏步从小方家门前经过时，小方迅速从院门后跳了出来，和何天柱并排大步流星走在一起。

小方不敢回头，说："哥，我的车在村口，我送你。"

二人到了村口，跳上农用车，发动机一响，就驶出了村子，将关山甩在了身后。

小方絮絮叨叨地说，他驾驶的这辆农用车，前年和贾正伟说好了是合作购买的，就在小方的名下申请办理了贴息贷款。可两三年了，贾正伟白白使用车辆也就罢了，却硬说没有过合作购车这事儿，贷款只好由小方扛着。

"这是啥道理嘛!"小方拍了一下方向盘。何天柱没有作声。小方通过后视镜看了一眼，见何天柱朝后仰去。

好长时间后，何天柱慢慢地对小方说："你回去给二叔、大哥和大嫂捎句话，有朝一日，我何天柱一定会接他们离开这地方的。"

小方似乎没有听清何天柱在说什么，疑惑不解地问："你，啥意思?"

何天柱没有注意到小方脸上的失望、不解和愤懑，说："不回来了，永远不回来了！我，对不起大家。"然后把头深深地勾了下去。

农用车就一个急刹车，在薄雪上滑出老远，最后撞到路边的大树上停了下来。猝不及防的何天柱从座位上弹了起来，头碰到了挡风玻璃上。肯定是因为疼痛，双眼挂满了泪水。

雪，大了起来。只是，路上的何天柱不知道，这大雪里包裹着一个乡村生态治理的春讯。

（原载于《六盘山》2021 年第 6 期）

后 记

读别人的小说和写自己的小说有三十多个年头了。

这三十多年，由于才华所限，写得很少、写得很慢，尤其是写得太差，着实让我在一段时间里很是焦躁，好像欠了宇宙一笔债务后，立马远遁藏匿，不敢见光。如今，在打工之余发呆期间，突然觉得我不欠世界的，世界也不欠我的，写与不写、写多写少、写的好与不好，仅跟自己有关。所以，写下这点零乱的后记时，心里宽松了许多。

以前，写小说凭兴趣，靠冲动，量少质差，却乐在其中，觉得还有一大把时间。这些年，写小说除了兴趣和冲动，似乎与必须的“任务”挂靠上了关系，尽管质和量没有多大改观，留给自己的时间越来越少，倒的确看淡了，看轻了，不急着求成：把能讲出来的故事尽能力讲出来。

由此，写小说，我喜欢自己狭窄的理解：这是一段漫长的自己与自己的对话过程。

农村、城镇、都市，环境不一样，人物不一样，精神不一样，但天空一样，脚下的土地一样，人性一样。因为“一样”，就有了灵魂上的共鸣，因为“不一样”，就有了追求上的反差。不知这样说对不对，我不在乎，就觉得因为如此，才有了人在不同环境中的千差万别和面对事物的种种不同态度。我们肯定发现了也知道了，但要进入内核，需要通过深层对话打开硬壳，捅破衣膜，解析真相。

我奔波多年，没有改变生活，生活却改变了我，至少让我像尘埃与尘埃一样接触得更加紧密。适者生存，试图改变或者脱离是一种危险动作。这是生活的赐予。再折回到上面的所谓“对话”，不管什么时候，那些熟悉的、陌生的，隐蔽的、公开的，有序的、零乱的，真实的、虚假的，没有谁去强迫，都有条不紊地进入生活、影响生活。而又随着时间的推移，“对话”的层面是不尽相同的，自己的种种积累、体味与反思，纠正了熟悉的、陌生的，隐蔽的、公开的，有序的、零乱的，真实的、虚假的东西进入思维的偏差，让小说的呈现更接近一种“正确”。

指导和帮助过我的老师不少，我不会忘记两句话：“生活中总有一缕微热温暖着我们”，“文学要保守文学的秘密”。因此，我奔着这个方向去了。收入这本集子中的小说，真的有温热，也有不应该说出的秘密。我觉得我是对的，感谢你们。

生活赐予我太多，它以一种开放的方式容纳了我。我不能，就像这些小说一样，只能以渐次剥开的方式回馈它。它的表达速度太快了，我的对话速度太慢了。但我们都是真实的。

愿我今后还能多说几句。

作者 李新立
2022 年 1 月